四部要籍選刊·集部

文選

五

浙江大學出版社

本册目録（五）

卷二十三

詩丙

詠懷

哀傷

贈答一

卷二十四

贈答二

卷二十五

詩丁

贈答三

卷二十六

贈答四

行旅上

卷二十七

詩戊

行旅下

卷二十八

樂府下

鮑明遠樂府八首

挽歌

雜歌

文選卷第二十三

梁昭明太子撰

文林郎守太子右内率府録事參軍事崇賢館直學士臣李善注上

詠懷

阮嗣宗詠懷詩十七首

謝惠連秋懷詩一首

歐陽堅石臨終詩一首

哀傷

嵇叔夜幽憤詩一首

曹子建七哀詩一首

贈荅

詠懷

詠懷詩十七首

五言顏延年曰說者阮籍在晉文代常慮禍患故發此詠耳

阮嗣宗 臧榮緒晉書曰阮籍字嗣宗陳留尉氏人也容貌瓌傑志氣宏放蔣濟辟爲掾後謝病去爲尚書郎遷步兵校尉卒

顏延年沈約等注

夜中不能寐起坐彈鳴琴薄帷鑑明月清風吹我衿 廣雅

曰鑑照也孤鴻號外野朔鳥鳴北林廣雅曰號鳴也徘徊將何見憂
思獨傷心嗣宗身仕亂朝常恐罹謗遇禍因茲發詠故每有憂生之嗟雖志在刺譏而文多隱避百
代之下難以情測故粗明大意略其幽旨也
二妃遊江濱逍遙順風翔交甫懷環珮婉孌有芬芳猗
靡情歡愛千載不相忘列仙傳曰江妃二女出游江濱交甫遇之餘與韓詩內傳同已
見南都賦王逸楚辭注曰在衣曰懷毛萇詩傳曰婉孌少好皃子虛賦曰扶輿猗靡傾城迷下蔡
容好結中腸漢書李延年歌曰一顧傾人城登徒子好色賦曰臣東家之子嫣然一笑惑陽城迷
下蔡感激生憂思諼草樹蘭房膏沐為誰施其雨怨朝
陽趙岐孟子章指曰千載聞之猶有感激毛詩曰焉得諼草言樹之背又曰豈無膏沐誰適為容又曰其雨
其雨杲杲出日鄭玄曰人言其雨其雨杲杲然日復出猶我言伯且來伯且來則復不來也伯且君子字如

何金石交一旦更離傷沈約曰婉孌則千載不忘金石之交一旦輕絶未見好德如好色善曰漢書曰楚王使武涉説韓信曰足下雖自以爲與漢王爲金石交然今爲漢王所禽矣

嘉樹下成蹊東園桃與李顔延年曰左傳季孫氏有嘉樹善曰班固漢書李廣贊曰諺曰桃李不言下自成蹊秋風吹飛藿零落從此始沈約曰風吹飛藿之時蓋桃李零落之日華實既盡柯葉又彫無復一毫可悅善曰説文曰藿豆之葉也楚辭曰惟草木之零落繁華有憔悴堂上生荊杞言無常也文子曰有榮華者必有愁悴班固苔賔戲曰朝爲榮華夕爲憔悴山海經曰雩夕之山下爲荊杞郭璞曰杞枸杞驅馬舍之去去上西山趾西山夷齊所居言欲從之以避世禍一身不自保何況戀妻子沈約曰榮悴去就此人本無保身之術況復妻子者乎凝霜被野草歲暮亦云已沈約曰歲暮風霜之時徒然而巳耳善曰繁霜巳凝歲亦暮止野草殘悴身亦當然楚辭曰漱凝霜之紛紛字書曰凝冰堅也毛詩

曰歲聿云暮蒼
頡篇曰巳畢也

昔日繁華子，安陵與龍陽。史記華陽夫人姊說夫人曰不以繁華時樹本說苑曰安陵君纏得寵於楚恭王江乙謂纏曰吾聞以財事人者財盡則交絶以色事人者華落則愛衰子安得長被幸乎會王出獵江渚有火若雲蜺兕從南方來正觸王驂善射者射之兕死於車下王謂纏曰萬歲後子將誰與樂纏泣下沾衣曰大王萬歲後臣將殉恭王乃封纏車下三百户故江乙善謀安陵善知時龍陽君釣十餘魚而弃因泣下王曰有所不安乎對曰無王曰然則何爲涕出對曰臣始得魚甚喜後得益多而又欲弃前之所得也今以臣兇惡而得拂枕席今爵至人君走人於庭避人於塗四海之内其美人甚多矣聞臣之得幸於王畢褰裳而趍王臣亦曩之所得魚也亦將弃矣安得無涕出乎王乃布令敢言美人者族

夭夭桃李花，灼灼有輝光。毛詩曰桃之夭夭灼灼其華

悅懌若九春，磬折似秋霜。春秋元命苞曰陽氣數成於三故時別三月陽數極於九故三月一時九十日宋衷曰四時皆象此類不唯春也

尚書大傳曰諸侯來受命周公莫不磬折

流眄發姿媚，言笑吐芬芳。

神女賦曰陳嘉辭而云對吐芬芳其若蘭

攜手等歡愛，宿昔同衣裳。

廣雅曰宿夜也

願爲雙飛鳥，比翼共翱翔。

建安中無名詩曰中有雙飛鳥自名爲鴛鴦

丹青著明誓，永世不相忘。

以財助人者財盡則交絶以色助人者色盡則愛弛是以嬖女不弊席嬖男不弊輿安陵君所以悲魚也亦豈能丹青著誓永代不忘者哉蓋以俗衰教薄方直道喪攜手笑言代之所重者乃足傳之永代非止耻會一時故託二子以見其意不在分桃斷袖愛嬖之懽丹青不渝故以方誓善曰東觀漢記光武詔曰明設丹青之信廣開束手之路

天馬出西北，由來從東道。

漢書曰天馬來從西極涉流沙九夷服天馬來歷無草經千里循東道張晏曰馬從西而來東也沈約云由西北來東道也

春秋非有託，富貴焉常保。

沈約曰春秋相代若環之無端天道常也譬如天馬本出西北忽由東道況富之與貧貴之與賤易

至乎善曰鄭玄禮記注曰託止也清露被皋蘭凝霜霑野草迅疾也楚辭曰皋蘭被徑兮斯露漸凝霜已見上文古詩曰白露沾野草朝爲媚少年夕暮成醜老自非王子晉誰能常美好王子晉已見上文登高臨四野北望青山阿應劭風俗通曰葬於郭北北首求諸幽之道松柏翳岡岑飛鳥鳴相過仲長子昌言曰古之葬植松栢梧桐以識其墳感慨懷辛酸怨毒常苦多蒼頡篇曰懷抱也史記太史公曰怨毒之於人甚矣哉廣雅曰毒痛也李公悲東門蘇子狹三河求仁自得仁豈復歎咨嗟沈約曰河南河東河北秦之三川郡古人呼水皆爲河耳蘇子以兩周之狹小不足逞其志力故去佩六國相印也云二子豈不知進趨之近禍敗哉常以交利貨賒禍故冒而行之所謂求仁得仁也松栢岡岑丘墓所在也古有皆死之義莫有免者焉達者安小大之涯各遂分內之樂委天任命以至於俱爲一丘之土夫何異哉故因此望

山阿而發此句明徂謝之理雖同天逝之途則異也感慨之來誠逝者所不免至於顛沛逆天怨毒求生蘇子李斯張本也善曰李斯已見西征賦蘇秦已見左太沖詠史詩漢書東方朔曰漢興去三河之地止霸産以西論語子貢曰伯夷叔齊何人也子曰古之賢人曰怨乎曰求仁而得仁又何怨

開秋兆涼氣蟋蟀鳴牀帷開秋秋初開也楚辭曰開春發歲兮四子講德論曰蟋蟀俟秋吟毛詩曰十月蟋蟀入我牀下感物懷殷憂悄悄令心悲古詩曰感物懷所思韓詩曰耿耿不寐如有殷憂毛詩曰憂心悄悄慍于羣小多言焉所告繁辭將訴誰沈約曰重言之猶云懷哉懷哉善曰論衡曰甘議繁辭終不見信微風吹羅袂明月耀清暉晨雞鳴高樹命駕起旋歸樂録曰雞鳴高樹顛古辭孔叢子孔子歌曰巾車命駕將適唐都毛詩曰薄言旋歸

平生少年時輕薄好絃歌論語曰久要不忘平生之言范曄後漢書曰光武曰孝孫

素謹輕薄兒誤之孝孫劉嘉字**西遊咸陽中趙李相經過**顏延年曰趙漢成帝趙后飛燕也李武帝李夫人也並以善歌妙舞幸於二帝也善曰史記曰秦作咸陽徙都也**娛樂未終極白日忽蹉跎驅馬復來歸反顧望三河黃金百溢盡資用常苦多北臨太行道失路將如何**少年之日志好絃歌及乎歲晚旋歸路失財盡同乎太行之子當如之何乎戰國策曰魏王欲攻邯鄲季梁聞之中道而反衣焦不信頭塵不浴往見王曰今者臣來見人於太行乃北面而持其駕告臣曰我欲之楚臣曰之楚將奚爲北面曰吾馬良臣曰雖良此非楚之道也曰吾用多臣曰雖多此非之楚之路也曰吾善御此數者逾善而離楚逾遠耳今王動欲成霸王舉欲信於天下恃王國之大兵之精銳而欲攻邯鄲以廣地尊名王之動逾數而離王逾遠耳猶至楚而北行也高誘曰面向也駕馬也之至也用資也賈逵國語注曰一溢二十四兩

昔聞東陵瓜近在青門外連畛距阡陌子母相拘帶五

色曜朝日嘉賓四面會軫當爲畛宋衷太玄經注曰畛界也說文曰畛井田閒陌也孔安國尚書傳曰距至也子母五色俱謂瓜也史記曰邵平者故秦東陵侯秦破爲布衣貧種瓜於長安城東瓜美故時俗謂之東陵瓜從邵平始也漢書曰霸城門民閒所謂青門也毛詩曰我有嘉賓膏火自煎熬多財爲患害布衣可終身寵祿豈足賴沈約曰當東陵侯侯服之時多財爵貴及種瓜青門匹夫耳寔由善於其事故以味美見稱連軫距陌五色相照非唯周身贍己乃亦坐致嘉賓夫得固易失榮難久恃膏以明自煎人以財興累布衣可以終身豈寵祿之足賴哉善曰莊子曰山木自寇也膏火自煎也漢書疏廣曰愚而多財則益其過左氏傳曰石碏曰四者之來寵祿過也又宋華元曰不能治官敢賴寵乎

步出上東門北望首陽岑河南郡圖經曰東有三門最北頭曰上東門河南郡境界簿曰城東北十里首陽山上有首陽祠一所下有采薇士上有嘉樹林沈約曰夷

齊尚不食周粟況取之以不義者乎善曰史記曰武王平紂伯夷叔齊耻之義不食周粟隱於首陽山采薇而食之顔延之曰史記龜策傳曰無蟲曰嘉林

良辰在何許凝霜霑衣襟寒風振山岡玄雲起重陰沈約曰良辰何許言世路險薄非良辰也風霜交至凋殞非一玄雲重陰多所擁蔽是以寄言夷齊望首陽而嘆息善曰東征賦曰撰良辰而將行王仲宣詩曰白露沾衣

鳴鴈飛南征鶗鴂發哀音沈約曰此鳥鳴則芳歇也芬芳歇矣所存者臰腐耳善曰楚辭曰鴈邕邕而南遊又曰恐鶗鴂之先鳴使夫百草爲之不芳

素質遊商聲悽愴傷我心沈約曰致此彫素之質由於商聲用事秋時也遊字應作由古人字類無定也善曰禮記曰孟秋之月其音商鄭玄曰秋氣和則音聲調

昔年十四五志尚好書詩論語子曰吾十有五而志于學杜預左氏傳注曰尚上之耳

被褐懷珠玉顔閔相與期家語子路問於孔子曰有人於此被褐而懷玉何如

子曰國無道可也國有道則衮冕而執玉也顏回已見幽通賦史記曰閔損字子騫開軒臨四野

登高望所思丘墓蔽山岡萬代同一時方言曰冢大者爲丘王逸楚辭注曰小曰丘千秋萬歲後榮名安所之乃悟羨門子噭噭今自蚩沈約曰自我以前徂謝者非一雖或稅駕參差同爲今日之一丘夫豈異哉故云萬代同一時也若夫被褐懷玉託好詩書開軒四野昇高永望志事不同徂沒理一追悟羨門之輕舉方自笑耳善曰戰國策曰楚王謂安陵君曰寡人萬歲千秋之後誰與樂此矣淮南子曰死有遺業生有榮名薛綜西京賦注曰安焉也史記曰始皇使燕人盧生求羨門韋昭曰古仙人也說文云嗤笑也嗤與蚩同

徘徊蓬池上還顧望大梁漢書地理志曰河南開封縣東北有蓬池或曰即宋蓬澤也又陳留郡有浚儀縣故大梁也綠水揚洪波曠野莽茫茫毛詩曰卒彼曠野楚辭曰莽茫茫之無涯毛萇曰茫茫廣大貌走獸交橫馳飛鳥相隨翔是時鶉

火中日月正相望左氏傳曰晉侯伐虢公問卜偃曰吾其濟乎對曰剋之其九月十月之交乎鶉火中必是時也杜預曰夏之九月十月也尚書曰惟二月既望孔安國曰十五日日月相望也朔風厲嚴寒陰氣下微霜爾雅曰朔北方也杜預左氏傳注曰厲猛也曾子曰陰氣騰則凝爲霜羈旅無疇匹俛仰懷哀傷左氏傳曰陳敬仲曰羈旅之臣也小人計其功君子道其常豈惜終憔悴詠言著斯章沈約曰豈惜終憔悴蓋由不應憔悴而致憔悴君子失其道也小人計其功而通君子道其常而塞故致憔悴也因乎眺望多懷兼以羈旅無匹而發此詠善曰孫卿子曰天有常道君子有常體君子道其常小人計其功炎暑惟茲夏三旬將欲移南方爲火而主夏火性炎上故謂夏月爲炎暑也薛君韓詩章句曰惟辭也鄭玄毛詩箋曰炎熱氣也芳樹垂緑葉清雲自逶迤淮南子曰志厲清雲楚辭曰載雲旗之逶迤四時更代謝日月遞差馳孫卿子曰日月遞照

四時代御徘徊空堂上忉怛莫我知毛詩曰勞心忉忉又曰勞心怛怛楚辭曰國無人兮莫我知願覩卒歡好不見悲別離言四時代移日月遞運年壽將盡而人莫己知恐被讒邪橫遭擯斥故云願卒歡好不見離別灼灼西隤日餘光照我衣楚辭曰日杳杳而西頹迴風吹四壁寒鳥相因依周周尚銜羽蛩蛩亦念飢韓子曰鳥有周周者首重而屈尾將欲飲於河則必顛乃銜羽而飲今人之所有飢不足者不可以不索其羽矣爾雅曰西方有比肩獸焉與卭卭岠虛比爲卭卭岠虛齧甘草即有難卭卭岠虛負而走其名謂之蟨郭璞曰蟨音厥如何當路子磬折忘所歸豈爲夸譽名憔悴使心悲沈約曰天寒即飛鳥走獸尚知相依周周銜羽以免顛仆蛩蛩負蟨以美草而當路者知進趍不念暮歸所安爲者惟夸譽名故致憔悴而心悲也善曰孟子公孫丑問曰夫子當路於齊管晏之功可復許乎綦母邃曰當仕路也磬折巳見上文呂氏春

秋曰古之人有不肯富貴者由重生故也非夸以名也爲其實也司馬彪莊子注曰夸虛名也鄭玄禮記注曰名令聞也

寧與鷰雀翔不隨黃鵠飛黃鵠遊四海中路將安歸

沈約曰若斯人若不念己之短翮不隨燕雀爲侶而欲與黃鵠比遊黃鵠一舉冲天翱翔四海短翮追而不逮將安歸乎爲其計者宜與燕雀相隨不宜與黃鵠齊舉善曰漢書息夫躬絶命辭曰玄雲泱鬱將安歸

獨坐空堂上誰可與歡者出門臨永路不見行車馬登高望九州悠悠分曠野孤鳥西北飛離獸東南下日暮思親友晤言用自寫

毛詩曰彼美淑姬可與晤言鄭玄曰晤對也

北里多奇舞濮上有微音

史記曰紂使師涓作新聲北里之舞禮記曰桑間濮上之音亡國之音也

輕薄閑遊子俯仰乍浮沈捷徑從狹路僶俛趨荒淫

輕薄之輩隨俗浮沈棄彼大道好從狹路不尊恬淡競赴荒淫言可悲甚也漢司馬遷書曰從俗浮

沈與時俯仰焉見王子喬乘雲翔鄧林獨有延年術可以慰我心子喬離俗以輕舉全性以保真其人已遠故云焉見其法不滅故云可慰心楚辭云譬若王喬之乘雲兮載赤雲而陵太清山海經曰夸父與日競逐而渴死其杖化爲鄧林楚辭曰延年不死兮壽何所止方言曰延長也毛詩曰仲山父永懷以慰其心毛萇曰慰安也

湛湛長江水上有楓樹林楚辭曰湛湛江水兮上有楓樹臯蘭被徑路青驪逝駸駸臯蘭已見上文楚辭曰青驪結駟齊千乘毛詩曰駕彼駟牡載驟駸駸毛萇曰駸駸驟貌駸七林切遠望令人悲春氣感我心三楚多秀士朝雲進荒淫孟康漢書注曰舊名江陵爲南楚吳爲東楚彭城爲西楚呂氏春秋曰舜耕於歷山秀士從之高唐賦曰妾旦爲朝雲朱華振芬芳高蔡相追尋一爲黃雀哀涕下誰能禁戰國策曰劇辛諫楚王曰郢必危矣王獨不見黃雀俯啄白粒仰栖茂樹鼓翅奮翼自以爲與

人無爭不知夫公子王孫左挾彈右攝丸以其頸爲的晝遊茂樹夕調酸鹹耳黃雀其小者也蔡聖侯因是巳南遊高陂北陵巫山飲茹溪之流食湘波之魚左視幼妾右擁嬖女與之馳騁乎高蔡之中而不以國家爲事不知夫子發受命于宣王繫己以朱絲而見之也蔡聖侯之事其小者也君王自因是巳左州侯從鄢陵與壽陵君飯封祿之粟載方府之金與之馳乎雲夢之中而不以天下國家爲事不知夫穰侯方謀受命乎秦王塡澠池之塞內投己澠池塞之外襄王聞顔色變四體戰慄於是乃執珪中授之封以爲陽陵君延叔堅戰國策論曰因是巳因事巳復有是也茹谿谿流所沃者美好也孔叢子賈子陽謂子思曰吾念周室將滅涕泣不禁禁止也

秋懷一首 五言　謝惠連

平生無志意少小嬰憂患平生巳見上文說文曰嬰繞也如何乘苦心矧復値秋晏古詩曰晨風懷苦心淮南子曰秋士哀也皎皎天月明弈弈河

宿爛古詩曰明月何皎皎薛君韓詩章句曰弈弈盛貌毛詩曰子興視夜明星有爛蕭瑟含風蟬寥唳度雲鴈楚辭曰秋之爲氣也蕭瑟兮草木搖落而變衰寒商動清閨孤燈曖幽幔寒商秋風也楚辭曰商風肅而害之百草育而不長王逸楚辭注曰曖曖闇昧貌耿介繁慮積展轉長宵半楚辭曰獨耿介而不隨毛詩曰展轉反側夷險難豫謀倚伏昧前筭夷險謂道以喻時也演連珠曰才經夷險不爲世屈淮南子曰接徑歷遠直道夷險鶡冠子曰禍兮福之所倚福兮禍之所伏雖好相如達不同長卿慢達謂通達不拘禮也嵇康高士傳司馬長卿讚曰長卿慢世越禮自放犢鼻居市不耻其狀託疾避患蔑比卿相乃至仕人超然莫尚頗悅鄭生偃無取白衣宦偃謂偃仰不仕也范曄後漢書曰鄭均字仲虞東平任城人也公車特徵再遷尚書後病乞骸骨拜議郎告歸因稱病篤帝東巡過任城乃幸均舍勑賜尚書祿以終其身故人號爲白衣尚書未知古人心且從性所翫賓至可

命觴朋來當染翰秋興賦序曰染翰操紙慨然而賦高臺驟登踐清淺時陵亂爾雅曰水正絕流曰亂頹魄不再圓傾羲無兩旦魄月魄也羲羲和謂日也金石終消毀丹青暫彫煥張綱集曰書功金石圖形丹青各勉玄髮歡無貽白首歎阮籍詠懷詩曰玄髮發朱顏睇眄有光華嵇康有白首賦因歌遂成賦聊用布親串爾雅曰串習也古患切

臨終詩一首　五言

歐陽堅石王隱晉書曰石崇外生歐陽建渤海人也爲馮翊太守趙王倫之爲征西撓亂關中建每匡正不從私欲由是有隙及倫簒立勸淮南王允誅倫未行事覺倫收崇建及母妻無少長皆行斬刑孫盛晉陽秋曰建字堅石臨刑作

伯陽適西戎子欲居九蠻列仙傳曰老子西遊尹喜見之與老子俱之流沙之西魏

武飲馬長城窟行曰四時隱南山子欲適西戎論語曰子欲居九夷苟懷四方志所在可遊盤左氏傳姜氏謂晉公子曰子有四方之志尚書曰乃盤遊無度況乃遭屯蹇顛沛遇災患平聲周易曰屯如邅如又曰往蹇來連孔叢子歌曰遂邅不復自嬰屯蹇論語子曰顛沛必於是古人達機兆策馬遊近關周易曰機者動之微吉之先見者也左氏傳蘧伯玉曰瑗不得聞君之出敢聞其入遂行從近關出也咨余沖且暗抱責守微官孔安國尚書傳曰沖童也賈逵國語注曰暗不明也孟子曰吾聞有官守者不得其職則去有言責者不得其言則去潛圖密已構成此禍福端爾雅曰圖謀也莊子曰而子身若槁木之枝而心若死灰若是禍亦不至福亦不來禍福無有惡有人災救叔上吳王書曰福生有基禍生有胎傳子曰福生有兆禍來無端方言曰端緒也惙惙六合間四海一何寬天網布紘綱投足不獲安老子曰天網恢恢疎而不失山海經曰地之所載六合之間許慎淮南子注曰紘維也解嘲曰

欲行者擬足而投迹松栢隆冬悴然後知歲寒孫卿子曰松栢經冬而不彫論語子曰歲寒然後知松栢之後彫不涉太行險誰知斯路難淮南子曰何爲九山曰太行羊腸高誘曰太行今上黨太行河内野王縣眞僞因事顯人情難豫觀窮達有定分慷慨復何歎平聲孟子曰窮則獨善其身達則兼善天下呂氏春秋曰百里奚處虞而虞亡處秦而秦霸有其本也其本也者定分之謂也上負慈母恩痛酷摧心肝說文曰負受貨不償然受恩不報亦謂之負也方言曰傳云慈母怒子折葼以笞之下顧所憐女惻惻中心酸鄭玄毛詩箋曰顧念也二子棄若遺念皆遘凶殘毛詩曰將安將樂棄余如遺不惜一身死惟此如循環薛君韓詩章句曰惟念也尚書大傳曰三王之統若循連環周則復始也執紙五情塞揮筆涕汍瀾文子曰昔者中黃子曰色有五色文章人有五情漢書息夫躬絶命辭曰涕泣流兮萑蘭瓚曰萑蘭涕泣闌干萑與汍同

哀傷

幽憤詩一首

四言 魏氏春秋曰康及呂安事爲詩自責呂安事已見思舊賦班固史遷述曰幽而發憤乃思乃精

嵇叔夜

嗟余薄祜少遭不造蔡邕書曰邕薄祜早喪二親毛詩曰閔予小子遭家不造鄭玄曰造成也不造言家道未成也哀煢靡識越在繈緥左氏傳后成叔曰聞君越在他境淮南子曰成王幼在繈緥之中張華博物志曰繈織縷爲之廣八寸長丈二以約小兒於背上韋昭漢書注曰緥若今時小兒腹衣李奇曰緥小兒大藉也母兄鞠育有慈無威嵇氏譜曰康兄喜字公穆歷徐揚州刺史太僕宗正卿母孫氏毛萇詩傳曰鞠養也毛詩曰父兮生我母兮鞠我恃愛肆姐不訓不師賈逵國語注曰肆恣也說文曰姐嬌也嬌與姐同耳姐子豫切爰及冠帶馮寵自放抗心希古任其所尚廣雅曰希庶也趙岐孟子章句曰各崇所尚則義不虧矣說文曰尚庶幾也託好

老莊賤物貴身嵇喜謂康長好老莊之業恬靜無欲淮
南子曰原道者欲一言之而寤則尊天
而保真欲毋言之而通則賤物而**志在守樸養素全真**
貴身也莊子曰真者精誠之志
老子曰見素抱樸少私寡欲河上公曰抱守也薛綜東京
賦注曰樸質也莊子盜跖謂孔子曰子之道非可以全真
者也又曰真者**曰余不敏好善闇人**謂與呂安交也孝經
精誠之志也曰參不敏何足以知
之左傳曰吳公子札來聘見叔孫
穆子曰子好善而不能擇人也**子玉之敗屢增惟塵**
子玉楚大夫也左氏傳曰楚子將圍宋使子文治兵於睽
終朝而畢不戮一人子玉復治兵於蔿終日而畢鞭七人
貫三人耳國老皆賀子文子文飲之酒蔿賈尚幼後至不
賀子文問之對曰不知所賀子之傳政於子玉子玉之敗
子之舉也舉以敗國將何賀焉毛詩曰無將大車維**大人**
塵冥冥鄭玄曰喻大夫進舉小人適自作憂患也
含弘藏垢懷恥周易曰含弘光大品物咸亨左氏傳伯
宗謂晉侯曰國君含垢說文曰懷藏也
杜預曰忍**民之多僻政不由己**毛詩曰民之多僻無自
垢恥也立辟鄭玄曰民行多邪

僻者汝君臣之過無自謂得法度論語曰爲仁由己**惟此褊心顯明臧否**褊心康自謂也郭璞爾雅注曰惟發論辭也毛詩曰惟是褊心是以爲刺又曰於乎小子未知臧否**感悟思愆怛若創痏**西京賦曰所惡成創痏蒼頡篇曰痏毆傷也方言曰怛痛也說文曰痏瘢也漢書音義曰以杖毆擊人剥其皮膚起青黑無創者謂疻痏**欲寡其過謗議沸騰**論語曰蘧伯王使人於孔子孔子問焉曰夫子何爲對曰夫子欲寡其過而未能也漢賈山曰古者庶人謗於道商旅議於市毛詩曰百川沸騰**性不傷物頻致怨憎**莊子仲尼謂顏回曰聖人處物不傷者物亦不能傷也**昔慙柳惠今愧孫登**柳下惠已見西征賦魏氏春秋曰初康采藥於中山北見隱者孫登康欲與之言登默然不對踰年將去康曰先生竟無言乎登乃曰子才多識寡難乎免於今之世也**内負宿心外恧良朋**鄭玄禮記注曰負之言背也趙壹報羊陟書曰惟君明叡平其宿心爾雅曰恧慙也毛詩曰每有良朋**仰慕嚴鄭樂道閑居**漢書曰谷口有鄭子眞蜀有嚴君平皆脩

身保性成帝時元舅王鳳以禮聘子真子真遂不詘而終君平卜筮於成都市以爲卜筮賤業而可以惠衆日閱數人得百錢足以自養則閉肆下簾而授老子年九十餘遂以其業終論語子曰貧而樂漢書曰司馬相如稱疾閑居**與世無營神氣晏如**蔡邕釋誨曰安貧樂賤與世無營淮南子曰古人神氣不蕩於外漢書曰楊雄室亡儋石之儲猶晏如也**咨予不淑嬰累多虞**毛萇詩傳曰咨嗟也毛詩曰之子不淑云如之何左氏傳趙孟曰以晉國之多虞**匪降自天寔由頑疎**毛詩曰下民爲孽匪降自天噂嗜背憎職競由人**理弊患結卒致囹圄**杜預左氏傳注曰弊壞也禮記曰仲春省囹圄鄭玄曰所以守禁繫者秦曰囹圄漢曰獄**對荅鄙訊縶此幽阻**言己對荅之辭鄙於見訊也張晏漢書曰訊者三日復問知之與前辭同不也杜預左氏傳注曰縶拘執也鄙俚也訊問也**實耻訟免時不我與**論語曰陽貨曰日月逝矣歲不我與文雖出此而意微殊亦不以文害意也免或爲寃非也**雖曰義直神辱志沮**毛萇詩傳曰沮壞也才與切

濯身滄浪豈云能補孟子孺子歌曰滄浪之水清可以濯吾纓滄浪之水濁可以濯吾足孔子曰小子聽之清斯濯纓濁斯濯足自取之也劉歆荅父書曰誠思拾遺冀以云補嗈嗈鳴鴈奮翼北遊順時而動得意忘憂毛詩曰雝雝鳴鴈管子桓公曰夫鴻鵠有時而南有時而北又曰鴻鵠秋南而不失時嗟我憤歎曾莫能儔毛詩曰嗟我懷人說文曰曾辭之舒也儔等也事與願違遘茲淹留淹留謂困縶而留也爾雅曰淹留久也窮達有命亦又何求王命論曰窮達有命吉凶由人毛詩曰謂我何求古人有言善莫近名莊子曰爲善莫近名爲惡莫近刑司馬彪曰勿脩名也被褐懷玉穢惡其身以無陋於形也郭象曰志善惡而居中任萬物之自爲也奉時恭默咎悔不生尚書曰恭默思道周易曰悔吝者憂虞之象也曾子曰懽欣忠信咎故不生可爲孝矣萬石周慎安親保榮漢書曰萬石君奮長子建爲郎中令建老白首萬石君尚無恙每五日洗沐歸謁親建爲郎中令奏事事下

建自讀之驚恐曰書馬者與尾而五令廼四不足一獲譴死矣其爲謹慎雖他皆如此論語摘輔像讖曰曾子未甞不問安親之道也孔安國尚書注曰周至也

世務紛紜祗攪予情漢書曰嚴安徐樂上書言世務毛詩曰祗攪我心攪亂也祗適也

安樂必誡乃終利貞家語金人銘曰安樂必戒無行所悔王肅曰雖處安樂必警戒也周易曰乾元亨利貞

煌煌靈芝一年三秀西京賦曰擢靈芝之朱柯楚辭曰采三秀於山間王逸曰三秀謂芝草也

予獨何爲有志不就楚辭曰云有志而無謗爾雅曰就成也

懲難思復忍焉內疚潘元茂九錫文曰懲難念功毛詩曰既往旣來我心永疚疚病也

庶勗將來無馨無臭爾雅曰勗勉也毛詩曰上天之載無聲無臭

采薇山阿散髮巖岫采薇已見上文琴操許由曰散髮優遊所以安己不懼也范曄後漢書曰袁閎散髮絶世

永嘯長吟頤性養壽杜篤連珠曰能離光明之顯長吟永嘯爾雅曰頤養也東方朔非有先生論曰故養性受命之士莫肯進禮記曰百年曰期頤

鄭玄曰頤猶養也

七哀詩一首 五言　　曹子建

贈荅子建在仲宣之後而此在前誤也

明月照高樓流光正徘徊夫皎月流輝輪無輟照以其餘光未沒似若徘徊前覺以爲文外傍情斯言當矣上有愁思婦悲歎有餘哀古詩曰慷慨有餘哀借問歎者誰言是客子妻君行踰十年孤妾常獨棲君若清路塵妾若濁水泥漢書民歌曰涇水一石其泥數斗浮沈各異勢會合何時諧爾雅曰諧諧和也願爲西南風長逝入君懷古詩曰從風入君懷四坐莫不嘆君懷良不開賤妾當何依史記驪姬曰以賤妾之故廢嫡立庶

七哀詩二首 五言　　王仲宣

西京亂無象犲虎方遘患左氏傳晉侯問於士弱曰吾聞之宋災於是乎知有天道可必乎對曰國亂無象不可知也班固漢書張耳陳餘述曰據國爭權還爲犲虎冓與構同古字通也道經曰執大象天下往河上公注曰執守也象道也聖人守大道則天下萬民移心歸往也復棄中國去遠身適荆蠻荆蠻已見登樓賦毛詩曰蠢爾蠻荆毛萇曰蠻荆荆州之蠻也親戚對我悲朋友相追攀出門無所見白骨蔽平原路有飢婦人抱子棄草間顧聞號泣聲揮涕獨不還言迴顧雖聞其子號泣之聲但知揮涕獨去不復還視也家語曰文伯卒敬姜曰二三婦無揮涕王肅曰揮涕不哭揮涕以手揮之也未知身死處何能兩相完此婦人之辭也說文曰完全也驅馬棄之去不忍聽此言南登霸陵岸迴首望長安漢書曰文帝葬霸陵悟彼下泉人喟然傷心肝毛詩序曰下泉思治也曹人思明王賢伯也

荆蠻非我鄉何爲久滯淫國語曰底著滯淫賈逵曰淫久也方舟溯大江日暮愁我心爾雅曰大夫方舟郭璞曰併兩舡也爾雅曰逆流而上曰溯流山崗有餘暎巖阿增重陰通俗文曰日陰曰暎狐狸馳赴穴飛鳥翔故林皆言不忘本也文子曰鳥飛之鄉依其所主也楚辭曰鳥飛之故鄉狐死必首丘流波激清響猴猿臨岸吟迅風拂裳袂白露霑衣衿楚辭曰擊迅風於清涼禮記曰孟秋之月白露降說苑曰孺子不覺露之沾衣獨夜不能寐攝衣起撫琴漢書曰沛公起攝衣延酈食其也韓子曰師涓靜坐撫琴絲桐感人情爲我發悲音史記曰騶忌以鼓琴見齊威王王曰夫治國家何爲絲桐之間也羈旅無終極憂思壯難任羈旅已見上文

七哀詩二首 五言

張孟陽臧榮緒晉書曰張載字孟陽武邑人也有才華起家拜著作佐郎稍遷領著作遂稱疾抽簪告歸卒於家

北芒何壘壘高陵有四五廣雅曰壘重也古樂府詩曰還望故鄉鬱何壘壘北芒山名也壘壘塚相次之皃借問誰家墳皆云漢世主恭文遙相望原陵鬱膴膴范曄後漢書曰葬孝安皇帝于恭陵又曰葬靈帝于文陵又曰葬光武皇帝于原陵毛萇曰膴膴肥美也季世喪亂起賊盜如豺虎左氏傳曰叔向曰齊其何如晏子曰此季世也韋昭國語注曰季末也豺虎已見上文毀壤過一抔便房啟幽戶一抔喻少也漢書張釋之曰假令愚人取長陵一抔土何如漢書注曰便房冢壙中室也珠柙離玉體珎寶見剽虜魏文帝典論曰喪亂以來漢氏諸陵無不發掘至乃燒取玉柙金鏤體骨并盡西京雜記曰漢帝及王侯送死皆珠襦玉匣玉匣形如鎧甲連以金鏤枚乘七發曰太子玉體不安說文曰剽刼人也又

虜獲也漢書注曰虜與鹵同如淳曰鹵鈔掠也園寢化爲墟周墉無遺堵漢書曰自高祖下至宣帝各自居陵傍立廟又園中各有寢便殿又曰自貢禹建迭毀之議遂毀惠景廟及太上寢園廢而爲墟爾雅曰牆謂之墉毛萇詩傳曰一丈爲板五板爲堵冢籠荆棘生蹊逕登童竪狐兎窟其中蕪穢不復掃關中記曰漢諸陵守衛掃除廣雅曰掃除也餘見下注掃蘇老切頽隴並墾發萌隸營農圃蒼頡篇曰墾耕也毛詩曰俊發爾私鄭玄曰俊疾也發伐也疾耕發其私田也司馬相如上林賦曰地可墾闢悉爲農郊以贍萌隸昔爲萬乘君今爲丘山土漢書曰天子畿方千里兵車萬乘故稱萬乘之主方言曰冢大者爲丘淮南子曰吾死也有一棺之土感彼雍門言悽愴哀往古桓子新論曰雍門周以琴見孟嘗君曰臣竊悲千秋萬歲後墳墓生荆棘狐兎穴其中樵兒牧豎躑躅而歌其上行人見之悽愴孟嘗君之尊貴如何成此乎孟嘗君喟然嘆息淚下承睫

秋風吐商氣蕭瑟掃前林（王逸楚辭注曰商風西風也秋氣起則西風急疾鸍鵾賦曰涼風蕭瑟）陽鳥收和響寒蟬無餘音（陽鳥春鳥也禮記曰孟秋寒蟬應陰而鳴鳴則天涼故謂之寒蟬楚辭曰蟬寂寞而無聲）白露中夜結木落柯條森（呂氏春秋曰秋氣至則草木落）朱光馳北陸浮景忽西沈（朱光日也楚辭曰陽杲杲其朱光續漢書云日行北陸謂之冬杜預左氏傳注曰陸道也孔安國尚書注曰浮行也說文曰景日光也）顧望無所見惟覩松栢陰（松栢丘墓已見上文）肅肅高桐枝翩翩栖孤禽（禮記曰草木皆肅肅鄭玄曰肅肅謂枝葉縮栗也）仰聽離鴻鳴俯聞蜻蛚吟（易通卦驗曰立秋蜻蛚鳴蔡邕月令章句曰蟋蟀虫名俗謂之蜻蛚蟋蟀吟已見上文注蜻音精蛚音列）哀人易感傷觸物增悲心（秦嘉荅婦詩曰哀人易感傷）丘隴日已遠纒綿彌思深（古詩曰相去日已遠張升與任彥堅書曰纏綿恩好庶蹈高蹤）憂來令髮白

誰云愁可任古詩曰座中何人誰不懷憂令我白頭登樓賦曰誰憂思之可任徘徊向長風淚下霑衣衿楚辭曰愬長風以徘徊又曰向長風而舒情又曰泣歔欷而沾襟

悼亡詩三首五言風俗通曰慎終悼亡鄭玄詩箋曰悼傷也

潘安仁

荏苒冬春謝寒暑忽流易荏苒猶漸也冉冉歲月流貌也王逸楚辭注曰謝去也列子曰寒暑易節之子歸窮泉重壤永幽隔之子謂妻也毛詩曰之子于歸百兩御之琴賦曰披重壤以誕載私懷誰克從淹留亦何益神女賦曰情獨私懷誰者可語說文曰懷念思也楚辭曰倚躊躇以淹留僶俛恭朝命迴心反初役毛詩曰僶俛從事不敢告勞謂所任也王充論衡曰充罷州役望廬思其人入室想所歷家語孔子曰思其人愛其樹說文曰歷過也帷屏無髣髴翰墨有餘跡廣雅曰帷

帳也聲類作幃說文曰彷彿相似見不諦也歸田賦曰揮翰墨以奮藻流芳未及歇遺挂猶在壁洛神賦曰步蘅薄而流芳廣雅曰挂懸也悵怳如或存周遑忡驚惕王逸楚辭注曰怳失意也如彼翰林鳥雙栖一朝隻曹植善哉行曰如彼翰鳥或飛矣天王弼周易注曰翰鳥飛也曹植種葛篇曰下有交頸禽即雙栖禽也如彼遊川魚比目中路析爾雅曰東方有比目魚焉不比不行春風緣隟來晨霤承檐滴說文曰霤屋承水也寢息何時忘沈憂日盈積宋玉笛賦曰毅發沈憂結庶幾有時衰莊缶猶可擊郭璞爾雅注曰庶幾徼幸也莊子妻死惠子吊之方箕踞鼓盆而歌惠子曰與人居長子老身死不哭亦足矣又鼓盆而歌不已甚乎莊子曰不然是其始死也我獨何能無槩察其始而本無生非徒無生而本無形非徒無形而本無氣人見偃然寢於巨室而我噭噭隨而哭之自以爲不通乎命故止

皎皎窻中月，照我室南端。（室南端，室之南正門。）清商應秋至，溽暑隨節闌。（秋風爲商，已見上文。禮記曰：季夏土潤溽暑。文穎漢書注曰：闌，希也。說文曰：溽暑，濕暑也。）凜凜涼風升，始覺夏衾單。（古詩曰：涼歲云暮。毛萇詩傳曰：衾，被也。）豈曰無重纊，誰與同歲寒。（毛詩曰：豈曰無衣，與子同袍。孔安國尚書傳曰：纊，細綿也。）歲寒無與同，朗月何朧朧。（毛詩曰：叔兮伯兮，靡所與同。埤蒼曰：朣朧，欲明也。）展轉眄枕席，長簟竟牀空。（展轉已見上文。）牀空委清塵，室虛來悲風。（莊子曰：空穴來風。司馬彪曰：門戶孔空，風善從之。古詩曰：白楊多悲風。）獨無李氏靈，髣髴覩爾容。（桓子新論曰：武帝所幸李夫人死，方士李少君言能致其神，乃夜設燭張幄，令帝居他帳，遙見好女似夫人之狀，還帳坐也。）撫衿長歎息，不覺涕霑胷。（漢書公孫貜曰：累撫衿。魏武帝苦寒行曰：延頸長歎息。魏文帝歌行曰：不覺淚下霑衣裳。）霑胷安能已，悲懷從中起。

史記曰文帝意慘悽悲懷魏武帝短歌行曰憂從中來寢興目存形遺音猶在耳毛詩曰言念君子載寢載興禮記曰色不忘乎目楊脩傷天賦曰悲體貌之潛翳兮目常存乎遺形左氏傳晉穆嬴曰今君雖終言猶在耳上慙東門吴下愧蒙莊子列子曰魏有東門吴者死子而不憂莊子嘗人故云蒙莊子賦詩欲言志此志難具紀尚書曰詩言志賈逵國語注曰紀猶録也命也可柰何長戚自令鄙魚豢典略趙岐卒歌曰有志無時命也柰何論語曰小人長戚戚長笛賦曰長戚之士能閑居曜靈運天機四節代遷逝楚辭曰角宿未旦曜靈焉藏廣雅曰曜靈日也陳琳柳賦曰天機之運旋夫何逝之速也莊子天運篇曰天其運乎郭子玄曰不運而自行也淒淒朝露凝烈烈夕風厲毛詩曰秋日淒淒又曰冬日烈烈飄風發發柰何悼淑儷儀容永潛翳左氏傳施氏之婦曰巳不能庇其伉儷杜預曰儷偶也魏太祖祭橋玄文曰幽靈潛翳邈哉緬矣念此如昨日誰知已

卒歲蒼頡篇曰昨隔日也毛詩曰無衣無褐何以卒歲改服從朝政哀心寄私制茵幬張故房朔望臨爾祭鄭玄禮記注曰茵褥也毛詩箋曰幬床帳也爾祭詎幾時朔望忽復盡衾裳一毀撤千載不復引爾雅曰引陳也亹亹朞月周戚戚彌相愍楚辭曰時亹亹而過中又曰居戚戚而不解悲懷感物來泣涕應情隕感物已見上文毛詩曰涕既隕之駕言陟東皋望墳思紆軫毛詩曰駕言出遊又楚辭曰鬱結紆軫兮離愍而長鞠徘徊墟墓間欲去復不忍禮記周酆曰墟墓之間未施哀於民而民哀徘徊不忍去徙倚步踟躕毛詩序曰彷徨不忍去楚辭曰步徙倚而遥思落葉委埏側枯荄帶墳隅聲類曰埏墓隧也方言曰荄根也孤魂獨煢煢安知靈與無曹子建贈白馬王彪詩曰孤魂翔故城楚辭曰魂煢煢兮不遑寐投心遵朝命揮涕強就車揮涕已見

上文誰謂帝宮遠路極悲有餘毛詩曰誰謂宋遠莊子曰知反帝宮禮記子路曰吾聞諸夫子喪禮與其哀不足而禮有餘也不若禮不足而哀有餘也

廬陵王墓下作一首五言　宋武帝子義真封廬陵王未之藩而高祖崩廬陵聰敏好文常與靈運周旋屬少帝失德朝廷謀廢立之事次在廬陵言廬陵輕訬不任主社稷因其與少帝不協徐羨之等奏廢廬陵爲庶人徙新安郡羨之使使殺廬陵也後有讒靈運欲立廬陵王遂遷出之後知其無罪追還至曲阿過丹陽文帝問曰自南行來何所制作對曰過廬陵王墓下作一篇

謝靈運

曉月發雲陽落日次朱方越絶書曰曲阿爲雲陽縣左氏傳曰吳伐楚以報朱方之役杜預曰朱方吳也吳地記曰吳改朱方曰丹徒含悽泛廣川灑淚眺連崗史記曰春申君曰廣川大水山林谿谷楚辭曰還顧高丘泣如灑青烏子相冢書曰天子葬高山諸侯葬連崗眷言

懷君子沈痛結中腸毛詩曰眷言顧之阮藉詠懷詩曰容好結中腸道消結憤懣運開申悲涼道消少帝之日運開文帝之初也沈約宋書曰少帝諱義符武帝長子即位爲邢安泰所害周易否卦曰小人道長君子道消白虎通曰天子崩赴諸侯何緣臣子哀痛憤懣無能不告諸侯者也春秋說題辭曰天子崩黎庶殞涕海內悲涼宋均曰涼愁也神期恒若在德音初不忘家語曰今之言五帝三王者威靈若存王肅曰其威與明靈常若存也毛詩曰彼美孟姜德音不忘徂謝易永久松栢森已行尚書曰帝乃徂落毛詩曰我行永久曹植寡婦詩曰高墳鬱兮巍巍松栢森兮成行延州恊心許楚老惜蘭芳新序曰延陵季子將西聘晉帶寶劒以過徐君徐君不言而色欲之季子爲有上國之事未獻也然心許之矣使於晉顧反則徐君死於是以劒帶徐君墓樹而去漢書曰龔勝者楚人也字君賓勝卒有一老父來吊其哭甚哀既而曰嗟乎薰以香自燒膏以明自銷龔先生竟天天年非吾徒也遂趍而出莫知其誰徐州先賢傳曰楚老者彭城之隱人也解

歛竟何及撫墳徒自傷解歛已見上注潘岳虞茂春誄曰姨撫墳兮告辭皆莫能兮仰視顧愷之拜宣武墓詩曰遠念羨昔存撫墳哀今亡平生疑若人通蔽互相妨人若謂延州及楚老也令德高遠是通也解歛撫墳是蔽也論語子謂子賤曰君子哉若人桓子新論曰漢高祖建立鴻基侔功湯武及身病得良醫弗用專委婦人歸之天命亦以誤矣此必通人而蔽者也理感深情慟定非識所將言己往日疑彼三人迨乎今辰己亦復耳斯則理感既深情便悲慟定非心識之所能行也王隱晉書曰荀粲與傅嘏善夏侯玄亦親常謂嘏玄曰子等在世業閒功名玄必勝我識減我耳嘏難曰能成功名者識也天下孰有本不足而末有餘者粲曰功名局之所獎然則志自一物耳固非識之所獨齊我以能役子等爲貴未能齊子所爲也毛萇詩傳曰將行也脆促良可哀夭枉特兼常莊子曰其生也柔脆其死也枯槁趙岐孟子章句曰良甚一隨往化滅安用空名揚莊子曰已化而生又化而死孝經曰揚名於後世舉聲泣已灑長歎不

成章孟子曰君子之志於道也不成章不達

拜陵廟作一首五言沈約宋書曰漢儀上陵歲以爲常魏無定制江左元帝崩後諸侯始有謁陵辭陵事蓋率情而舉非京洛之舊自元嘉巳來每正月輿駕必謁初寧陵復漢儀

顔延年

周德恭明祀漢道尊光靈周書曰各助王恭明祀東觀漢記上賜東平王蒼書曰今送光烈皇后衣一篋令魯國孔氏尚有仲尼車輿冠履明德盛者光靈遠也哀敬隆祖廟崇樹加園塋漢書房中歌曰乃立祖廟敬明尊親如淳漢書注曰塋墓田也逮事休命始投迹階王庭書曰陳于商郊俟天休命莊子曰多物將往投迹者衆周易曰夬揚于王庭陪厠迴天顧朝讌流聖情毛詩曰不明爾德時無背無側爾德不明時無陪無卿鄭玄毛詩箋曰迴首曰顧早服身義重晚達生戒

輕服服事也早服恩淺也故以存身之義爲重也違官違也晩違恩厚故以養生之戒爲輕也王逸晉書曰孔坦上表曰士死知遇恩令命輕**否來王澤竭泰往人悔形**否來泰往少帝之時也否泰易二卦名也言王之德澤既竭人之悔吝形見班固西都賦序曰王澤竭而詩不作周易曰悔吝者憂虞之象也列子曰公孫朝不知世道之安危人理之悔吝周易曰否之匪人不利君子貞又曰泰君子道長小人道消**勑躬慙積素復與昌運升**孝經鉤命決曰勑躬未濟汲汲孳孳者四子講德論曰非有積素累舊之懽春秋孔演圖曰帝當會昌成封岱宗宋均曰應會之期耳**恩合非漸漬榮會在逢迎**論語糾滑讖曰漸漬以道廢消乃行戰國策曰田光造燕太子跪而逢迎却行爲道**夙御嚴清制朝駕守禁城束紳入西寢伏軫出東坰**紳大帶也論語子曰赤也束帶立於朝西西寢廟在西也莊子曰宣尼伏軫而嘆東坰陵所在也**衣冠終冥漠陵邑轉葱青**漢書曰自高祖已下各自君陵傍立廟月一遊衣冠吊魏武文曰悼繐帳之冥

漠漢書景帝紀曰作陽陵張晏曰景帝作壽陵起邑南都賦曰章陵鬱以青葱松風遵路急山烟冒壠生說文曰冒覆也方言曰秦晉之間冢謂之壠皇心憑容物民思被歌聲皇心謂文帝也司馬彪續漢書曰根車旋載容衣被歌聲班固漢書贊曰元帝自度曲被歌應劭曰持新曲以爲歌聲也然此言人之思慕被在歌謳之聲萬紀載紡吹千載託旒旌漢書詔曰制禮作樂各有由歌者所以發德也又曰聖王巳沒鍾鼓管紡之聲未衰儀禮士喪禮曰爲銘各以其物鄭玄曰銘明旌也以死者不可別故以其旗識之以別貴賤故云表德也天子各有建也未殊帝世遠巳同淪化萌言帝澤被天下威靈若存故未殊其遠而己質雖存其神巳謝故同乎淪化之萌也幼牡困孤介未暮謝幽貞漢書音義臣瓚曰介特也周易曰幽人貞吉發軌喪夷易歸軿愼崎傾以車之行喻己之仕也發軌弱冠也王武子荅何劭詩曰計終收遐致發軌將先起封禪書曰軌迹夷易易遵也歸軿暮年也楚辭曰覩軿丘兮崎傾

同謝諮議銅雀臺詩一首　五言集曰謝諮議璟魏志曰建安十五年冬作銅雀臺魏武遺令曰吾伎人皆著銅爵臺於臺上施六尺床繐帳朝晡上脯糒之屬月朝十五日輒向帳作伎汝等時時登銅爵臺望吾西陵墓田

謝玄暉

繐幃飄井幹罇酒若平生　鄭玄禮記注曰凡布細而疎者謂之繐今南陽有鄧繐淮南子曰大構架興宮室有雞棲井幹許慎曰皆屋構飾也司馬彪莊子注曰幹井欄然井幹臺之通稱也鬱鬱西陵樹詎聞歌吹聲　不敢指斥故以樹言之也芳襟染淚迹嬋媛空復情　楚辭云心嬋媛而傷懷兮王逸曰嬋媛牽引也玉座猶寂漠況迺妾身輕　易是謀類曰假威出坐玉床鄭玄曰坐玉床凥天之位也寡婦賦曰懼身輕而施重

出郡傳舍哭范僕射一首　五言劉璠梁典曰天監二年僕射范

雲卒任昉自義興貽沈約書曰永念平生忽爲疇昔然此郡謂義興也劉熙釋名曰傳舍也使人所止息而去後人復來轉相傳傳也風俗通曰諸有傳信乃得舍於傳也

任彥昇 劉璠梁典曰任昉字彥昇樂安人年四歲誦古詩數十篇十六舉秀才第一辭章之美冠絕當時爲寧朔將軍新安太守卒

平生禮數絕式瞻在國楨 國楨謂范雲也左氏傳曰名位不同禮亦異數女史曰式瞻清懿毛詩曰思皇多士生此王國王國克生惟周之楨毛萇詩傳曰楨幹也

一朝萬化盡猶我故人情 莊子曰若人之形者萬化而未始有極也史記范雎謂須賈曰戀戀有故人之意

待時屬興運王佐俟民英 易曰君子藏器於身待時而動班固漢書曰劉向稱董仲舒有王佐之才也袁子正書曰立德蹈禮謂之英子產季札人之英也

結懽三十載生死一交情 左氏傳曰楚子使椒舉如晉曰寡君願結懽於二三君史記太史公云下邽翟公曰一死一生

乃知交情携手遁衰孽接景事休明衰孽齊東昏侯也休明梁武帝也班固漢書述曰携手遯于秦鄭玄毛詩箋曰孽支庶也抱朴子曰携手而遊接景而處左氏傳曰王孫滿曰德之休明

運阻衡言革時泰玉階平曾子曰天下有道則君子訢然以交同天下無道則衡言不革孔安國尚書曰衡平也言平常之言也彼言不革此言革言亂之甚也長楊賦曰玉衡正而泰階平

濬沖得茂彦夫子值狂生傳暢讚曰王戎字濬沖戎爲選官時江夏李重字茂曾汝南李毅字茂彦重以清尚毅淹而通二人操異俱處要職戎以識會待之各得其用夫子謂范雲狂生昉自謂也梁典曰范雲爲吏部尚書又曰昉爲吏部侍郎淮南子曰臺無所鑒謂之狂生高誘曰臺持也所鑒者玄德故爲狂生臺古握字也漢書曰鄙食其人皆謂之狂生

伊人有涇渭非余揚濁清伊人謂范雲也綜核人物涇渭殊流非余狂生能揚清激濁也毛詩曰涇以渭濁湜湜其沚孫綽曰涇渭殊流雅鄭異調曹子建贈丁儀詩曰涇渭揚濁清

將乖不忍別欲以遣離情言將乖之初不

忍便訣欲留少選之頃以遣離曠之情也不忍一辰意千齡萬恨生言昔日將乖不忍一辰之意況今千齡末隔萬恨俱生者乎毛萇詩傳曰辰時也應璩與許子後書曰前別倉卒情意不悉追懷萬恨巳矣平生事詠歌盈篋笥新序孫叔敖曰筐篋之槀簡書説文曰篋笥也兼復相嘲謔常與虛舟值蒼頡篇曰嘲調也字書曰嘲亦啁也毛詩曰善戲謔兮莊子曰方舟而濟於河有虛舟來觸舟雖有褊心之人不怒也何時見范侯還叙平生意與子別幾辰經塗不盈旬左氏傳曰日月之會是謂辰以子丑配甲乙也經猶歷也弗覩朱顏改徒想平生人楚辭曰美人既醉朱顏酡又曰容則秀雅穉朱顏寧知安歌日非君撤瑟晨楚辭曰猶憤積而哀娛兮翔江州而安歌王逸曰安意歌今自寬慰也儀禮曰有疾病者齊撤瑟琴巳矣余何歎輟舂哀國均史記趙良謂商鞅曰五羖大夫死秦國男女流涕舂者不相杵毛詩曰尹氏太師維周之氐秉國之均四方是維毛萇曰均平也

贈答上

贈蔡子篤詩一首 四言晉官名曰蔡睦字子篤爲尚書

王仲宣

翼翼飛鸞載飛載東翼翼飛貌也鸞喻子篤也楚辭曰高翱翔之翼翼毛詩曰載飛載鳴我友云徂言戾舊邦蔡氏譜曰睦濟陽人毛詩曰我友敬矣又曰周雖舊邦舫舟翩翩以泝大江楚辭曰將舫舟而下流舫與方同蔚矣荒塗時行靡通董仲舒士不遇賦曰懼荒塗而難踐慨我懷慕君子所同毛詩曰慨我寤歎封禪書曰懷而慕思也悠悠世路亂離多阻毛詩曰悠悠南行又曰亂離瘼矣濟岱江行邈焉異處濟岱近兖州子篤所往江近荊州仲宣所居也風流雲散一別如雨鸚鵡賦曰何今日以雨絕陳琳檄吳將校曰雨絕于天然諸人同有此言未詳其始人生實難

願其弗與張奐與崔子書曰人生實難所務非此瞻望遐路允企伊佇毛詩
曰瞻望弗及佇立以泣又曰跂予望之鄭玄曰跂足可以望見之跂與企同烈烈冬日肅肅
淒風毛詩曰冬日烈烈左氏傳申豐曰春無淒風潛鱗在淵歸鴈載軒魚鴈諭時
候也毛詩曰魚潛在淵鄭玄曰寒則逃於淵史記曰楚人有好以弱弓微繳加歸鴈之上軒飛貌苟非
鴻鵰孰能飛飛因所見而言之毛詩曰匪鶉匪鳶翰飛戾天毛萇注曰鶉鵰也雖則追
慕予思罔宣法言曰夫進也者進於道慕於德尚書曰予思日孜孜瞻望東路慘
愴增歎率彼江流爰逝靡期毛詩曰率彼淮浦君子信誓不遷
于時毛詩曰言笑晏晏信誓旦旦及子同寮生死固之左氏傳曰先蔑之使也荀
林父止之曰同官爲寮吾嘗同寮敢不盡心乎何以贈行言授斯詩晏子春秋曰曾子將
行晏子送曰嬰聞贈人以財不若以言請以言乎夫蘭本三年成而湛之以酒則君子不近湛之麋醢賁以匹

馬願子剋求所湛中心孔悼涕淚漣洏毛詩曰中心是悼周易曰泣血漣如杜預左氏傳注曰而語助也嗟爾君子如何勿思毛詩曰君子行役如之何勿思

贈士孫文始一首四言三輔決録趙岐注曰士孫孺子名萌字文始少有才學年十五能屬文初董卓之誅也父瑞知王允必敗京師不可居乃命萌將家屬至荆州依劉表去無幾果爲李傕等所殺及天子都許昌追論誅董卓之功封萌爲澹津亭侯與山陽王粲善萌當就國粲等各作詩以贈萌于今詩猶存也

王仲宣

天降喪亂靡國不夷毛詩曰天降喪亂滅我立王又曰亂生不夷靡國不泯廣雅曰夷滅也我暨我友自彼京師爾雅曰暨與也毛詩曰自彼氐羌宗守盪失越用遁違杜預左氏傳注曰越遠也鄭玄禮記注曰遁逃也孔安國尚書傳注曰違避也遷于荆

楚在漳之湄山海經曰荊山漳水出焉毛詩曰居河之湄在漳之湄亦尅宴
處劉歆七略曰宴處從容觀詩書和通篪塤比德車輔毛詩曰伯氏吹塤仲氏吹篪毛
萇云土曰塤竹曰篪鄭玄曰其相應和如塤篪左氏傳曰宮之奇曰諺所謂輔車相依脣亡齒寒其虞虢之謂乎
既度禮義卒獲笑語毛詩曰獻酬交錯禮儀卒度笑語卒獲庶茲永日無
愆厥緒毛詩曰且以喜樂且以永日尚書曰荒墜厥緒雖曰無愆時不我已鄭玄
毛詩箋曰已與也同心離事乃有逝止張衡怨詩曰同心離居絕我中腸横此
大江淹彼南汜楚辭曰横大江兮揚靈王逸曰横度大江揚己精誠也毛詩曰江有汜之子歸
不我已我思弗及載坐載起毛詩曰瞻望弗及張衡怨詩曰我聞其聲載坐載起
惟彼南汜君子居之論語曰君子居之何陋之有悠悠我心薄言慕
之毛詩曰青青子衿悠悠我心又曰采采芣苡薄言采之人亦有言靡日不思毛詩

曰人亦有言靡哲不愚又曰有懷于衛靡日不思矧伊嬿婉胡不悽而毛詩曰矧伊人
矣又曰人無兄弟胡不比焉晨風夕逝託與之期毛萇詩傳注曰晨風鸇也楚辭曰因
歸鳥而致詞羌迅高而難當瞻仰王室慨其永歎毛詩曰瞻仰昊天尚書曰以蕃王室
毛詩曰慨其歎矣又曰我思肥泉茲之永歎良人在外誰佐天官毛詩曰維此良人弗求弗
迪尚書曰天工人其代之孔安國曰人代天理官不以天官私非其材四國方阻俾爾歸
蕃爾之歸蕃作式下國毛詩曰四國于蕃又曰俾爾多益尚書曰世世享德萬邦作式
鄭玄毛詩箋曰式法也毛詩曰命于下國無曰蠻裔不虔汝德賈逵國語注曰虔敬也
愼爾所主率由嘉則毛詩曰愼爾出話又曰不懋不忘率由舊章又曰仲山甫之德柔嘉
維則龍雖勿用志亦靡忒周易曰潛龍勿用陽在下也鄭玄毛詩箋云忒差也悠悠
澹澧鬱彼唐林荊州圖曰漢壽縣城南一百步有澹水出縣西陽山又曰澧陽縣蓋即澧水爲

名也在郡西南接澧水晉書曰天門有零陽縣南平郡有作唐縣盛引之荆州記曰零陵東接作唐然此三縣連延相接唐林即唐地之林也雖則同域邈其迴深爾雅曰迴遠也白駒遠志

古人所箴允矣君子不遐厥心既往既來無密爾音毛詩曰皎皎白駒在彼空谷生芻一束其人如玉無金玉爾音而有遐心又曰允矣君子展也大成

贈文叔良一首四言干寶搜神記曰文穎字叔良南陽人繁欽集又云爲荆州從事文叔良作移零陵文而粲集又有贈叔良詩獻帝初平中王粲依荆州劉表然叔良之爲從事蓋事劉表也詳其詩意似聘蜀結好劉璋也

王仲宣

翩翩者鴻率彼江濱毛詩曰翩翩者鵻說文曰翩翩飛疾貌君子于征爰聘西鄰毛詩曰之子于征西鄰謂蜀也臨此洪渚伊思梁岷楚辭曰伊思兮往古爾往孔邈

如何勿勤君子敬始愼爾所主老子曰愼終如始則無敗事孟子曰吾聞之觀近臣以其

所爲主觀遠臣以其所主趙岐曰近臣當爲遠方來賢者爲主遠臣而至主於在朝臣之賢者也謀言必賢錯說申輔鄭玄禮記注曰賢善也所言說當申相輔也申或爲車非也延陵有作僑肹是與公孫僑子產也羊舌肹叔向也左氏傳曰吳公子札聘于鄭見子產如舊相識與之縞帶子產獻紵衣適晉說叔向將行謂叔向曰吾子勉之君侈而多良大夫皆富政將在家吾子直必思自免於難也先民遺跡來世之矩毛詩曰先民有作溫恭朝夕尚書曰予恐來世以台爲口實既慎爾主亦迪知幾探情以華覩著知微華喻貌越絕書子胥曰聖人見微知著覩始知已視明聽聰靡事不惟論語孔子曰君子有九思視思明聽思聰字林曰惟思也董褐荷名胡寧不師國語曰吳晉爭長未成吳王昏乃戒令秣馬食士於是晉師大駭乃令董褐請事曰兩君偃兵接好日中爲期今大國越境而造於弊邑之軍壘敢請辭故吳王親對之曰天子有令周室既卑約貢獻莫入上帝鬼神而不可以之告孤用視聽命於藩離之外董褐既致命乃告趙鞅曰觀吳王之色類有大

憂小則嬖妾嫡子死不則國有大難大則越入吳將毒不可與戰主其許之然而不可徒許也趙孟許諾晉乃令董褐復命曰曩君之言周室既卑諸侯失禮於天子今君奄王東海以淫名聞於天下有短垣而自踰之況蠻荆則何有於周室夫諸侯無二君而周無二王君若卑天子以干其不祥而曰吳公孤敢不順從君命長弟吳王許諾及退就幕而會吳公先歃晉侯亞之韋昭曰董褐晉大夫司馬寅也毛詩曰胡寧忍予

衆不可蓋無尚我言

家語金人銘曰君子知天下之不可蓋也故下之廣雅曰尚高也我叔良也

梧宮致辯齊楚構患

說苑曰楚使使者聘於齊齊王饗之於梧宮使者曰大哉梧乎王曰江海之魚必吞舟大國之樹必巨園使者何恠焉使者曰然昔者燕攻齊焚雍門飲馬于淄澠定獲於琅邪王與太后奔莒逃於成陽之山敢問當此之時梧之大小何如王命陳先生對之陳子曰臣不如貂勃貂勃對曰使者爲問植梧之始邪昔楚無道殺子胥之父子胥奔吳吳以爲相後將兵伐楚以復父讎楚王奔隨吳王入郢子胥親射宮門鞭平王之墳當此之時梧始生之年也齊胥楚於是構怨遂舉兵相伐也

成功有要在

衆思歡尚書帝曰成允成功惟汝賢又曰有倫有要人之多忌掩之實難左氏傳秦伯謂公孫枝曰夷吾其定乎對曰今其言多忌克難哉瞻彼黑水滔滔其流尚書曰華陽黑水惟梁州毛詩曰滔滔江漢南國之紀江漢有卷允來厥休言彼二國席卷而來信汝之美也言江漢之君有席卷之志信服而來自是美非汝之功也漢書劉敬說高祖曰今陛下徑往卷蜀漢定三秦二邦若否職汝之由言彼二國若懷不順此汝之由毛詩曰邦國若否仲山甫明之毛萇詩傳曰若順也否猶臧否也謂善惡也左氏傳范宣子數諸戎曰言語漏泄則職汝之由也緬彼行人鮮克弗留少能不留言多淹留也賈逵國語注曰緬思貌也左氏傳曰行人言使人也毛詩曰靡不有初鮮克有終尚哉君子于異他仇左氏傳楚子木語晉范武子之德王曰尚矣哉能歆神人杜預曰尚者上也毛萇詩傳注曰仇匹也人誰不勤無厚我憂楚辭曰惟天地之無窮哀生民之長勤我粲自謂也惟詩作贈敢詠在舟言爲詩以贈者

有在舟舟之義憂患同也鄧析子曰同舟渡海中流遇風救患若一

贈五官中郎將四首　五言　劉公幹

昔我從元后整駕至南鄉元后謂曹操也至南鄉謂征劉表也尚書曰衆非元后何戴張衡思玄賦曰爰整駕而亟行毛詩曰維汝荆楚居國南鄉過彼豐沛都與君共翺翔豐沛漢高祖所居以喻譙也君謂五官也毛詩曰將翺將翔四節相推斥季冬風且涼四節已見潘安仁悼亡詩周易曰寒、暑相推而歲成焉廣雅曰斥推也衆賓會廣坐明鐙熺炎光史記侯嬴曰公子自是迎嬴羣衆廣坐之中楚辭曰蘭膏明燭華鐙錯鐙與燈音義同廣雅曰熺熾也熺大明貌火其切清歌製妙聲萬舞在中堂毛詩曰公庭萬舞鄭玄曰萬舞干舞也金罍含甘醴羽觴行無方毛詩曰我姑酌彼金罍楚辭曰瑶漿蜜勺實羽觴長夜忘歸來聊且爲大康毛詩曰無已大康職思其居四牡向路

馳歎悅誠未央四牡謂驪駒也漢書王式曰聞之於師客歌驪駒主人歌無庸歸音義曰逸詩篇名也

余嬰沈痼疾竄身清漳濱禮記曰身有痼疾說文曰痼久也漢書曰魏郡武始縣漳水至邯鄲入漳山海經曰少山清漳水出焉東流于濁漳之水自夏涉玄冬彌曠十餘旬楊雄羽獵賦曰玄冬季月天地隆烈杜預左氏傳注曰彌遠也蒼頡篇曰曠疎曠曠也常恐遊岱宗不復見故人援神契曰太山天帝孫也主召人魂尚書曰至于岱宗太山爲四岳宗也所親一何篤步趾慰我身左氏傳蔿啓強曰今君親步玉趾清談同日夕情眄敘憂勤毛詩曰朝夕思念至於憂勤也便復爲別辭遊車歸西隣西隣鄴都素葉隨風起廣路揚埃塵逝者如流水哀此遂離分論語曰子在川上曰逝者如斯夫不捨晝夜追問何時會要我以陽春楚辭

曰無衣裘以御冬恐死不得見乎陽春 望慕結不解貽爾新詩文 蔡邕瞽師賦曰詠新詩以悲歌 勉哉脩令德北面自寵珍 左氏傳曰忠爲令德北面臣位也禮記曰君之南鄉荅陽之義也臣之北面荅君之義也

秋日多悲懷感慨以長歎 毛萇詩傳曰秋士悲也 終夜不遑寐叙意於濡翰 毛詩曰不遑假寐楚辭曰魂煢煢兮不遑寐韋昭漢書注曰翰筆也 明鐙曜閨中清風淒已寒白露塗前庭應門重其關 楚辭曰白露紛以塗毛詩曰乃立應門爾雅曰正門謂之應門 四節相推斥歲月忽欲殫 禮記曰歲既殫矣 壯士遠出征戎事將獨難 壯士謂五官也漢書高祖曰壯士行何畏出征謂在孟津也魏志曰建安十六年文帝立爲五官中郎將典略曰建安二十二年魏郡大疫徐幹劉楨等俱逝然其間唯有鎮孟津及黎陽而無所征伐故疑出征謂在孟津也以在鄴故曰出征以有兵衛故曰戎事也 涕泣

灑衣裳能不懷所歡 涕泣幹自謂也

涼風吹沙礫霜氣何皚皚 易通卦驗曰巽氣不至則大風揚沙礫小石也說文曰皚皚霜雪貌劉歆遂初賦曰漂積雪之皚皚牛哀切

明月照緹幕華燈散炎輝 緹丹色也華燈已見上文

賦詩連篇章極夜不知歸 論衡曰興論立說結連篇章者文人鴻儒也

君侯多壯思文雅縱橫飛 漢儀注曰列侯爲丞相稱君侯大戴禮曰天子不知文雅之辭少師之任

小臣信頑鹵僶俛安能追 儀禮曰小臣正辭李尤東觀賦曰臣雖頑鹵慕小雅斯干歎詠之美僶俛已見上文論語曰參也魯孔安國曰魯鈍也魯與鹵同

贈徐幹一首 五言

劉公幹

誰謂相去遠隔此西掖垣 毛詩曰誰謂宋遠跂予望之洛陽故宮銘曰洛陽宮有東掖門西掖門

拘限清切禁中情無由宣 史記曰景帝居禁中禁中者門户有禁非

侍御不得入楚辭曰抒中情而爲詩思子沈心曲長歎不能言毛詩曰在其板屋亂我心曲古詩曰氣結不能言起坐失次第一日三四遷步出北寺門遥望西苑園風俗通曰尚書侍御史謁者所止皆曰寺也細柳夾道生方塘含清源思玄賦曰亘余沐於清源輕葉隨風轉飛鳥何翩翩楚辭曰漂翩翩其上下乖人易感動涕下與衿連仰視白日光皦皦高且懸毛詩曰謂余不信有如皦日毛萇曰皦白也楚辭曰晞白日兮皎皎兼燭八紘内物類無頗偏韓子曰朱儒對衛靈公曰夫日兼燭天下一物不能當也楊雄解嘲云日月之經不千里則不能燭六合耀八紘音義曰八方之綱維也尚書曰無偏無陂遵王之誼我獨抱深感不得與比焉

贈從弟三首 五言　劉公幹

汎汎東流水，磷磷水中石。呂氏春秋曰：水泉東流，日夜不休。毛詩曰：揚之水，白石磷磷。毛萇傳曰：清徹也。蘋藻生其涯，華紛何擾弱。采之薦宗廟，可以羞嘉客。蘋藻以喻從弟也。左氏傳君子曰：苟有明信，澗谿沼沚之毛，蘋蘩蘊藻之菜，可薦於鬼神，可羞於王公。毛詩曰：所謂伊人，於焉嘉客。豈無園中葵，懿此出深澤。古詩曰：青青園中葵，朝露待日晞。爾雅曰：懿，美也。

亭亭山上松，瑟瑟谷中風。風聲一何盛，松枝一何勁。冰霜正慘愴，終歲常端正。楚辭曰：霜露憯悽而交下。豈不罹凝寒，松栢有本性。凝，嚴也。莊子曰：天寒既至，雪霜將降，吾是以知松栢之茂也。

鳳凰集南嶽，徘徊孤竹根。鳳生丹穴，故曰南嶽。鄭玄毛詩箋曰：鳳凰之性，非竹實不食。亦喻從弟也。於心有不厭，奮翅凌紫氛。豈不常勤苦，羞與

黃雀羣黃雀喻俗士也何時當來儀將須聖明君尚書曰鳳凰來儀孔安國曰聖人受命則鳳凰至

文選卷第二十三

賜進士出身通奉大夫江南蘇松常鎮太等處承宣布政使司布政使胡克家重校刊

文選卷第二十四

梁昭明太子撰

文林郎守李右内率府録事參軍事崇賢館直學士臣李善注上

贈荅二

曹子建贈徐幹一首　贈丁儀一首

贈王粲一首　又贈丁儀王粲一首

贈白馬王彪一首　贈丁翼一首

嵇叔夜贈秀才入軍五首

司馬紹統贈山濤一首　張茂先荅何劭二首

何敬祖贈張華一首

陸士衡贈馮文羆遷斥丘令一首

荅賈謐一首并序

於承明作與士龍一首

贈尚書郎顧彦先二首

贈交阯太守顧公真一首

贈從兄車騎一首

荅張士然一首

爲顧彦先贈婦二首

贈馮文羆一首

又贈弟士龍一首

潘安仁爲賈謐贈陸機一首

潘正叔贈陸機出爲吳王郎中令一首

贈河陽一首

贈侍御史王元貺一首

贈徐幹一首　五言　曹子建

驚風飄白日忽然歸西山夫日麗於天風生乎地而言飄者夫浮景駿奔倏焉西邁餘光杳杳似若飄然古步出夏門行曰行行復行行白日薄西山圓景光未滿衆星粲以繁圓景月也論衡曰日月之體狀如正圓鄭玄毛詩箋曰景明也釋名曰望月滿之名也論語曰衆星共之廣雅曰粲明也志士營世業小人亦不閑論語子曰志士仁人無求生以害人孔叢子曰仲尼大聖自茲以降世業不替聊且夜行遊遊彼雙闕間文昌鬱雲興迎風高中天劉淵林魏都賦注曰文昌正殿名也廣雅曰鬱出也爾雅曰興起也地理書曰迎風觀在鄴列子曰周穆王築臺號曰中天之臺春鳩鳴飛棟流猋激櫺軒爾雅曰扶搖謂之猋郭璞曰暴風從上下者猋與飈同古字通說文曰櫺楯閒子也徐幹齊都賦曰窻櫺參差景納陽軒長廊之有窻也顧念蓬室士貧賤誠足憐蓬室士謂徐幹也蒼頡篇曰顧旋也列子

曰北宮子庇其蓬室若廣廈之蔭

薇藿弗充虛皮褐猶不全

墨子曰古之人其爲食也足以增氣充虛而已鄭玄周禮注曰充足也淮南子曰貧人冬則羊裘短褐不掩形也

忼慨有悲心興文自成篇

說文曰忼慨壯士不得志於心也鄭玄考工記注曰興發也

寶棄怨何人和氏有其愆

寶以喻幹和氏喻知己也韓子曰楚人和氏得璞玉於楚山之中奉而獻之武王武王使玉人相之玉人曰石也䠊和氏左足武王薨成王即位和又獻之玉人又曰石也䠊其右足成王薨文王即位和乃抱璞而哭於楚山之下王使玉人理其璞而得寶焉遂名曰和氏之璧䠊音刖孔安國尚書傳曰愆過也

彈冠俟知己知己誰不然

言欲彈冠以俟知己知己誰不同於棄寶而能相萬乎漢書曰蕭育與朱博友往者有王陽貢公故長安語曰蕭朱結綬王貢彈冠晏子春秋越石父曰士者申乎知己

良田無晚歲膏澤多豐年

良田膏澤喻有德也無晚歲多豐年喻必榮也漢書曰翟義請陂下良田國語子餘曰君若膏澤之使能成嘉穀毛詩曰豐年穰穰

亮懷璵璠

美積久德逾宣爾雅曰亮信也蒼頡篇曰懷抱也左氏傳曰季平子行東野還未至卒于房陽虎將以璵璠斂杜預曰璵璠美玉君所佩也璵音餘璠音煩親交義在敦申章復何言莊子曰親交益疏孔安國尚書傳曰敦厚也又曰申重也

贈丁儀一首五言集云與都亭侯丁翼今云儀誤也魏略曰丁儀字正禮太祖辟儀爲掾　曹子建

初秋涼氣發庭樹微銷落漢書孝武傷李夫人賦曰桂枝落而銷亡凝霜依玉除清風飄飛閣楚辭曰漱凝霜之紛紛字書曰凝冰堅也玉除階也說文曰除殿階也西都賦曰玉除彤庭又曰脩塗飛閣朝雲不歸山霖雨成川澤廣雅曰八月浮雲不歸左氏傳曰凡雨自三日已往爲霖黍稷委疇隴農夫安所獲王逸楚辭注曰委棄也說文曰疇耕治之田也毛詩曰帥時農夫在貴多忘賤爲恩誰能博言俗之常

情也狐白足禦冬焉念無衣客言服狐白者不念無衣以喻處尊貴者多忘貧賤也晏子春秋曰景公之時雨雪三日公被狐白之裘坐於堂側謂晏子曰雨雪三日天下不寒何也晏子曰賢君飽知人飢温知人寒楚辭曰無衣裘以禦冬毛詩曰無衣無褐何以卒歲思慕延陵子寶劒非所惜言延陵不欺於死而況其生者乎故已思慕之兾異於俗也新序曰延陵季子將西聘晉帶寶劒以過徐君徐君不言而色欲之季子爲有上國之事未獻也然心許之矣致使於晉顧反則徐君死於是以劒帶徐君墓樹而去廣雅曰惜愛也子其寧爾心親交義不薄

贈王粲一首　五言　曹子建

端坐苦愁思攬衣起西遊右詩曰攬衣起徘徊樹木發春華清池激長流中有孤鴛鴦哀鳴求匹儔鴛鴦喻粲也毛萇詩傳曰鴛鴦匹鳥也楚辭曰覽可與兮匹儔我願執此鳥惜哉無輕舟言願執鳥而無輕舟以喻己之思粲

而無良會也賈逵國語注曰惜痛也戰國策蘇代曰水浮輕舟欲歸志故道顧望但懷愁傳毅七激曰無物可樂顧望懷愁鄭玄毛詩箋曰迴首曰顧悲風鳴我側羲和逝不留楚詞曰哀江介之悲風又曰吾令羲和弭節兮王逸曰羲和日御也墨子曰時不可及日不可留重陰潤萬物何懼澤不周重陰以喻太祖蔡邕月令章句曰陰者密雲也誰令君多念自使懷百憂毛詩曰我生之後逢此百憂

又贈丁儀王粲一首五言集云荅丁敬禮王仲宣翼字敬禮今云儀誤也

曹子建

從軍度函谷驅馬過西京魏志曰建安二十年公西征張魯漢書弘農縣故秦函谷關毛詩曰驅馬悠悠山岑高無極涇渭揚濁清毛萇詩傳曰涇渭相入而清濁異壯哉帝王居佳麗殊百城漢書曰高祖南過曲逆曰壯哉縣高誘戰國策注曰佳大

也麗美也謝承後漢書曰黃琬拜豫州威邁百城**貞闕出浮雲承露槩泰清**西京

賦曰圜闕竦以造天淮南子曰魏闕之高上際青雲西都賦曰抗仙掌與承露廣雅曰抗摩也槩與抗同古字

通鶡冠子曰上及泰清下及太寧**皇佐揚天惠四海無交兵**皇佐太祖也邊讓章

華賦曰建皇佐之高勳飛仁聲之顯赫左氏傳箴尹克黃曰君天也家語孔子曰君惠臣忠楚漢春秋吳廣說

陳涉曰王引兵西擊則野無交兵**權家雖愛勝全國爲令名**權家兵家也史記曰

呂尚其事多兵權與奇計孫子兵法曰用兵法全國爲上破國次之左氏傳子產曰令名德之輿也鄭玄禮記

注曰名令聞也**君子在末位不能歌德聲**君子謂丁王也琴操曰右者君子在位役

不踰時德聲謂太祖令德之聲也**丁生怨在朝王子歡自營歡怨非貞**

則中和誠可經言歡怨雖殊俱非忠貞之則惟有中和樂職誠可謂經也漢書王襄使王褒作

中和樂職宣布詩如淳曰言王政中和在官者樂其職鄭玄周禮注曰經法也

贈白馬王彪一首 五言 魏志曰楚王彪字朱虎武帝子也初封白馬王後徙封楚集曰於圈城作又曰黄初四年五月白馬王任城王與余俱朝京師會節氣日不陽任城王薨至七月與白馬王還國後有司以二王歸蕃道路宜異宿止意毒恨之蓋以大别在數日是用自剖與王辭焉憤而成篇

曹子建

謁帝承明廬逝將歸舊疆 陸機洛陽記曰承明門後宫出入之門吾常怪謁帝承明廬問張公云魏明帝作建始殿朝會皆由承明門毛詩曰逝將去汝舊疆鄄城也時植雖封雍丘仍居鄄城 清晨發皇邑日夕過首陽 陸機洛陽記曰首陽山在洛陽東北去洛二十里 伊洛廣且深欲濟川無梁 楚詞曰道壅塞而不達江河廣而無梁 汎舟越洪濤怨彼東路長 國語曰秦汎舟于河西京賦曰起洪濤而揚波 顧瞻戀城闕引領情内傷 其一 毛詩曰顧瞻周道又曰在城闕兮左氏傳穆叔謂晋侯曰引領西望曰庶幾乎楚詞曰永

懷兮内傷太谷何寥廓山樹鬱蒼蒼薛綜東京賦注曰太谷在洛陽西南風俗通曰泰山松樹鬱鬱蒼蒼霖雨泥我塗流潦浩縱横魏志曰黃初四年七月大雨伊洛溢流毛萇詩傳曰行潦流潦也中逵絶無軌改轍登高岡毛詩曰肅肅兎罝施於中逵廣雅曰軌迹也脩坂造雲日我馬玄以黃其二毛詩曰陟彼高岡我馬玄黃毛萇曰玄馬病則黃玄黃猶能進我思鬱以紆楚詞曰願假簧以舒憂志紆鬱其難釋王逸曰紆屈也鬱愁也鬱紆將難進親愛在離居楚詞曰將以遺兮離居本圖相與偕中更不克俱毛萇詩傳曰偕俱也鴟梟鳴衡扼豺狼當路衢鴟梟豺狼以喻小人也毛詩曰懿厥哲婦爲梟爲鴟漢書杜文謂孫寶曰豺狼當路不宜復問狐狸公羊傳曰楚莊王伐鄭放乎路衢何休注曰路衢鄭内衢也蒼蠅間白黑讒巧令親疏毛詩曰營營青蠅止於樊鄭玄曰蠅之爲蟲汙白使黑汙黑使白喻佞人變亂善惡也廣雅曰間毁也

欲還絶無蹊攬轡止踟躕其三楚辭曰攬騑轡而下節毛詩曰搔首踟躕踟躕
亦何留相思無終極漢書息夫躬絶命詞曰嗟若是欲何留也秋風發微涼
寒蟬鳴我側蔡邕月令章句曰寒蟬應陰而鳴鳴則天涼故謂之寒蟬也原野何蕭
條白日忽西匿楚辭曰山蕭條而無獸又曰日杳杳而西頽歸鳥赴喬林翩
翩厲羽翼毛詩曰翩翩者鵻厲疾貌孤獸走索群銜草不遑食尚書曰不
遑暇食感物傷我懷撫心長太息其四廣雅曰感傷也古詩曰感物懷所思列子
曰師襄乃撫心高蹈楚辭曰長太息以掩涕太息將何爲天命與我違鄭玄周易
注曰命所受天命也楚辭曰屬天命而委之咸池王逸曰咸池天神也古詩曰同袍與我違毛萇詩傳曰違離
也謂不耦也奈何念同生一往形不歸魏志曰武皇帝卞皇后生任城王彰陳思
王植左氏傳曰鄭罕駟豐同生杜預曰罕子皮駟子晳豐公孫段也三家本同母兄弟也漢書武帝詔曰梁王

親慈同生願以邑分弟孤魂翔故城魏志城作域靈柩寄京師漢書貢禹上書曰骸骨棄捐孤魂不歸存者忽復過亡沒身自衰人生處一世去若朝露晞漢書李陵謂蘇武曰人生如朝露何久自苦如此薤露歌曰薤上零露何易晞毛萇詩傳曰晞乾也年在桑榆間影響不能追日在桑榆以喻人之將老東觀漢記光武曰失之東隅收之桑榆仲長子昌言曰捷疾馳影響人間也自顧非金石咄唶令心悲其五鄭玄毛詩箋曰顧念也古詩曰人生非金石豈能長壽考說文曰咄叱也丁兀切聲類曰唶大呼也子夜切言人命叱呼之間或至天喪也心悲動我神棄置莫復陳丈夫志四海萬里猶比隣恩愛苟不虧在遠分日親鄧析子曰遠而親者志相應也分猶志也何必同衾幬然後展慇懃毛詩曰抱衾與裯毛萇曰衾被也鄭玄曰裯床帳也幬與裯古字同憂思成疾疢無乃兒女仁毛詩曰心之憂矣疢如疾首史記曰呂公謂呂

媪曰非兒女之所知又韓信謂漢祖曰項王所謂婦人之仁也倉卒骨肉情能不懷苦辛其六李陵書曰前書倉卒骨肉謂兄弟也蘇子卿詩云骨肉縁枝葉古詩又曰轗軻長苦辛苦辛何慮思天命信可疑虛無求列仙松子久吾欺班固楚辭序曰帝閽宓妃虛無之語論衡曰傳稱赤松王喬好道爲仙度世不死是又虛也魏武帝善哉行曰痛哉世人見欺神仙變故在斯須百年誰能持漢書谷永曰三郡所奏皆有變故鄭玄周禮注曰故災也禮記君子曰禮樂不可斯須去身鄭玄曰斯須猶須臾也古詩曰生年不滿百呂氏春秋曰人之壽久不過百離別永無會執手將何時蔡琰詩曰念別無會期毛詩曰執子之手與子偕老王其愛玉體俱享黃髮期七發曰太子玉體不安東觀漢記太子執報桓榮書曰君愼疾加飡重愛玉體杜預左氏傳注曰享受也尚書曰詢茲黃髮收淚即長路援筆從此辭其七韓詩外傳曰孫叔敖治楚三年而楚國霸楚史援筆而書於策蘇武詩曰去去從此辭

贈丁翼二首五言文士傳曰翼字敬禮儀之弟也爲黄門侍郎

曹子建

嘉賓填城闕豐膳出中厨鄭玄禮記注曰填滿也毛詩曰我有嘉賓城闕已見上文吾與二三子曲宴此城隅論語子曰二三子以我爲隱乎吾無隱乎爾毛詩曰俟我於城隅秦箏發西氣齊瑟揚東謳楚辭曰挾秦箏而彈徽歌録有美女篇齊瑟行史記蘇秦説秦王曰臨菑甚富其民無不吹竽鼓瑟説文曰謳齊歌也肴來不虚歸觴至反無餘我豈狎異人朋友與我俱毛詩曰豈伊異人兄弟匪他爾雅曰狎習也毛詩序曰伐木燕朋友故舊也大國多良材譬海出明珠禮斗威儀曰其君乗金而王則江海出大貝明珠君子義休偫小人德無儲言君子之義美而且具小人之德寡而無儲也説文曰偫待也一曰具也儲謂蓄積之以待無也積善有餘慶榮枯立

可湏周易曰積善之家必有餘慶孔安國尚書傳曰湏待也滔蕩固大節世俗多所拘淮南子曰使神滔蕩而不失其充又曰曲士不可與語至道拘於俗而束於教君子通大道無願爲世儒論衡曰說經者爲世儒

贈秀才入軍五首四言集云兄秀才公穆入軍贈詩劉義慶集林曰嵇熹字公穆舉秀才

嵇叔夜

良馬既閑麗服有暉毛詩曰良馬四之又曰君子之馬既閑且馳鄭玄曰閑習也廣雅曰麗好也楊雄反騷曰素初貯厥麗服兮左攬繁弱右接忘歸新序曰楚王載繁弱之弓忘歸之矢以射兕於雲夢風馳電逝躡景追飛四子講德論曰風馳雨集雜襲並至孫該琵琶賦曰飄風電逝舒疾無方七啓曰忽躡景而輕騖凌厲中原顧盼生姿劉歆遂初賦曰登句注以凌厲廣雅曰凌馳也厲上也風俗通曰顔色厚所顧盼若以親密也攜我好仇載

我輕車毛詩曰君子好仇南淩長阜北厲清渠廣雅曰淩乘也王逸楚辭注曰厲度也仰落驚鴻俯引淵魚盤于遊田其樂只且西京賦曰盤于游畋其樂只且

輕車迅邁息彼長林春木載榮布葉垂陰習習谷風吹我素琴毛詩曰習習谷風秦嘉婦徐氏書曰芳香既珎素琴又好咬咬黃鳥顧疇弄音毛詩曰交交黃鳥古歌曰黃鳥鳴相追咬咬弄好音感悟馳情思我所欽古詩曰馳情整中帶心之憂矣永嘯長吟毛詩曰心之憂矣我歌且謡杜篤連珠曰能離光明之顯長吟永嘯

浩浩洪流帶我邦畿毛萇詩傳曰畿疆也萋萋緑林奮榮揚暉魚龍瀺灂山鳥羣飛樂動聲儀曰風雨動魚龍仁義動君子上林賦曰瀺灂霣墜劉向七言曰

山鳥羣鳴我心懷駕言出遊日夕忘歸毛詩曰駕言出遊楚辭曰日將暮兮悵忘歸思我良朋如渴如飢毛詩曰每有良朋曹植責躬詩曰遲奉聖顏如渴如飢願言不獲愴矣其悲張衡詩曰願言不獲終然永思曹植責躬詩曰心之云慕愴矣其悲息徒蘭圃秣馬華山蘭圃蕙圃也毛詩曰之子于歸言秣其馬毛萇詩傳曰秣養也華山山有光華也流磻平皋垂綸長川說文曰磻以石著弋繳也鄭玄毛詩箋曰釣者以絲爲之綸目送歸鴻手揮五絃漢書曰周亞夫趨出上以目送之歸田賦曰彈五絃於妙指俯仰自得游心泰玄楚辭曰漠虛靜以恬愉兮澹無爲而自得泰玄謂道也淮南子曰自得者全其身者也全其身則與道爲一矣嘉彼釣叟得魚忘筌莊子曰莊子釣於濮水之上又曰筌者所以得魚也得魚而忘筌蹄者所以在兔也得兔而忘蹄言者所以在意也得意而忘言吾焉得夫忘言之人而與之言哉郢人逝矣誰與盡言莊子曰莊子送葬過惠子之墓顧謂

從者曰郢人堊漫其鼻端若蠅翼使匠石斲之匠石運斤成風聲而斲之盡堊而鼻不傷郢人立不失容宋元君聞之召匠石曰嘗試爲寡人爲之匠石曰臣則當能斲之雖然臣質死久矣自夫子之死也吾無以爲質矣吾無與言之矣

閑夜肅清朗月照軒舞賦曰夫何皦皦之閑夜明月列以施光軒已見曹子建贈徐幹詩注微風動袿組帳高褰方言曰袿謂之裾音圭袿或爲幃周禮曰幕人掌帷幕幄帟綬之事鄭司農曰帟平帷也綬組綬所以繫帷也王逸楚詞注曰以幕組結束玉璜爲帷帳也旨酒盈樽莫與交歡毛詩曰旨酒欣欣漢書曰郭解入關賢豪爭交歡鳴琴在御誰與鼓彈毛詩曰琴瑟在御莫不靜好仰慕同趣其馨若蘭六韜曰同好相趣薛綜西京賦注曰趣猶意也易曰同心之言其臭如蘭佳人不在能不永歎楚辭曰聞佳人兮召予毛詩曰假寐永歎

贈山濤一首　五言

司馬紹統 臧榮緒晉書曰司馬彪字紹統少篤學初拜騎都尉太始中爲秘書郎轉丞後拜散騎侍郎終於家

苕苕椅桐樹，寄生於南岳。椅桐，彪自喻也。毛詩曰：其桐其椅，其實離離。馬融琴賦曰：惟椅梧之所生，在衡山之峻陂。上凌青雲霓，下臨千仞谷。蒼頡篇曰：凌，侵也。呂氏春秋曰：若決積水於千仞之谿。包咸論語注曰：七尺曰仞。處身孤且危，於何託余足。毛詩序曰：孤危將亡。漢書賈山上書曰：不得邪徑而託足焉。昔也植朝陽，傾枝俟鸞鷟。毛詩曰：鳳凰鳴矣，于彼高岡。梧桐生矣，于彼朝陽。鄭玄曰：鳳凰之性，非梧桐不棲，非竹實不食也。說文曰：鸞鷟，鳳屬，神鳥也。今者絕世用，倥傯見迫束。新語曰：梗梓仆則爲世用。楚辭曰：悲余生之無歡兮，愁倥傯於山陸。王逸曰：倥傯，困苦也。班匠不我顧，牙曠不我錄。班匠及牙曠，皆喻執政也。墨子曰：公輸般爲雲梯。鄭玄禮記注曰：般，伎巧者也。莊子曰：匠石之齊，見櫟杜樹，匠伯不顧司馬彪曰匠石字伯鄭玄毛詩箋曰顧視也列子曰伯牙善鼓琴左氏傳曰師曠侍於晉侯杜預曰師曠晉樂太師焉得成琴瑟何由揚妙曲栢子新論曰黃門工鼓琴者有任真卿虞長倩能傳其度數妙曲遺聲冉冉三光馳逝者一何速廣雅曰冉冉進也淮南子曰夫道含吐陰陽而章三光許慎曰三光日月星也逝者見下注中夜不能寐撫劒起躑躅毛詩曰耿耿不寐左氏傳曰子朱怒撫劒從之說文曰蹢躅住足也躑躅與蹢躅同感彼孔聖歎哀此年命促春秋說題辭曰天嘗有血書魯端門作法孔聖没周室亡論語曰子在川上曰逝者如斯司馬遷悲士不遇賦曰天道悠昧人理促卞和潛幽冥誰能證奇璞卞和巳見上文冀願神龍來揚光以見燭神龍睮濤也山海經曰赤水之山有神人面蛇身其瞑乃晦其視乃明是燭九陰是謂燭龍

荅何劭二首　五言

張茂先

吏道何其迫窘然坐自拘班彪與金昭卿書曰遠在東垂吏道迫促鵩鳥賦曰愚士繫俗窘若囚拘纓緌爲徽纆文憲焉可踰纓緌制人同於徽纆國之文憲豈可踰乎禮記曰冠緌纓鄭玄曰緌纓飾也周易曰繫用徽纆孔安國尚書傳曰憲法也恬曠苦不足煩促每有餘廣雅曰恬靜也蒼頡篇曰曠疏曠也良朋貽新詩示我以遊娛良朋已見上文徐幹贈五官中郎將詩曰貽爾新詩又思玄賦曰雖遊娛以媮樂穆如灑清風奐若春華敷毛詩曰吉父作誦穆如清風淮南子曰猶條風之時灑苔賓戲曰摛藻如春華自昔同寮寀於今比園廬臧榮緒晉書曰惠帝即位劭爲太子太師又曰武帝崩華爲太子少傅然考乎其時事正相接故曰同寮也左氏傳曰先蔑之使也荀林父止之曰同官爲寮吾嘗同寮敢不盡心乎爾雅曰采僚官也南都賦曰園廬舊宅也衰夕近辱殆庶幾並懸輿王逸楚辭注曰夕以喻衰言日夕將暮己已衰老子曰知足不辱知止不殆漢書曰薛廣德乞骸骨賜安車駟馬懸

其安車傳子傳孫也散髮重陰下抱杖臨清渠鍾會遺榮賦曰散髮抽簪屬耳聽鸎鳴流目翫儵魚毛詩曰耳屬于垣鄭玄曰屬耳於壁聽之又儀禮注曰屬注也毛詩曰鸎其鳴矣思玄賦曰流目眺夫衡阿翫猶悦也莊子曰儵魚出遊從容是魚樂也從容養餘日取樂於桑榆漢書疏廣曰此金者聖主所以惠養老臣也故樂與鄉黨共饗其賜以盡吾餘日不亦可乎桑榆已見上文

洪鈞陶萬類大塊稟羣生洪鈞大鈞謂天也大塊謂地也言天地陶化萬類而羣化稟受其形也鵩鳥賦曰大鈞播物廣雅曰陶化也河圖曰地有九州以苞萬類莊子曰大塊載我以形勞我以生孔安國尚書傳曰稟受也漢書董仲舒對策曰羣生和而萬物殖明闇信異姿靜躁亦殊形劉歆遂初賦曰非積習之生常固明闇之所別老子曰重爲輕根靜爲躁君王弼曰凡物輕不能載重小不能鎮大不行者使行不動者制動是以重必爲輕根靜必爲躁君自予及有識志不

在功名李陵與蘇武書曰陵自有識以來士之立操未有如子卿者也呂氏春秋曰功名大立天也虛恬竊所好文學少所經楚辭曰漠虛靜以恬愉忝荷旣過任白日已西傾白日西傾以喩年老也洛神賦曰日旣西傾道長苦智短責重困才輕論語曾子曰士不可以不弘毅任重而道遠仁以爲己任不亦重乎死而後已不亦遠乎呂氏春秋曰智短則不知化不知化者每舉必危范曄後漢書劉寬曰任重責大憂心如醉曹植上表曰爵重才輕周任有遺規其言明且清論語孔子云周任有言曰陳力就列不能者止馬融曰周任古之良史子思子詩云昔吾有先正其言明且清國家以寧都邑以成負乘爲我戒夕惕坐自驚周易曰負且乘致寇至負也者小人之事也乘也者君子之器也小人乘君子之器盜思奪之矣又曰夕惕若厲孔安國尚書傳曰惕懼也是用感嘉貺寫心出中誠感猶荷也魏文帝書曰嘉貺益腆發篇雖溫麗無乃違其情西都賦曰啓發篇章漢書曰司馬相

如作賦甚引麗温雅廣雅曰違背也

贈張華一首 五言　何敬祖

四時更代謝懸象迭卷舒孫卿子曰日月遞照四時代御淮南子曰二者代謝舛馳周易曰懸象著明莫大乎日月淮南子曰陰陽贏縮卷舒淪於不測暮春忽復來和風與節俱論語曰暮春者春服既成毛詩曰習習谷風毛萇傳曰習習和舒之貌楊泉物理論曰春氣䁕其風温和俯臨清泉涌仰觀嘉木敷西都賦曰嘉木樹庭周旋我陋圃西瞻廣武廬臧榮緒晉書曰吴滅封張華廣武侯左氏傳太史克曰奉以周旋既貴不忘儉處有能存無毛萇詩傳曰有謂富無謂貧鎮俗在簡約樹塞焉足摹周易曰簡則易從廣雅曰約儉也論語曰或問管仲知禮乎孔子曰邦君樹塞門管氏亦樹塞門在昔同班司今者並園墟同班司已見張華荅詩私願偕黄髮逍遥

綜琴書黃髮已見上文王肅周易注曰綜理事也劉歆遂初賦曰玩琴書以條暢舉爵茂陰

下攜手共躊躇韓詩曰搔首躊躇薜君曰躊躇躑躅也奚用遺形骸忘筌

在得魚莊子曰申徒兀者謂子産曰吾與夫子游十有九年矣而未曾知吾兀者也今子與我遊於形骸之內而子索我於形骸之外不亦過乎得魚忘筌已見上文

贈馮文羆遷斥丘令一首

四言晉百官名曰外兵郎馮文羆集云文羆爲太子洗馬遷斥丘令贈以此詩闞駰十三州記曰斥丘縣在魏郡東八十里

陸士衡

於皇聖世時文惟晉毛詩曰於皇時周周禮栗氏量銘曰時文思索鄭玄曰言是文德之君思求可以爲人立法也受命自天奄有黎獻謂武帝也毛詩曰有命自天命此文王又曰奄有四方毛萇曰奄大也尚書曰萬邦黎獻共惟帝臣孔安國曰黎衆也獻賢也閶闔既闢承

華再建謂惠帝也晉宫閣名曰洛陽城閶闔門陸機洛陽記曰太子宫在太宫東薄室門外中有承華門再建謂立愍懷太子國儲以對閶闔故謂之再也

明明在上有集惟彦其一毛詩曰明明在下赫赫在上

弈弈馮生哲問允迪方言曰自關而西凡美容謂之弈弈尚書曰允迪厥德謨明弼諧孔安國曰迪蹈也言信蹈行古人之德

天保定子靡德不鑠毛詩曰天保定爾亦孔之固劇秦美新曰鑠德懿和之風爾雅曰鑠美也

邁心玄曠矯志崇邈爾雅曰邁行也王逸楚辭注曰矯舉也爾雅曰崇高也

遵彼承華其容灼灼其二毛詩曰桃之夭夭灼灼其華

嗟我人斯戢翼江潭毛詩曰嗟我懷人又曰彼何人斯又曰鴛鴦在梁戢其左翼楚辭曰遊於江潭

有命集止翩飛自南周易曰大君有命毛詩曰有命旣集又曰翩飛惟鳥又曰凱風自南

出自幽谷及爾同林謂俱爲洗馬也臧榮緒晉書曰楊駿誅徵機爲太子洗馬毛詩曰出自幽谷遷于喬木

雙情交映遺物識心其三映猶照也

人亦有言交道實難毛詩曰人亦有言靡哲不愚漢書曰蕭育與朱博後有隙故世以交爲難也有頍者弁千載一彈毛詩曰有頍者弁實維伊何毛萇曰頍弁貌也弁皮弁也彈冠已見上文杜預左氏傳注曰弁亦冠也故通言之頍丘蘂切與跬同音今我與子曠世齊歡言我及子雖與王貢曠世而實齊其歡也范曄後漢班固議曰以漢與已來曠世歷年廣雅曰曠遠也利斷金石氣惠秋蘭其四周易曰二人同心其利斷金同心之言其臭如蘭羣黎未綏帝用勤止毛詩曰羣黎百姓長楊賦曰羣黎爲之不康毛詩曰文王既勤止我應受之我求明德肆于百里毛詩曰我求懿德肆于時夏鄭玄曰肆陳也陳其功烈也漢書曰縣大率百里其人稠則盛稀則曠也僉曰爾諧俾民是紀尚書僉曰垂哉帝曰汝諧毛詩曰四方是維俾民不迷鄭玄毛詩箋曰以網罟喻爲政理之爲紀也乃眷北徂對揚帝祉其五毛詩曰乃眷西顧又曰對揚王休又曰既受帝祉施于孫子疇昔之遊好合纏綿

左氏傳羊斟曰疇昔之羊子爲政毛詩曰妻子好合張升與任彥堅書曰纏綿恩好庶蹈高蹤

借曰未洽亦既三年毛詩曰借曰未知亦既抱子

居陪華幄出從朱輪應璩與趙叔潛書曰入侍華幄出典禁闈司馬彪續漢書曰皇太子安車朱班輪

方驥齊鑣比迹同塵其六鄭玄儀禮注曰方併也南都賦曰騄驥齊鑣范曄後漢書孔融薦謝該曰該實卓然比迹前列老子曰和其光同其塵

之子既命四牡項領毛詩曰駕彼四牡四牡項領

遵塗遠蹈騰軌高騁四子講德論曰未若遵塗之疾也鄭玄考工記注曰軌謂轍也

慶雲扶質清風承景廣雅曰質軀也

嗟我懷人其邁惟永其七毛詩曰嗟我懷人毛萇曰懷思也

否泰苟殊窮達有違否泰周易二卦名也列子西門子謂北宮子曰汝造事而窮予造事而達此厚薄之驗與賈逵國語注曰違異也

及子春華後爾秋暉言否泰殊流窮達異轍今雖及爾春華之美終當後爾秋暉之盛也春華喻少年秋暉喻老成也蘇武詩曰努力愛春華

逝將去我陟彼朔垂逝將去汝已見上文毛詩曰陟彼高岡朔垂斥丘也爾雅曰朔北方也說文曰垂遠邊也非子之念心孰爲悲其八

荅賈長淵一首四言并序王隱晉書曰魯公賈謐字長淵　陸士衡

余昔爲太子洗馬漢書曰太子屬官有先馬如淳曰前驅也先或作洗賈長淵以散騎常侍東宮積年高誘呂氏春秋注曰東宮太子所居詩曰東宮之妹余出補吳王郎中令臧榮緒晉書曰吳王晏字平度武帝第二十三子封吳又曰吳王出鎮淮南以機爲郎中令元康六年入爲尚書郎臧榮緒晉書曰機爲尚書中兵郎魯公贈詩一篇作此詩荅之云爾

伊昔有皇肇濟黎蒸爾雅曰伊惟也郭璞曰發語辭也毛詩曰有皇上帝毛萇曰皇君也封禪書曰覺悟黎蒸先天創物景命是膺周易曰先天而天弗違周禮曰智者創物毛詩

曰君子萬年景命有僕毛萇曰僕附也毛詩曰戎翟是膺毛萇曰膺當也降及羣后迭毀迭興史記太史公曰遞興遞廢能者用事小雅曰遞迭更也邈矣終古崇替有徵其一楚辭曰春蘭兮秋菊長無絶兮終古國語藍尹亹謂子西曰吾聞君子唯獨居思念前世之崇替於是乎有歎韋昭曰崇終也替廢也左氏傳曰君子之言信而有徵在漢之季皇綱幅裂韋昭曰國語注曰季末也皇綱以綱爲喻也荅賓戲曰廓帝紘恢皇綱毛萇詩傳曰張之曰綱魏志崔琰曰今天下分崩九州幅裂大辰匿耀金虎習質漢書曰東方蒼龍房心心爲明堂大星天王爾雅曰大辰房心尾也石氏星經曰昴者西方白虎之宿也太白者金之精太白入昴金虎相薄主有兵亂雄臣馳騖義夫赴節解嘲曰世亂則聖哲馳騖而不足釋位揮戈言謀王室其二左氏傳王子朝告于諸侯曰居王于彘諸侯釋位以間王政說文曰揮奮也左氏傳曰會于洮謀王室也王室之亂靡邦不泯毛詩曰亂生不夷靡國不泯毛萇曰泯滅也如彼墜景

曾不可振丁德禮寡婦賦曰日亹亹以西墜說文曰振舉也乃眷三哲俾乂斯
民三哲劉備孫權曹操也尚書帝曰下民其咨有能俾乂孔安國曰乂治也啓土雖難改物
承天其三尚書曰建邦啓土國語王謂晉侯曰叔父若能更姓改物以創天下禮記明堂陰陽録曰王者
承天統物也爰茲有魏即宮天邑禮記孔悝鼎銘曰即宮于宗周尚書曰周公曰肆予
敢求爾于天邑商吳實龍飛劉亦岳立東京賦曰乃龍飛白水干戈載揚
俎豆載戢毛詩曰載戢干戈毛萇曰戢聚也論語孔子曰俎豆之事則嘗聞之矣民勞師
興國玩凱入其四毛詩曰民亦勞止玩與翫同古字通周禮曰師有功則愷樂天厭霸
德黃祚告舋左氏傳鄭伯曰天而既厭周德矣干寶搜神記曰魏惟五德之運以土承漢春秋保
乾圖曰漢以魏魏徵黃精接期天下歸高賈逵國語注曰舋兆也言禍有兆獄訟違魏謳歌適
晉孟子萬章曰堯以天下與舜有諸孟子曰否不然天與之堯崩三年之喪畢舜讓避丹朱於南河之南天

下朝覲獄訟者不之堯之子而之舜謳歌者不謳歌堯之子而謳歌舜舜曰天也夫而後歸中國踐天子之位焉**陳留歸蕃我皇登禪**魏志曰陳留王諱奐字景明武帝孫燕王宇子也奉皇帝璽綬策禪位于晉嗣王魏世譜曰封帝爲陳留王**庸岷稽顙三江改獻**其五庸岷蜀境也庸國名也岷山名也禮記孔子曰拜而後稽顙三江吴境也尚書曰三江既入**赫矣隆晉奄宅率土**曹府君陳寔誄曰赫矣陳君毛詩曰宅殷土芒芒又曰率土之濱**對揚天人有秩斯祜**對揚已見上文司馬相如封禪文曰天人之際已交毛詩曰嗟爾烈祖有秩斯祜爾雅曰祜福也**惟公太宰光翼三祖**臧榮緒晉書曰晉太祖爲大將軍以賈充爲司馬右長史及世祖受禪轉太宰左氏傳康王論晉范會曰宜夫子之光輔五君**誕育洪冑纂戎于魯**其六臧榮緒晉書曰謐父韓壽河南尹母賈充少女也充平生不議立後充後妻郭槐輒以外孫韓謐爲黎民子襲封槐自表陳是充遺意也帝許之以謐爲魯公毛詩曰誕彌厥月毛萇曰誕大也鄭玄曰大矣后稷之在其母終於人

道十月而生毛詩曰纘戎祖考鄭玄曰戎汝也毛詩曰俾侯于魯

東朝既建淑問峩峩謂愍懷太子也毛詩曰淑問如皐陶

我求明德濟同以和我求懿德已見上文左氏傳齊侯曰唯據與我和晏子曰據亦同也焉得為和和如羹焉宰夫和之濟其不及以泄其過君子食之以平其心君臣亦然杜預曰絜已據也

魯公戾止袞服委蛇毛詩曰魯侯戾止爾雅曰戾至也周禮曰三公自袞冕而下毛詩曰退食自公委蛇委蛇

思媚皇儲高步承華其七王隱晉書曰謚以賈后之妹子數入宮與愍懷處毛詩曰思媚周姜又曰媚于天子漢書疏廣曰太子國儲嗣君承華已見上文

昔我逺茲時惟下僚下僚謂洗馬也

及子棲遲同林異條俱在東宮故曰同林而貴賤殊隔故曰異條毛詩曰或棲遲偃仰

年殊志比服舛義稠服章服也尊卑殊制故曰舛也說文曰稠多也

遊跨三春情固三秋其八

祇承皇命出納無違尚書曰祇承于帝論語曰樊遲問孝子曰無違

往踐蕃朝來步

紫微蕃朝吴也紫微至尊所居謂爲尚書郎升降祕閣我服載暉謝承後漢書曰
謝承父嬰爲尚書侍郎每讀高祖及光武之後將相名
臣策文通訓條在南宮祕於省閣唯臺郎升復道取急
因得開覽序云入爲尚書郎
作此詩然祕閣即尚書省也孰云匪懼仰肅明威其九尚書
曰我有周佑命將天明威分索則易携手實難鄭玄禮記注曰索散也念昔良
遊茲焉求歎劉楨黎陽山賦曰良遊未厭白日潛輝毛詩曰茲之永歎公之云感貽
此音翰應劭漢書注曰云有也韋昭曰翰筆也蔚彼高藻如玉之闌其十蔚文
貌周易曰君子豹變其文蔚也楚辭曰文彩燿於玉石
王逸曰言發文舒詞爛然成章如玉石之有文彩也闌
力旦切協韻力丹切惟漢有木曾不踰境惟南有金萬邦作詠木謂
橙也賈謐贈詩云在南稱柑度北則橙故荅以此言木
度北而變質故不可以踰境金百鍊而不銷故萬邦作
詠賈戒之以木而陸自勗以金也穀梁傳
曰婦人既嫁不踰境毛詩曰大賂南金民之胥好狂

狷厲聖爾雅曰胥相也謂相戒勗以所好尚也論語子曰不得中行而與之必也狂狷乎狂者進取狷者有所不爲尚書曰惟聖罔念作狂惟狂克念作聖說文曰厲石也言人之自勗若金之受厲儀形在昔予聞子命其十一毛詩曰儀形文王萬邦作孚左氏傳晉克曰臣聞命矣

於承明作與士龍一首五言集云與士龍於承明亭作

陸士衡

牽世嬰時綱駕言遠徂征鄒陽上書曰豈拘於俗牽於世曹子建責躬詩曰舉挂時綱毛詩曰駕言徂東飲餞豈異族親戚弟與兄毛詩曰飲餞于禰又曰豈伊異人兄弟匪他婉孌居人思紆鬱遊子情方言曰倇歡也倇與婉同古字通說文曰孌慕也班固漢書述哀紀曰婉孌董公惟亮天工紆鬱已見上文明發遺安寐寤言涕交纓毛詩曰明發不寐又曰獨寐寤言淮南子曰雍門子以琴見孟嘗君涕流霑纓分塗長林側

揮袂萬始亭佇盼要遐景傾耳玩餘聲家語孔子曰傾耳而聽之不可得而聞杜預左氏傳注曰翫貪也南歸憩永安北邁頓承明毛萇詩傳曰憩息也頓止舍也永安有昨軌承明子棄予毛詩曰棄予如遺俯仰悲林薄慷慨含辛楚范曄後漢書劉瑜上書曰竊爲辛楚泣血漣如楚猶痛也懷往歡絶端悼來憂成緒言和悦緜往歡已絶端哀悼暫來憂便成緒毛萇詩傳曰懷和也楚辭曰欲寂漠而絶端方言曰悼哀也感别慘舒翮思歸樂遵渚舒翮謂鵠遵渚謂鴻言感别之情慘於舒翮之飛鵠思歸之志樂於遵渚之征鴻也蘇武詩曰黄鵠一遠别酈炎詩曰舒吾凌霄羽毛詩曰鴻飛遵渚

贈尚書郎顧彦先二首

五言王隱晉書曰顧榮字彦先吴人也爲尚書郎

陸士衡

大火貞朱光積陽熙自南爾雅曰大火謂之大辰郭璞曰大火心也在中最明故時

侯主之也孔安國尚書傳曰貞正也朱光朱明也爾雅曰夏爲朱明尚書曰日永星火以正仲夏淮南子曰積陽之熱氣生火火氣之精者爲日爾雅曰熙興也續漢書曰日行南陸謂之夏也

望舒離金虎屛翳吐重陰

言月離畢天將雨也楚辭曰前望舒使先驅王逸曰望舒月御也漢書曰西方金也尚書考靈耀曰西方秋虎漢書曰參白虎三星又曰觜觿爲虎首孔安國尚書傳曰昴白虎中星然西方七星畢昴之屬俱白虎也毛詩曰月離于畢俾滂沲矣楚辭曰屛翳起雨王逸曰屛翳雨師名也曹子建贈王粲詩曰重陰潤万物

凄風迕時序苦雨遂成霖

左氏傳申豐曰春無凄風秋無苦雨杜預曰苦雨爲人所患苦也小雅曰迕犯也莊子曰陰陽四時運行各得其序

朝遊忘輕羽夕息憶重衾

輕羽謂扇也傅毅有羽扇賦衾已見上文

感物百憂生纏綿自相尋

百憂纏綿並已見上文

與子隔蕭牆蕭牆隔且深

論語子曰吾恐季孫之憂在蕭牆之內也

形影曠不接所託聲與音音聲日夜闊何用慰

吾心毛詩曰仲山甫永懷以慰其心

朝遊遊層城夕息旋直廬張晏漢書注曰直宿曰廬也迅雷中宵激驚電光夜舒論語曰迅雷風烈必變楚辭曰凌驚雷軼駭電兮玄雲拖朱閣振風薄綺疏說文曰拖曳也徒可切鄭玄禮記注曰振動也風以動物故謂之振孔安國尚書傳曰薄迫也李尤東觀銘曰房闥內布綺疏外陳是謂東觀書籍林淵豐注溢脩霤黃潦浸階除王逸楚辭注曰霤屋宇也說文曰潦雨水也又曰除殿階也停陰結不解通衢化爲渠沈稼湮梁潁流民泝荆徐廣雅曰湮沒也梁潁二地名也毛萇詩傳曰泝向也荆徐二州名也眷言懷桑梓無乃將爲魚毛詩曰眷言顧之又曰惟桑與梓必恭敬止左氏傳曰天王使劉定公勞趙孟館於雒汭劉子曰美哉禹功明德遠矣微禹吾其魚乎

贈顧交阯公真一首五言晉百官名曰交州刺史顧祕字公真

陸士衡

顧侯體明德清風肅已邁周易曰君子體仁足以長人鄭玄曰體生也尚書曰先王既勤用明德胡廣書曰建鴻德流清風發迹翼藩后改授撫南裔藩后吳王也顧氏譜曰祕爲吳王郎中令南裔謂交阯也解嘲曰驃騎發迹於祈連蔡邕陳球碑曰遠鎮南裔近撫侯服鄭玄周禮注曰撫安也伐鼓五嶺表揚旌萬里外漢書曰秦北爲長城之役南有五嶺之戍裴淵廣州記五嶺云大庾始安臨賀桂陽揭陽漢書劉向上疏曰甘延壽懸旌万里之外遠續不辭小立德不在大左氏傳劉子謂趙孟曰子盍亦遠續禹功而大庇民焉又穆叔曰大上有立德其次立功高山安足凌巨海猶縈帶古辯異傳遊曰衆星纍纍纍如連貝江河四海如衣帶惆悵瞻飛駕引領望歸旆楚辭曰惆悵兮而私自憐左氏傳穆叔謂晉侯曰引領西望曰庶幾乎

贈從兄車騎一首 五言集云陸士光　陸士衡

孤獸思故藪，離鳥悲舊林。周禮曰藪牧養蕃鳥獸鄭玄曰澤無水曰藪翩翩遊宦子，辛苦誰爲心。漢書薄昭與淮南王書曰游宦事人髣髴谷水陽，婉孌崐山陰。楚辭曰時髣髴以遥見陸道瞻吴地記曰海鹽縣東北二百里有長谷昔陸遜陸凱居此谷東二十里有崐山父祖葬焉榖梁傳曰水北曰陽婉孌已見上文營魄懷茲土，精爽若飛沈。老子曰載營魄抱一能無離乎鍾會曰載辭也經護爲營形氣爲魄謂魂魄經護其形氣使之長存也論語子曰小人懷土左氏傳樂祈曰心之精爽是謂魂魄寤寐靡安豫，願言思所欽。東京賦曰膺多福以安悆毛詩曰願言思子嵇康贈秀才詩曰思我所欽感彼歸塗艱，使我怨慕深。孟子萬章問曰舜往于田日號泣於旻天何謂其號泣也孟子曰怨慕也集本云歸塗順也安得志歸草，言樹背與衿。韓詩曰焉得諠草言樹之背然衿猶前也斯言

豈虛作思鳥有悲音

荅張士然一首 五言孫盛晉陽秋曰張悛字士然少以文章與陸機友善

悛七全切 陸士衡

絜身躋祕閣祕閣峻且玄 四子講德論曰絜身脩思帛魏武曰機出補著作游乎祕閣然祕書省亦爲祕閣說文曰玄幽遠也謂祕閣之幽遠也 終朝理文案薄暮不遑瞑 毛詩曰不遑假寐瞑古眠字 駕言巡明祀致敬在祈年 駕言已見上文毛詩曰敬恭明祀禮記曰拜至所以致敬也毛詩曰祈年孔夙鄭玄曰我祈豐年甚早也 逍遥春王圃躑躅千畝田 晉宮閣銘曰洛陽宮有春王園躑躅與蹢躅同禮記曰天子爲籍田千畝 回渠繞曲陌通逵波扶直阡 風俗通曰南北曰阡東西曰陌 嘉穀垂重穎芳樹發華顛 尚書曰農殖嘉穀廣雅曰顛末也 余固水鄉士揔轡臨清淵 水鄉

謂吴也漢書曰武功中水鄉人三舍墊爲池家語孔子曰善御者正身以總轡戚戚多遠念行

行遂成篇楚辭曰居戚戚而不解

爲顧彦先贈婦二首五言集云爲全彦先作今云顧彦先誤也且此上篇贈婦下篇荅而俱云贈婦又誤也

陸士衡

辭家遠行游悠悠三千里鸚鵡賦曰女辭家而適人蔡琰詩曰悠悠三千里何時復來歸京洛多風塵素衣化爲緇毛萇詩傳曰緇黑色脩身悼憂苦感念同懷子孟子曰古之人不得志脩身見於世列子曰卑辱則憂苦隆思亂心曲沉歡滯不起薛君韓詩章句曰時風又且暴使己思益隆毛詩曰亂我心曲歡沈難尅興心亂誰爲理願假歸鴻翼翻飛浙江汜魏文帝喜霽賦曰思寄身於鴻鸞舉六翮而輕飛毛詩曰江有汜

東南有思婦，長歎充幽闥。曹子建七哀詩曰：上有愁思婦，悲歎有餘哀。西京賦曰：重閨幽闥。借問歎何爲？佳人眇天末。西京賦曰：眇天末以遠期。遊宦久不歸，山川脩且闊。遊宦已見上文。形影參商乖，音息曠不達。左氏傳子産曰：昔高辛氏有二子，伯曰閼伯，季曰實沈，居曠林，不相能，日尋干戈，以相征討。后帝不臧，遷閼伯于商丘，主辰，商人是因，故辰爲商星。遷實沈于大夏，主參，唐人是因，以服事夏商，其季世曰唐叔，故參爲晉星。法言曰：吾不睹參辰之相比也。音息，音問消息也。廣雅曰：曠，久也。離合非有常，譬彼弦與括。呂氏春秋曰：夫萬物成則毁，合則離，離則復合，合則復離。劉熙釋名曰：矢末曰括。括，會也，與弦會。願保金石軀，慰妾長飢渴。金石已見上文。李陵贈蘇武詩曰：思得瓊樹枝，以解長飢渴。

贈馮文羆一首　五言　陸士衡

昔與二三子，遊息承華南。二三子及承華已見上文。拊翼同枝條，翩飛各異尋班固漢書曰撫翼俱起苟無淩風翮徘徊守故林莊子曰鵲巢於高榆之巔巢折淩風而起慷慨誰爲感願言懷所欽所欽已見上文發軫清洛汭驅馬大河陰尚書曰東至于洛汭孔安國曰水北曰汭穀梁傳曰水南曰陰佇立望朔塗悠悠迴且深馮在斥丘故云朔塗毛詩曰佇立以泣王粲贈士孫文始詩曰雖則同域邈其迴深分索古所悲志士多苦心古詩曰晨風懷苦心悲情臨川結苦言隨風吟張平子書曰酸者不能不苦於言愧無雜珮贈良訊代兼金毛詩曰知子之來之雜珮以贈之孟子曰齊王餽兼金一百而不受趙岐曰兼金其價兼倍於惡金也夫子茂遠猷款誠寄惠音尚書曰遠尒猷秦嘉贈婦詩曰何用叙我心遺思致款誠好色賦曰絜齋俟芳惠音聲

贈弟士龍一首 五言　陸士衡

行矣怨路長惄焉傷別促論語曰君命召不俟駕行矣曹子建贈白馬王詩曰怨彼東路長詩曰我心憂傷惄焉如擣方言曰惄憂也自關而西秦晉之閒或曰惄並奴的切曹子建送應氏詩曰別促會日長指途悲有餘臨觴歡不足我若西流水子爲東跱岳言己逝如西流之不息雲止類東岳之不移也慷慨逝言感徘徊居情育逝機自謂也居謂雲也言慷慨不平逝者之言多感徘徊典戀居者之志彌生安得携手俱契闊成騑服毛詩曰死生契闊與子成說又曰携手同行毛萇曰契闊勤苦也說文曰騑驂傍馬也鄭玄毛詩箋曰兩服中央夾轅也

爲賈謐作贈陸機一首 四言 潘安仁

肇自初創二儀烟熅周易曰易有太極是生兩儀王肅曰兩儀天地也易曰天地烟熅萬物化醇粤有生民伏羲始君結繩闡化八象成文劇秦美新曰爰

初生民周易曰上古結繩而治後世聖人易之以書契又曰古者包犧氏之王天下也始作八卦以通神明之德以類萬物之情包犧即伏犧也聲類曰闡大開也**芒芒九有區域以分**其一左氏傳魏絳曰虞人之箴曰芒芒禹跡畫爲九州杜預云芒芒遠貌也毛詩曰方命厥后奄有九有毛萇曰九有九州也**神農更王軒轅承紀**史紀曰軒轅爲天子代神農氏是爲黃帝順天地之紀家語孔子曰古之王者易代改號取法五行五行更王終始相生也**畫野離壇爰封衆子**漢書曰昔在黃帝畫壄分州得百姓之國萬區史紀曰黃帝二十五子得其姓者一十四人**夏殷既襲宗周繼祀**楚辭曰思堯舜兮襲興毛詩曰赫赫宗周**綿綿瓜瓞六國互峙**其二毛詩曰綿綿瓜瓞民之初生自土沮漆六國謂韓燕趙魏齊楚也**強秦兼并吞滅四隅**史記曰秦始皇初并天下班固漢書述曰孝武行師吞滅海隅淮南子曰經營四隅還反於樞高誘曰隅猶方也**子嬰面櫬漢祖膺圖**子嬰漢祖並已見上文左氏傳曰楚子圍許許僖公見楚子於武城

面縛銜璧大夫衰絰士輿櫬東京賦曰高祖膺籙受圖曹植大魏篇曰大魏膺符

靈獻微弱在湼則渝 范曄後漢書曰孝靈皇帝諱宏肅宗玄孫也桓帝崩無子即皇帝位又曰孝獻皇帝諱協靈帝中子也靈帝崩即皇帝位曾子曰沙在泥與之皆黑趙岐孟子章句曰白沙入泥不染自黑爾雅曰渝變也

三雄鼎足孫啓南吴 其三三雄即三國之主班固漢書述曰三雄是敗漢書蒯通說韓信曰方今足下三分天下鼎足而居

南吴伊何僭號稱王 吴志曰黄龍元年權即皇帝位春秋命厤序曰吴楚駒勝僭號稱王駒景駒也勝陳勝也字書曰僭假也

大晉統天仁風遐揚 謂武帝也周易曰大哉乾元萬物資始乃統天典引曰仁風翔于海表

僞孫銜璧奉土歸壇 僞孫謂皓也吴志曰孫皓字元宗和子也孫休薨皓立晉命王濬伐皓皓致書於濬濬受皓之降銜璧巳見上句

婉婉長離凌江而翔 其四長離喻機也楚辭曰駕八龍之婉婉漢書曰長麗前掞光耀明臣瓚曰長離靈鳥也離與麗古字通

長離云誰咨爾陸生 毛詩曰云誰之

思又曰咨爾殷商鶴鳴九皐猶載厥聲毛詩曰鶴鳴九皐聲聞于天又曰厥聲載路況乃海隅播名上京海隅謂吳也尚書曰至于海隅范曄後漢書沮授謂袁紹曰將軍弱冠登朝播名海内孔安國尚書傳曰播布也爰應旌招撫翼宰庭其五臧榮緒晉書曰太熙末太傅楊駿辟機爲祭酒孟子曰夫招士以旂大夫以旌撫翼巳見上文宰謂駿也宰或爲紫非也儲皇之選實簡惟良漢書疏廣曰太子師友必於天下英俊爾雅曰簡擇也尚書曰時惟良顯哉孔安國曰是惟良臣則君顯明於世英英朱鸞來自南岡鸞亦喻機也毛萇詩傳曰英英鮮明也王逸楚辭序曰虬龍鸞鳳以託君子毛詩曰我來自東曜藻崇正玄冕丹裳謂爲洗馬也崇正太子之宮也臧榮緒晉書曰世祖以皇太子富於春秋初命講孝經於崇政殿周禮曰大夫玄冕禮記曰君朱韠環濟要略曰韠以象裳色如彼蘭蕙載採其芳其六藩岳作鎮輔我京室謂吳王也班固盧綰述曰綰自同閈鎮我北疆毛詩曰大啓爾宇爲周室輔旋反桑梓帝

弟作弼桑梓已見上文作弼謂爲吳王郎中令也或云國官清塗攸失漢書曰武
有淮南衡山之謀作左官之律應劭曰人道尚右今舍天子而仕諸侯故謂之左官吾子洗然恬
淡自逸其七莊子曰庚桑子之始來也吾洒然異之鄭玄禮記注曰洒如肅敬也文子曰靜漠恬淡說
文曰淡安也徒敢切毛詩曰我不敢傚我友自逸陳太丘碑曰澹然自逸廊廟惟清俊乂是
延史記曰賢人深謀於廊廟爾雅曰室有東西廂曰廟犍爲舍人曰殿有東西小堂也然廊廟朝君之居臣朝
覲之所故曰俊乂是延也尚書曰俊乂在官鄭玄周禮注曰延進也擢應嘉舉自國而遷
方言曰擢拔也齊轡羣龍光讚納言謂爲尚書郎也楊雄河東賦曰建乾坤之貞兆兮將
悉總之以羣龍韋昭曰比羣賢也尚書帝曰龍命汝作納言應劭漢書注曰納言如今尚書官機爲郎故曰光
讚也鄭玄周禮注曰贊佐也優遊省闥珥筆華軒其八毛詩曰優遊爾休矣崔駰奏記
竇憲曰珥筆持牘拜謁曹下韋昭漢書注曰檻殿上欄軒上板昔余與子繾綣東朝左氏

傳臧昭伯曰繾綣從公無通外内也雖禮以賓情同友僚嬉娱絲竹撫鞞舞韶禮記曰絲竹樂之器也字林曰鞞小鼓也尚書曰簫韶九成孔安國曰韶舜樂名脩日朗月携手逍遥其九自我離羣二周于今禮記曰子夏曰吾離羣索居毛詩曰自我不見于今三年雖簡其面分著情深孔安國尚書傳曰簡略也袁紹與公孫瓚書曰分著丹青子其超矣實慰我心毛詩曰實獲我心發言爲詩俟望好音其十毛詩序曰在心爲志發言爲詩毛詩曰誰將西歸懷之好音欲崇其高必重其層郭璞山海經注曰層重也慈登切立德之柄莫匪安恒周易曰謙德之柄也恒德之固也在南稱甘度北則橙言甘以移植而易名恐人徙居而變節故引以誡之淮南子曰江南橘樹之江北而化爲橙博物志曰橘柚類甚多甘橙枳皆是崇子鋒穎不頽不崩其十一鄭玄禮記注曰崇猶尊也摯伯陵荅司馬遷書曰有能者見鋒穎之秋毫毛詩曰如南山之壽不

騫不崩

贈陸機出爲吴王郎中令一首　四言　潘正叔

文章志曰潘尼字正叔少有清才初應州辟後以父老歸供養父終乃出仕位終大常

東南之美曩惟延州爾雅曰東南之美者有會稽之竹箭焉左氏傳曰吴子使屈狐庸聘于晋趙文子問焉曰延州來季子其果立乎杜預曰延州來季札邑也顯允陸生於今鬱儔毛詩曰顯允君子莫不令德振鱗南海濯翼清流高唐賦曰振鱗奮翼應德璉建章臺集詩曰濯翼陵高梯婆娑翰林容與墳丘其一荅賓戲曰婆娑乎術藝之場長楊賦曰借翰林以爲主人左氏傳楚左史倚相趍過王曰是史也能讀三墳五典八索九丘玉以瑜潤隨以光融禮記孔子曰君子比德於玉焉温潤而澤仁也瑜不揜瑕忠也鄭玄曰瑜其中閒美者隨隨珠乃漸上京乃儀儲宮已見上文杜預左氏傳注曰融朗也周易曰鴻漸于陸其羽可以爲

儀吉玩爾清藻味爾芳風玩猶愛也祢衡顏子碑曰秀不實振芳風泳之彌廣挹之彌沖其二毛詩曰漢之廣矣泳之游之毛萇曰潛行爲泳又曰挹㪺也老子曰大滿若沖字書曰沖猶虛也崐山何有有瑤有珉新序晉平公嘆曰嗟乎安得賢士大夫與共此樂舩人固桑對曰夫劒產於越珠產江漢玉產崐山此三寶皆無足而致今君苟好士則賢士至矣說文曰瑤玉美者又曰珉石之美者及爾同僚具惟近臣臧榮緒晉書曰正叔元康初拜太子舍人機仕東宮已見上文毛詩曰我雖異事及爾同僚東京賦曰具惟帝臣國語曰近臣盡規予涉素秋子登青春素秋喻老青春喻少也劉楨與臨淄侯書曰肅以素秋則落楚辭曰青春爰謝愧無老成厠彼日新其三毛詩曰雖無老成人尚有典刑周易曰大畜剛健篤實輝光日新其德祁祁大邦惟桑惟梓毛詩曰采繁祁祁毛萇曰祁祁衆多也穆穆伊人南國之紀毛詩曰穆穆魯侯又曰所謂伊人又曰滔滔江漢南國之紀帝曰爾諧惟王卿

士尚書帝曰爾諧俯僂從命爰恤奚喜其四左氏傳孟僖子召其大夫曰吾聞將有達
者曰孔丘聖人之後也其祖弗父何始有國而授厲公及正考父佐戴武宣三命茲恭其鼎銘曰一命而僂
再命而傴三命而俯循牆而走莫余敢侮我車既巾我馬既秣周禮巾車下大夫二人鄭
玄曰巾猶衣也秣馬已見上文星陳夙駕載脂載轄尚書大傳八伯歌曰爛然星陳毛詩
曰星言夙駕說于桑田又曰載脂載轄還車言邁婉孌二宮徘徊殿闥醪澄莫
饗孰慰飢渴其五淮南子曰酒澄而不飲孔叢子子思謂魯穆公曰君若飢渴待賢也昔子
忝私貽我蕙蘭陸集有贈正叔詩今子徂東何以贈旃徂東謂適吳也
毛詩曰駕言徂東又曰何以贈之寸晷惟寶豈無璵璠淮南子曰聖人不貴尺之璧而
重寸之陰難得而易失也說文曰晷景也璵璠美玉也彼美陸生可與晤言其六毛詩
曰彼美淑姬可以晤言鄭玄曰晤猶對也

贈河陽一首 五言　潘正叔

密生化單父，子奇莅東阿。呂氏春秋曰：宓子賤治亶父，彈鳴琴，身不下堂，亶父治。巫馬期以戴星出入，日夜不居，以身親之，而亶父亦治。巫馬期以問於宓子，宓子曰：我之任人，子之任力，任力者固勞，任人者固逸。說苑曰：子奇年十八，齊君使治阿。既行，齊君悔之，遣使追，使者返曰：子奇必能矣，共載者皆白首者也。子奇至阿，鑄庫兵以爲耕器。魏聞童子爲君，庫無兵，倉無粟，乃起兵擊之，阿人父率子，兄率弟，以私兵戰，遂敗魏師。桐鄉建遺烈，武城播弦歌。漢書曰：朱邑字仲卿，廬江人，少時爲舒桐鄉嗇夫，廉平不苛，後爲大司農，病且死，屬其子曰：我故爲桐鄉吏，其人愛我，必葬我桐鄉，後世子孫奉我，不如桐鄉人。及死，其子葬之桐鄉西郭外，人果共立爲邑起冢立祠，祭至今不絕。班固說東平王蒼曰：遺烈著於無窮。論語曰：子之武城，聞弦歌之聲。孔安國曰：子游爲武城宰。逸驥騰夷路，潛龍躍洪波。驥龍喻岳也。弱冠步鼎鉉，既立宰三河。岳早辟賈充府，出爲河陽令。禮記曰人生二十曰弱冠周易曰鼎金鉉鄭玄曰金鉉喻明道能舉居之官職也尚書注曰鼎三公象也論語曰三十而立漢書東方朔曰漢去三河之地止霸滻以西流聲馥秋蘭摛藻艷春華家語孔子曰流聲後裔非唯學之所致耶楚詞曰秋蘭兮青青說文曰摛舒也摛藻春華已見上文徒美天姿茂豈謂人爵多風俗通曰太尉掾范滂天姿聰叡孟子曰有天爵有人爵仁義忠信樂善不倦此天爵也公卿大夫此人爵也古之人脩其天爵而人爵從之今之人脩天爵以要人爵既得人爵而弃天爵終亦亡矣

贈侍御史王元貺一首　五言　潘正叔

崐山積瓊玉廣廈構衆材崐山出玉已見上文楨子曰廊廟之材非一木之枝遊鱗萃靈沼撫翼希天階遊鱗龍也毛萇詩傳曰萃集也毛詩曰王在靈沼楚辭曰攀天階而下視膏蘭孰為銷濟治由賢能漢書曰龔遂卒有父老來弔曰薰以香自燒膏

以明自銷王侯厭崇禮迴迹清憲臺漢書上謂嚴助曰君厭承明之廬張孟陽魏都賦注曰聽政殿左崇礼門漢官儀曰御史爲憲臺也蠖屈固小往龍翔迺大來周易曰尺蠖之屈以求伸也龍蛇之蟄以存身也又曰泰小往大來吉郭璞方言注曰尺蠖又呼爲步屈也於縛切協心毗聖世畢力讚康哉尚書曰三后協心毛詩曰天子是毗鄭玄曰毗輔也呂氏春秋曰百官有司之事畢力竭智矣尚書咎繇乃歌曰元首明哉股肱良哉庶事康哉

文選卷第二十四

賜進士出身通奉大夫江南蘇松常鎮太等處承宣布政使司布政使胡克家重校刊

文選卷第二十五

梁昭明太子撰

文林郎守太子右內率府録事參軍事崇賢館直學士臣李善注上

贈荅三

贈崔温一首　荅魏子悌一首

謝宣遠荅靈運一首　於安城荅靈運一首

謝惠連西陵遇風獻康樂一首

謝靈運還舊園作見顏范二中書一首

登臨海嶠與從弟惠連一首

酬從弟惠連一首

贈何劭王濟一首五言并序　傅長虞

王隱晉書曰傅咸字長虞北地泥陽人也舉孝廉拜太子洗馬後爲司隸校尉薨

郎陵公何敬祖咸之從内兄臧榮緒晉書曰何劭襲封郎陵郡公國子祭酒王武子咸從姑之外孫也王隱晉書曰王濟爲國子祭酒並以明德

見重於世咸親之重之尚書曰先王既勤用明德漢書曰霍光以張安世篤行光親重之情猶同生義則師友左氏傳曰鄭罕駟豐同生孫卿子曰人必將求賢師而事之擇良友而友之何公既登侍中武子俄而亦作臧榮緒晉書曰何劭爲散騎常侍遷侍中傅暢晉諸公讚曰王濟左遷國子祭酒數年入爲侍中二賢相得甚歡咸亦慶之漢書曰灌夫竇嬰兩人相得歡甚無厭然自恨闇劣雖願其繾綣而從之末由左氏傳臧昭伯曰繾綣從公無通內外毛詩傳曰遡洄從之歷試無效且有家艱尚書曰歷試諸難毛詩曰未堪家多難余又集于蓼賦詩申懷以貽之云爾蒼頡篇曰懷抱也薛君韓詩章句曰云詞也

日月光太清列宿曜紫微鶡冠子曰上及泰清下及太寧春秋合誠圖曰北辰其星七在紫微之中也赫赫大晉朝明明闢皇闈左氏傳子囊曰赫赫楚國而君臨之毛詩曰明明在下赫赫在上張衡陳公誄曰穆穆皇闈公

寔省之吾兄既鳳翔王子亦龍飛吳質荅文帝牋曰曹烈曹丹加以公室枝庶骨肉舊恩其龍飛鳳翔實其分也雙鸞遊蘭渚二離揚清暉鸞離喻王何也蘭渚喻中書也王逸楚詞序曰虯龍鸞鳳以託君子漢書曰長麗前掞光耀明臣瓚曰長離靈鳥也二離日月也攜手升玉階並坐侍丹帷毛詩曰攜手同行西都賓曰玉階彤庭毛詩曰旣見君子並坐鼓瑟曹植娛賓賦曰丹帷曄以四張金璫綴惠文煌煌發令姿董巴輿服志曰侍中冠弁大冠加金璫附蟬爲文漢書曰昌邑王賀冠惠文冠音義曰今侍中所著也服虔通俗文耳珠曰璫斯榮非攸庶纏綣情所希賈逵國語注曰庶冀也廣雅曰希庶也豈不企高蹤麟趾邈難追司馬彪莊子注曰企望也蔡邕袁陽碑曰邈矣高蹤孰能尅茲毛詩曰麟之趾振振公子臨川靡芳餌何爲空守坻芳餌以喻令德也歸田賦曰徒臨川以羨魚吳越春秋大夫種曰深川之魚死於芳餌餌魚食也莊子曰任公爲大鉤犗牛以爲餌淮南子曰黃帝化天下也

漁者不爭坻槁葉待風飄逝將與君違槁葉自喻也毛詩曰蘀兮蘀兮風其吹女鄭玄曰木葉槁得風乃落毛詩曰逝將去汝毛萇詩傳曰違離也違君能無戀尸素當言歸韓詩曰何謂素餐素者質人但有質朴無治民之材名曰素餐尸祿者頗有所知善惡不言默然不語苟欲得祿而已譬若尸矣毛詩曰言旋言歸歸身蓬蓽廬樂道以忘飢劉向雅琴賦曰潛坐蓬廬之中禮記孔子曰儒有蓽門圭竇毛詩曰泌之洋洋可以樂飢毛萇曰言可以樂道忘飢進則無云補退則恤其私漢書諸葛豐曰臣誠願之獨恐未有云補廣雅曰云有也論語曰退而省其私但願隆弘美王度日清夷東觀漢記陳元上疏曰抉瑕擿舋掩其弘美左氏傳右尹華曰祈招之詩曰思我王度式如玉式如金仲長子昌言曰警蹕清夷

荅傅咸一首五言　郭泰機傅咸集曰河南郭泰機寒素後門之士不知余無能爲益以詩見激切可施用之才而況沈淪不能自拔於世余雖心知

之而末如之何此屈非復文辭所了故直戲以荅其詩云

皦皦白素絲織爲寒女衣素絲喻德寒女喻賤也傅咸贈詩曰素絲豈不絜寒女難爲容崔駰七言曰皦皦練絲退濁汙曹植閑居賦曰願同衾於寒女寒女雖妙巧不得秉杼機言不見用也傅咸贈詩曰貧寒猶手拙操杼安能工古詩曰札札弄機杼天寒知運速況復鴈南飛言歲之方晏以喻年之將老也莊子曰天寒既至霜雪既降楚辭曰鴈雍雍而南遊衣工秉刀尺弃我忽若遺衣工喻傅咸也張衡髑髏賦曰飛鋒曜景秉尺持刀毛詩曰將安將樂棄我如遺人不取諸身世士焉所希言凡人皆不能恕己及物取之於身故世間之士安可冀而相薦乎周易曰近取諸身況復已朝餐曷由知我飢言已朝餐而忘我飢猶居貴而遺我賤

爲顧彥先贈婦二首五言集亦云爲顧彥先然此二篇並是婦荅而云贈

婦誤也

陸士龍

悠悠君行邁煢煢妾獨止毛詩曰悠悠南行又曰行邁靡靡又曰獨行煢煢山河安可踰永路隔萬里京室多妖冶粲粲都人子上林賦曰妖冶閑都毛詩曰西人之子粲粲衣服又曰彼都人士鄭玄儀禮注曰女子子者女子也別於男也雅步擢纖腰巧笑發皓齒雅閑雅謂妖麗也許慎淮南子注曰擢引也毛詩曰巧笑倩兮楚辭曰美人皓齒嫮以姱佳麗良可美衰賤焉足紀戰國策司馬喜曰趙佳麗之所出髙誘曰佳大也麗美也賈逵國語注曰紀猶録也遠蒙眷顧言銜恩非望始毛詩曰眷言顧之鄭玄曰顧念也左氏傳鄭伯曰非所敢望魏文帝哀己賦曰蒙君子之博愛垂過望之渥恩

浮海難爲水遊林難爲觀林海以喻上京也言遊上京難爲容色也孟子曰觀

海者難爲水容色貴及時朝華忌日晏說文曰木槿朝華暮落皎皎彼姝子灼灼懷春粲古詩曰盈盈樓上女皎皎當牕牖毛詩曰彼姝者子又曰有女懷春毛萇曰懷思也毛詩曰今夕何夕見此粲者國語曰女三爲粲賈逵曰粲亦美貌西城善雅儛揔章饒清彈陸機洛陽記曰金墉城在宮之西北角魏故宮人皆在中崔豹古今注曰魏文帝宮人尚衣能歌舞一時冠絕孫盛晉陽秋傅隆議曰其揔章技即古之女樂鳴簧發丹脣朱絃繞素腕毛詩曰吹笙鼓簧神女賦曰朱脣的其若丹禮記曰清廟之瑟朱絃而疏越洛神賦曰攘皓腕輕裾猶電揮雙袂如霧散張衡舞賦曰裾若飛燕袖如迴雪徘徊相佯瞥若電伐韓康伯周易注曰揮散也封禪書曰雲布霧散華容溢藻幄哀響入雲漢洛神賦曰華容阿那杜預左氏傳注曰幄帳也列子曰薛談學謳於秦青辭歸青餞於郊衢撫節悲歌聲震林木響遏行雲張湛曰二人薛秦之善歌者知音世所希非君誰能讚古詩

曰不惜歌者苦但傷知音稀孔安國論語注曰稀少也希與稀通釋名曰稱人之美曰讚也弃置北辰星問此女龍煥北辰言不移也女龍喻美女也言弃彼北辰之心而問此女龍之色譏好色而不好德陸雲代彥先贈婦詩曰何用結中款仰指北辰星石氏星讚曰軒轅龍體主后妃然此唯取衆妃即指西城揔章宮人不論后也龍色多女故取以喻於時暮復何言華落理必賤毛詩序曰華落色衰復相弃背

荅兄機一首　五言

陸士龍　士衡前爲太子洗馬時贈別士龍今荅之

悠遠塗可極別促怨會長機贈詩曰行矣怨路長惄焉傷別促鄭玄禮記注曰極盡也曹子建送應氏詩曰別促會日長銜恩戀行邁興言在臨觴機詩曰指塗悲有餘臨觴歡不足毛詩曰念彼恭人興言出宿南津有絕濟北渚無河梁言己心有絕濟而可旋機行無河梁而可涉也韋昭漢書注曰直渡爲絕爾雅曰濟渡也機詩曰我若西流水子爲東跱

岳故云南北以報之楚辭曰江河廣而無梁神往同逝感形留悲參商言已形雖留而神實往故曰神往同逝言之感形留悲參商之隔左氏傳子產曰高辛氏有二子伯曰閼伯季曰實沈居于曠林不相能也日尋于戈以相征討后帝不臧遷閼伯于商丘主辰商人是因故辰爲商星遷實沈于大夏主參唐人是因以服事夏商其季世曰唐叔虞故參爲晉星法言曰吾不見參商之相比也衡軌若殊迹牽牛非服箱機詩曰安得同攜手契闊成騑服故荅云衡軌若殊其迹則類牽牛不以服箱也毛詩曰睆彼牽牛不以服箱

荅張士然一首　五言　陸士龍

行邁越長川飄颻冒風塵新序孔子張曰臣犯霜露冒塵埃曹植出行曰蒙霧犯風塵鄭玄考工記注曰冒蒙也通波激枉渚悲風薄丘榛西都賓曰與海通波楚辭曰朝發枉渚又曰哀江介之悲風高誘淮南子注曰叢木曰榛脩路無窮迹井邑自相循周禮曰九夫爲井四井爲邑廣雅曰循從也百城各異俗千室非

良鄰謝承後漢書曰黄琬拜豫州刺史威邁百城禮記曰廣谷大川異制民生其間異俗論語子曰千室之邑百乘之家晏子春秋曰願有良鄰則見君子也歡舊難假合風士豈虚親感念桑梓城髣髴眼中人毛詩曰惟桑與梓必恭敬止楚辭曰時髣髴以遥見魏文帝詩曰迴頭四向望眼中無故人靡靡日夜遠眷眷懷苦辛毛詩曰行邁靡靡毛萇曰靡靡行貌也韓詩曰眷眷懷顧古詩曰轗軻長辛苦

荅盧諶詩一首并書 四言

劉越石

王隱晉書曰劉琨字越石中山靜王之後也初辟太尉隴西秦王府未就尋爲博士未之職永嘉中爲并州刺史與盧志親善志子諶琨先辟之後爲從事中郎段匹磾領幽州牧諶求爲匹磾别駕諶牋詩與琨故有此荅後琨竟爲匹磾所害也

琨頓首損書及詩備辛酸之苦言暢經通之遠旨張平子書

曰酸者不能不苦於言漢董仲舒對策曰天地之常經古今之通義執玩反覆不能釋手玩猶愛弄也慨然以悲歡然以喜昔在少壯未嘗檢括蒼頡篇曰撿法度也薛君韓詩章句曰括約束也遠慕老莊之齊物近嘉阮生之放曠老莊老聃莊周也阮生嗣宗也莊子有齊物論臧榮緒晉書曰阮籍放誕不拘禮教蒼頡篇曰曠䟽曠也怪厚薄何從而生哀樂何由而至列子曰身非愛之所能厚身亦非輕之所能薄愛之或不厚輕之或不薄此似反也自厚自薄或愛之而厚或輕之而薄此似非順也亦自厚自薄信命者亡壽夭信理者亡是非信心者亡逆順信性者亡安危則謂都亡所信亡不信真矣慤矣奚去奚就奚哀奚樂之謂也自頃輈張困於逆亂輈張驚懼之貌也揚雄國三老箴曰負乘覆餗姦冦侏張輈與侏古字通張由切國破家亡親友彫殘崔鴻前趙錄曰劉聰僭即位于平陽又曰聰遣從弟曜攻晉破洛陽又曰遣子粲攻長安陷之家亡見下文負杖行吟則百憂俱

至禮記曰公叔禺人遇負杖者楚辭曰屈原行吟澤畔毛詩曰逢此百憂塊然獨坐則哀憤兩集淮南子曰卓然獨立塊然獨處時復相與舉觴對膝破涕爲笑排終身之積慘求數刻之暫歡刻漏也說文曰以銅盆受水分時晝夜百刻也譬由疾疢彌年而欲一丸銷之其可得乎毛萇詩傳曰彌終也夫才生於世世實須才蘇武荅李陵書曰每念足下才爲世生器爲時出和氏之璧焉得獨曜於郢握夜光之珠何得專玩於隨掌淮南子曰隨侯之珠和氏之璧得之而富失之而貧天下之寶當與天下共之孫卿子曰和氏之璧爲天下之寶史記秦王曰和氏璧天下所共傳寶也但分析之日不能不悵恨耳然後知耼周之爲虛誕嗣宗之爲妄作也孔安國尚書傳曰誕欺也昔騄驥倚輈於吳坂長鳴於良樂知與不知也戰國

策楚客謂春申君曰昔騏驥駕鹽車上吳坂遷延負轅而不能進遭伯樂仰而鳴之知伯樂知己也今僕屈厄日久君獨無意使僕爲君長鳴乎思玄賦曰馬倚輈而徘徊鄭玄考工記注曰輈轅也古今地名曰眞零坂在吳城之北今謂之吳坂良王良也王良無遇驥之事因伯樂而連言之孔融薦禰衡表曰飛兎騕褭良樂之所急也百里奚愚於虞而智於秦遇與不遇也漢書韓信謂廣武君曰僕聞百里奚居虞而虞亡之秦而秦伯非愚於虞而智於秦用與不用聽與不聽耳漢書揚雄曰以爲遇不遇命也今君遇之矣勗之而已孔安國尚書傳曰勗勉也不復屬意於文二十餘年矣鄭玄儀禮注曰屬綴也久廢則無次想必欲其一反故稱指送一篇稱旨稱其意旨也稱赤證切適足以彰來詩之益美耳毛萇詩傳曰適祗適也琨頓首頓首久罹厄運故述喪亂多感恨之言也

厄運初遘陽爻在六言晋之遇災也毛萇詩傳曰遘成也陽爻在六謂乾上九也周易曰

上九亢龍有悔盈不可久也乾象棟傾坤儀舟覆乾坤謂天地左氏傳子產謂子皮曰子於鄭國棟也棟折榱崩僑將厭焉戰國策或謂公叔曰塞漏舟而輕陽侯之波則舟覆矣橫厲糾紛羣妖競逐言劉聰之構逆也橫厲從橫猛厲也糾紛亂貌也楚辭曰櫂舟航以橫厲范𦬸後漢書岑彭曰四方蜂起羣雄競逐火燎神州洪流華域火燎洪流以喻亂也尚書曰若火之燎于原河圖括地象曰崑崙東地方千里名曰神州孟子曰洪水橫流氾濫天下彼黍離離彼稷育育毛詩曰彼黍離離彼稷之苗毛萇詩傳曰育長也哀我皇晉痛心在目其一左氏傳呂相曰是用痛心疾首也天地無心萬物同塗無心謂無心愛育萬物即不仁也同塗謂皆爲芻狗也已見下句禍淫莫驗福善則虛尚書曰天道福善禍淫逆有全邑義無宁都逆謂劉聰義謂晉室英蘂夏落毒卉冬敷英蘂以喻晉朝毒卉以比胡寇也王逸離騷序曰善馬香草以配忠貞惡禽醜

物以比讒佞也如彼龜玉韞櫝毀諸論語孔子曰虎兕出於柙龜玉毀於櫝中是誰之過與又曰有美玉於斯韞櫝而藏諸馬融曰韞藏也芻狗之談其最得乎其二老子曰天地不仁以萬物爲芻狗聖人不仁以百姓爲芻狗結芻爲狗也言天地不愛萬物類祭祀之弃芻狗也然此與談老者不同彼美而此怨耳咨余軟弱弗克負荷漢書曰王尊之子伯爲京兆尹軟弱不勝任左氏傳鄭子產曰古人有言其父析薪其子弗克負荷軟奴亂切愆舋仍彰榮寵屢加孔安國尚書傳曰愆過也杜預左氏傳注曰舋瑕隙也威之不建禍延凶播威之不建謂爲聰所敗而父母遇害也凶播琨自謂也言遭凶禍而遷播協韻補何切聲類曰播散也忠隤于國孝愆于家范曄後漢書世祖誡馮勤曰能盡忠於國又明帝詔曰陰興在家仁孝杜預左氏傳曰愆失也斯罪之積如彼山河言高深也毛詩曰如山如河斯舋之深終莫能磨其三毛詩曰白圭之玷尚可磨也郁穆舊姻嬿婉新婚

臧榮緒晉書曰琨妻即諶之從母也新婚未詳毛詩曰不思舊姻又曰嬿婉之求又曰覯爾新婚

裹粮攜弱匍匐星奔 左氏傳晉趙穿曰裹粮坐甲固敵是求毛詩曰凡民有喪匍匐救之星奔言疾也

未輟爾駕巳隳我門二族偕覆三孽並根 王隱晉書曰劉聰圍晉陽令狐泥以千餘人爲鄉導琨求救猗盧未至太原太守高嶠反應聰逐琨琨父母年老不堪肇馬步檐不免爲泥所害何法盛晉録曰劉粲悉害諶父母三孽謂琨之兄子也張晏漢書曰孺子爲孽一曰謂劉聰劉曜劉粲也班固漢書曰三孽之起本根既朽音義曰孽木斬而復特生喻魏齊韓滅而復更生也何休公羊傳注曰孽猶樹之孽生者也

長慙舊孤求負冤魂 其四結上二句也舊孤謂三孽也冤魂謂二族也王隱晉書曰琨遣兄子演領兗州石勒圍演於三臺突圍得免後演治廪丘遂不守兄少子及演妻息盡爲所虜也

亭亭孤幹獨生無伴 孤幹孤生之竹以喻諶宋玉笛賦曰倚篠異幹王逸楚辭注曰伴侶也

緑葉繁縟柔條脩罕 說文曰縟繁采飾也宋玉笛賦曰罕

節簡枝朝採爾實夕捋爾竿宇林曰竿木挺也協韻公旦切竿翠豐尋逸珠盈椀豐尋言節長盈尋也說文曰豐蒲也應劭漢書注曰八尺曰尋珠即以喻德也逸謂過於衆類盈椀言多也寔消我憂憂急用緩逝將去乎庭虛情滿其五去謂之匹礭之所也逝將已見上文白虎通曰哀痛憤滿虛滿伊何蘭桂移植茂彼春林瘁此秋棘春林以喻匹礭秋棘現自喻也有鳥翻飛不遑休息鳥謂鳳以喻諶也毛詩曰肇允彼桃蟲拚飛惟鳥匪桐不棲匪竹不食鄭玄毛詩箋曰鳳皇之性非梧桐不棲非竹實不食括地圖曰鳳皇食竹實永戢東羽翰撫西翼戢斂也翰高飛也我之敬之廢歡輟職其六毛詩曰我之懷矣又曰敬之敬之音以賞奏味以殊珍呂氏春秋曰鍾期死而伯牙乃破琴絕絃以爲世無復賞音者也淮南子曰珍其味人之所美也文以明言言以暢神左氏傳仲尼曰志有之言以足志文以足言家語孔子曰言說者情之導也王

肅曰所以導達其情也之子之往四美不臻毛詩曰之子于征四美音味文言也澄醪覆觴絲竹生塵謂音味也淮南子曰酒澄而不飲禮記曰絲竹樂之器也素卷莫啓帷無談賓謂文言也既孤我德又闕我鄰其七光光段生出幽遷喬臧榮緒晉書曰鮮卑段匹磾自號大將軍楊雄侍中箴曰光光常伯毛詩曰出自幽谷遷于喬木范曄後漢書順帝詔曰楊倫出幽升喬寵以蕃傳資忠履信武烈文昭閒居賦曰資忠履信以進德漢武帝贈故朱崖太守董廣詔曰伐叛柔服文昭武烈曹植令曰相者文德昭將者武功烈於弓騂騂輿馬翹翹孟子曰夫招大夫以旌左氏傳陳敬仲曰詩曰翹翹車乘招我以弓杜預云逸詩也翹翹遠也毛詩曰騂騂角弓毛萇曰騂騂調利也乃奮長縻是纆是鑣廣雅曰縻索也說文曰鑣馬勒傍鐵也何以贈子竭心公朝毛詩曰何以贈之鸚鵡賦曰苟竭心於所事曹子建求親親表曰執政不廢於公朝也何以叙懷引

領長謡其八左氏傳云穆叔謂晉侯曰引領西望曰庶幾乎

重贈盧諶一首五言臧榮緒晉書曰琨詩託意非常想張陳以激諶素無奇略以常詞酬琨　劉越石

握中有懸璧本自荊山璆懸璧懸黎以爲璧以諭諶也琴操卞和歌曰俶俶沂水經荊山兮穴山采玉玉難爲功兮孔安國尚書傳曰璆玉也惟彼太公望昔在渭濵叟史記曰太公望以漁釣奸周西伯將出獵果遇太公于渭之陽六韜曰文王卜田史扁爲卜田于渭之陽將大得非龍非彲非熊非羆非得公侯天遺汝師文王齋戒三日田于渭陽卒見呂尚坐茅以漁荅賓戲曰周望兆動於渭濵鄧生何感激千里來相求東觀漢記曰鄧禹字仲華南陽人也更始既至雒陽以世祖爲大司馬使安集河北禹聞之自南陽發北徑渡河追至鄴謁上見之甚驩謂曰我得拜除長吏生遠來寧欲仕耶禹曰不願也趙岐孟子章指曰千載聞之猶有感激周易曰同氣相求白登幸

曲逆鴻門賴留侯漢書曰陳平從高帝擊韓信至平城爲匈奴所圍七日不食用平奇計使單于閼氏解圍以得開高帝既出南過曲逆詔御史封平爲曲逆侯又曰冒頓圍高帝於白登七日如淳曰平城旁高之地若丘陵者也留侯已見謝惠連張子房詩

重耳任五賢小白相射鉤左氏傳曰晉公子重耳之及於難也遂奔狄從者狐偃趙衰顛頡魏武子司空季子杜預曰狐偃子犯也魏武子魏犨也司空季子胥臣臼季也此五人賢而有大功也左氏傳寺人披謂晉侯曰齊桓公置射鉤而使管仲相杜預曰乾時之役管仲射桓公中鉤

苟能隆二伯安問黨與讎二伯晉文齊桓公也黨謂五賢讎謂射鉤也

中夜撫枕歎想與數子遊數子謂太公已下也言數子皆能陳謀以靜亂故己想之而共遊

吾衰久矣夫何其不夢周論語曰甚矣吾衰也久矣吾不復夢見周公

誰云聖達節知命故不憂毛萇詩傳曰云言也左氏傳曹子臧曰前志有之曰聖達節周易曰樂天知命故不憂

宣尼悲獲麟西

狩涕孔丘公羊傳曰哀公十四年春西狩獲麟何以書記異也孔子曰孰謂來哉孰謂來哉反袂拭面涕泣沾袍功業未及建夕陽忽西流家語曰孔子云脩事而能建業注曰建功業夕陽西流喻將老之人也時哉不我與去乎若雲浮嵇康幽憤詩曰時不我與雲浮言疾也朱實隕勁風繁英落素秋劉楨與臨淄侯書曰肅以素秋狹路傾華蓋駭駟摧雙輈劉歆遂初賦曰奉華蓋於帝側說文曰輈轅也何意百鍊剛化爲繞指柔應劭漢書注曰說者以金取堅剛百鍊不耗

贈劉琨一首并書　四言　盧子諒

故吏從事中郎盧諶死罪死罪傅子曰漢武元光初郡國舉孝廉元封五年舉秀才歷世相承皆向郡國稱故吏漢書音義張晏曰人臣上書當昧犯死罪而言諶稟性短弱當世罕任孔安國尚書傳曰稟受也鄭玄周禮注曰任用也因其自然用安

背退鬼谷子曰物有自然樂氏曰自然繼本名也曾子曰君子進則能達退則能靜在木闕不

材之資處鴈之善鳴之分莊子行於山中見大木枝葉盛茂伐木者止其傍而

不取也問其故曰無所可用莊子曰此木以不材得終其天年夫子出於山舍故人之家故人喜令豎子殺鴈

烹之豎子請曰其一能鳴其一不能鳴請奚殺主人曰殺不能鳴者明日弟子問於莊子曰昨山中之木以不

材得終其天年主人之鴈以不能鳴死先生將何處莊子笑曰周將處夫材與不材之間矣材與不材之間似

之而非也故未免乎累晉灼漢書注曰資材量也分謂己所當得也卷異蘧子愚殊甯

生論語子曰蘧伯玉邦無道可卷而懷之又曰甯武子邦無道則愚匠者時眄不免䐣

賓言在木闕不材故匠者時眄在鴈之善鳴故不免䐣賓也莊子惠子謂弟子曰吾有大樹人謂之樗匠者

不顧廣雅曰饌進食也饌與䐣同仕眷切嘗自思惟因緣運會得蒙接事

宋衷保乾圖注曰五運五行用事之運自奉清塵于今五稔楚辭曰聞赤松之清

塵然行必塵起不敢指斥尊者故假塵以言之言清尊之也左氏傳叔向曰所謂不及五稔者杜預曰稔年也謨明之効不著候人之譏以彰尚書曰允迪厥德謨明弼諧毛詩序曰候人刺近小人也詩曰彼候人兮何戈與祋大雅含引量苞山藪班固漢書贊曰大雅卓爾不羣河間獻王近之矣周易曰含引光大品物咸亨左氏傳宋伯謂晉侯曰川澤納汙山藪藏疾加以待接彌優款眷逾昵與去運籌之謀廁讌私之歡廣雅曰款誠也爾雅曰昵近也漢書高祖曰運籌策於帷幄之中吾不如子房毛詩曰諸父兄弟備言燕私綢繆之旨有同骨肉毛詩曰綢繆束薪毛萇曰綢繆纏緜也骨肉謂父子呂氏春秋曰父母之於子也子之於父母也此之謂骨肉之親其爲知己古人罔喻晏子春秋越石父曰士者申乎知己昔聶政殉嚴遂之顧荆軻慕燕丹之義聶政已見別賦荆軻已見西征賦意氣之間靡軀不悔謝承後漢書楊喬曰侯生爲意

氣刎頸楚辭曰子胥諫而糜軀比干忠而剖心説文曰糜爛也靡與糜古字通雖微達節謂之可庶達節已見上文然苟曰有情孰能不懷毛萇詩傳曰懷思也故委身之日夷險已之委身猶委質也左氏傳狐突曰策名委質貳乃辟也夷險喻治亂也淮南子曰接徑歷遠直道夷險杜預左氏傳注曰已猶決竟也事與願違當忝外役役謂別駕也對琨故謂之外嵇康幽憤詩曰事與願違遘茲淹留廣雅曰違背也論衡曰王充以章和二年罷州役遂去左右收迹府朝蓋本同末異楊朱興哀始素終玄墨翟垂涕淮南子曰楊子見逵路而哭之爲其可以南可以北墨子見練絲而泣之爲可以黄可以黑高誘曰閔其別與化也分乖之際咸可歎慨致感之途或迫乎兹鄭玄周禮注曰致猶會也廣雅曰迫急也亦奚必臨路而後長號覩絲而後歔欷哉楚辭曰泣歔欷而沾衿王逸曰歔欷啼貌也是以仰惟先情俯覽

今遇先謂諶父也今謂琨也感存念亡觸物眷戀尸子曰其生也存其死也亡易曰書不盡言言不盡意周易繫辭然則書非盡言之器言非盡意之具矣況言有不得至於盡意書有不得至於盡言邪不勝猥濊謹貢詩一篇廣雅曰猥衆也王逸楚辭注曰濊憒也抑不足以揄揚引美亦以攄其所抱而已班固兩都賦序曰雍容揄揚著於後嗣引美已見上文抱或爲挹君公肆大惠遂其厚恩左氏傳王使富辛如晉曰伯父若肆大惠杜預曰肆展也廣雅曰遂竟也漢書劉向曰蒙漢厚恩錫以咳唾之音慰其違離之意莊子孔子謂漁父曰丘竊侍於下風幸聞咳唾之音也則所謂咸池酬於北里夜光報於魚目樂動聲儀曰黃帝樂曰咸池史記曰紂使師涓作新淫聲北里之舞靡靡之樂雒書曰秦失金鏡魚目入珠鄭玄曰魚目亂真珠諶之

願也非所敢望也左氏傳鄭伯曰孤之願也非所敢望也諶死罪死罪濬哲惟皇紹熙有晋皇謂懷帝也毛詩曰濬哲維商爾雅曰紹繼也又曰熙興也振厥弛維光闡遠韻韋昭漢書注曰弛廢也蒼頡篇曰闡開也韻謂德音之和也有來斯雍至止伊順毛詩曰有來雍雍至止肅肅三台摛朗四岳增峻其一漢書曰北斗魁下六星兩兩而比曰三能也色齊爲和不齊爲乖說文曰摛舒也尚書帝曰咨四岳春秋漢含孳曰三公象五岳在天法三能台與能同也伊陟佐商山甫翼周尚書曰在太戊時則有若伊陟格于上帝毛詩曰肅肅王命仲山父將之也引濟艱難對揚王休尚書王曰用敬保元子釗弘濟于艱難毛詩曰虎拜稽首對揚王休苟非異德曠世同流言琨之德苟不異於昔賢雖復與之曠世若同一流也班固議曰漢興以來曠世歷年廣雅曰曠遠也加其忠貞宣其徽猷其二左氏傳荀息曰公家之利知無不爲忠也送往事居偶俱無猜貞也毛詩

曰君子有徽猷伊諶陋宗昔遘嘉惠爾雅曰遘遇也越絕書曰恭承嘉惠述暢往事申以婚姻著以累世左氏傳呂相曰相好戮力同心申之以婚姻范曄後漢書孔融謂李膺曰與君累世通家義等休戚好同興廢孰云匪諧如樂之契其三左氏傳晉侯謂魏絳曰八年之中九合諸侯如樂之和無所不諧爾雅曰諧和也說文曰契大約也王室喪師私門播遷喪師謂爲劉聰所敗也左氏傳會于洮諫王室也國語曰宣王既喪南國之師法言曰屈國喪師戰國策曰破公家而成私門列子曰岱輿員嶠二山沈於大海仙聖播遷者巨億計也聲類曰播散也望公歸之視險忽艱左氏傳晉趙孟曰望楚而歸之視遠如邇吳季重與曹丕書曰雖云幽深視險若夷茲願不遂中路阻顛阻顛謂諶父爲劉粲所害也仰悲先意俯思身愆其四大鈞載運良辰遂往鵩鳥賦曰大鈞播物孔安國尚書傳曰載行也莊子曰天道運行楚辭曰吉日兮良辰鄭玄儀禮注曰遂猶因也瞻彼日月迅

過俯仰毛詩曰瞻彼日月悠悠我思莊子老聃謂崔瞿曰其疾也俛仰之間杜預左氏傳注曰俛俯也感今惟昔口存心想借曰如昨忽爲疇曩其五毛詩曰借曰未知蒼頡篇曰昨隔日也爾雅曰曩久也疇曩伊何逝者彌疎呂氏春秋曰死者彌久生者彌踈温温恭人慎終如初恭人謂琨也毛詩曰温温恭人惟德之基老子曰慎終如始則無敗事覽彼遺音恤此窮孤譬彼樛木蔓葛以敷其六遺音謂諶父之言也窮孤諶自謂也爾雅曰恤憂也禮記曰恤孤獨以逮不足范曄後漢書曰何敞謂宋由曰節省浮費賑恤窮孤樛木喻琨也詩曰南有樛木葛藟纍之妙哉蔓葛得託樛木妙猶徽也葉不雲布華不星燭封禪書曰雲布霧散承侔卞和質非荆璞薛君韓詩章句曰承受也謂受恩鄭玄周禮注曰侔等也韓子曰楚子和氏得璞玉於楚山之中奉而獻之武王也眷同尤良用乏驥騄其七左氏傳曰晉趙鞅納衛太子于戚將戰郵無恤

御簡子杜預曰郵無恤王良也尤與郵同古字通承亦既篤眷亦既親飾獎駑
猥方駕駿珍方言曰凡相被飾亦曰獎禮記曰凶年乘駑馬廣雅曰駑駘也許慎淮南子注曰猥
揔凡也西京賦曰方駕授饔鄭玄儀礼注曰方併也駑以方駿猥以方珍也賈逵國語注曰珍寶也彌諧
靡成良謀莫陳尚書曰謨明弼諧無覬狐趙有與五臣其八五臣
之從晉文猶諶之事劉氏無敢望同狐趙之立大功有志與彼五臣俱履危厄賈逵國語注曰覬望也羈致切
五臣已見上文五臣奚與契闊百罹言五臣何故敢與五臣契闊逢於百罹毛詩曰死生
契闊又曰我生之後逢此百離毛萇曰離憂也離一作罹身經險阻足蹈幽遐言己與五
臣同也左氏傳楚子曰晉侯險阻艱難備嘗之矣義由恩深分隨昵加分猶節也綢
繆委心自同匪他其九綢繆已見上文漢書韓信謂廣武君曰委心歸計願子勿辭毛詩云
豈伊異人兄弟匪他昔在暇日妙尋通理孟子曰壯者以暇日脩其孝悌忠信也尤

彼意氣使是節士言己昔以意氣而殞命皆非正道故尤而使之薛君韓詩章句曰尤非也
意氣已見上文謝承後漢書曰節士鮑昂有鴻漸浮雲之志慎子曰世高節士情以體生感以
情起言今乃知意氣節士之流思情以體信而乃生感趣舍罔要窮達斯已
其十言既感厚恩而吉凶惟命故云趣舍無所要求窮達任其所止也六韜太公謂武王曰夫人皆有性趨舍
不同喜怒不等趨猶向也舍猶置也列子孔子曰脩一身任窮達所謂樂天知命之無憂者也呂氏春秋曰古
之得道者窮亦樂達亦樂所樂非窮達也道德於此則窮達一也由余片言秦人是憚史記秦繆公問
內史廖曰孤聞鄰國有聖人敵國之憂也今由余寡人之害將奈何也日磾效忠飛聲有
漢金日磾已見西征賦思玄賦曰盍遠迹以飛聲桓桓撫軍古賢作冠來牧
幽都濟厥塗炭其十一劉琨勸進表曰撫軍幽州刺史臣匹磾尚書曰㫤哉夫子尚桓桓
漢書曰陳遵張竦為後進冠小雅曰牧臨也尚書曰有夏昏虐民墜塗炭塗炭既濟寇

挫民阜周禮曰以阜人民鄭玄曰阜盛也謬其疲隸授之朝右朝右謂別駕也
張璠漢記曰王堂為汝南太守教掾吏曰其憲章朝右委功曹陳蕃也上懼任大下欣施
厚漢書武帝制曰任大而守重管子曰上施厚則民之報上亦厚也實祗高明敢忘
所守其十二毛詩曰高朗令終鄭玄曰有高明之譽而以善名終也漢書谷永曰有守者循其職也相
彼反哺尚在翔禽毛詩曰相彼鳥矣猶求友聲小雅曰純黑而反哺者謂之烏也孰是
人斯而忍斯心斯心謂諶父母見害之心也國語國人誦共世子曰是人斯而有是臭也
每憑山海庶覿高深山海以喻琨也李斯上書曰太山不讓土壤故能成其高河海
不擇細流故能成其深遐眺存亡緬成飛沈其十三韋昭國語注曰緬猶邈也長
徽已纓逝將從舉長徽已纓謂被匹磾所辟類乎徽纆之繫於己也周易曰繫用徽纆
說文曰嬰繞也收迹西踐銜哀東顧鄭玄毛詩箋曰迴首曰顧曷云塗遼曾

不咫步賈逵國語注曰八寸曰咫豈不夙夜謂行多露其十四毛詩曰豈不夙夜謂行多露然貞女以露多而不往喻己懼威而不行緜緜女蘿施于松標女蘿自喻松標謂琨也毛詩曰蔦與女蘿施于松栢廣雅曰標標末也必遥切亶澤洪幹睎陽豐條說文曰幹本也楚辭曰夕睎余身乎九陽毛萇詩傳曰睎乾也根淺難固莖弱易彫操彼纖質承此衝飈其十五飈喻亂也鹽鐵論曰衝風飄鹵沙石凝積纖質寔微衝飈斯值誰謂言精致在賞意莊子曰可以言論者物之粗者也可以意致者物之精者也鄭玄禮記注曰致之言至也不見得魚亦忘厥餌餌猶筌也莊子曰筌者所以得魚也得魚而忘筌言者所以在意也得意而忘言遺其形骸寄之深識其十六莊子曰申徒兀者也謂子產曰吾與夫子遊十有九年矣而未曾知吾兀者也今與我遊於形骸之內而子索我於形骸之外不亦過乎王命論曰淵然深識先民賾意潛山

隱机毛詩曰先民有作爾雅曰頤養也莊子曰南郭子綦隱机而坐嗒焉似喪其偶也仰熙丹崖俯澡綠水說文曰熙燥也謂暴燥也無求於和自附衆美莊子曰古之治道者智與恬交相養而和理出其性又曰無不亡也無不有也澹然無極而衆美從之慷慨遐蹤有愧高旨其十七言心慷慨慕古賢之遠蹤而事與願違故有愧高旨爰造異論肝膽楚越謂琨被謗也臧榮緒晉書曰衆人謂琨詩懷帝王大志莊子仲尼謂常季曰自其異者視之肝膽楚越也高誘淮南子注曰肝膽喻近也楚越喻遠也惟同大觀萬殊一轍同大觀謂琨也鶡冠子曰達人大觀乃見其符文子曰聖人由近知遠以萬異爲一同也淮南子曰萬殊爲一也死生既齊榮辱奚別列子揚朱曰生齊死齊賢齊愚齊貴齊賤齊王仲宣七釋曰均同死生混齊榮辱也處其玄根廓焉靡結其十八廣雅曰玄道也張衡玄圖曰玄者無形之類自然之根作於太始莫與爲先廣雅曰廓空也靡結謂體道虛通心無怨結也福爲禍

始禍作福階言無常也韓詩曰利爲用本福爲禍先越記曰禍爲福先福爲禍堂天地盈虛寒暑周迴言物極必反也周易曰天地盈虛與時消息又曰寒往則暑來暑往則寒來夫差不祀釁在勝齊以喻聰也史記曰吳王夫差北伐齊敗於艾陵越王勾踐敗吳吳王遂自剄死越王滅吳也勾踐作伯祚自會稽其十九以喻琨也史記曰勾踐巳平吳周元王使人賜勾踐胙九命爲伯又曰夫差以甲兵五千人棲於會稽也邈矣達度唯道是杖達度亦謂琨也形有未泰神無不暢何晏論語注曰泰自縱泰也漢書音義曰暢通也如川之流如淵之量毛詩曰如山之苞如川之流家語齊大夫子高適魯見孔子曰而今而後知泰山之爲高海淵之爲大也上引棟隆下塞民望其二十周易曰棟隆之吉不橈乎下也鄭玄禮記注曰塞滿也左氏傳師曠謂晉侯曰夫君神之主而民之望也

贈崔溫一首五言集曰與溫太真崔道儒何法盛晉錄曰溫嶠字太真又曰崔悅

盧子諒 字道儒

逍遥步城隅，暇日聊遊豫。毛詩曰俟我於城隅暇日已見上文曹植蟬賦曰始遊豫乎芳林

北眺沙漠垂，南望舊京路。說文曰漠北方流沙也曹子建白馬篇曰揚聲沙漠垂

平陸引長流，岡巒挺茂樹。中原厲迅飇，山阿起雲霧。厲疾貌也

遊子恒悲懷，舉目增永慕。漢書高祖曰遊子悲故鄉李陵書曰舉目言笑誰與爲懽曹子建應詔詩曰長懷永慕

良儔不獲偕，舒情將焉訴。楚辭曰向長風而舒情

遠念賢士風，遂存往古務。楚辭曰伊思兮往古

朔鄙多俠氣，豈惟地所固。爾雅曰朔北方也鄭玄周禮注曰都之所居曰鄙漢書曰趙地北通燕涿高氣勢也

李牧鎮邊城，荒夷懷南懼。史記曰李牧者趙之北邊良將也常代居鴈門備匈奴匈奴小入佯北不勝以數千人委之單于聞之大率衆來入李牧多爲奇陣張左右翼擊之大破

殺匈奴十餘萬騎單于奔走其後十餘歲匈奴不敢近趙邊城說文曰懷念思也**趙奢正疆埸**

秦人折北慮史記曰趙奢趙之田部吏也秦伐韓令趙奢將救之大敗秦軍秦軍解而走遂解閼與之圍而歸左氏傳曰疆埸之患一彼一此**羈旅及寬政委質與時遇**左氏傳齊侯使敬仲爲卿辭曰羈旅之臣幸若獲宥及於寬政君之惠也又孤突曰策名委質貳乃辟也**恨以駑**

蹇姿徒煩飛子御王命論曰駑蹇之乘不騁千里之塗史記曰大雒生非子非子居犬丘好馬及畜善養息之犬丘人言之周孝王召使主馬于汧渭之閒馬大蕃息非與飛古字通**亦既弛**

負檐忝位宰黜庶苟云免罪戾何暇收民譽左氏傳陳公子完曰免於罪戾弛於負擔又曰晉悼公即位公官之長皆民譽也**倪寬以殿黜終乃最**

衆賦漢書曰倪寬遷左內史時裁闊狹與民相假貸以租多不入後有軍發左內史以負租課殿當免皆恐失之大家牛車小家擔負輸租繈屬不絕課更以最上**何武不赫赫遺愛常在**

去漢書曰何武爲大司空其所居亦無赫赫名去後常見思古人非所希短弱自有素鄭玄禮記注曰素猶故也何以敷斯辭惟以二子故二子謂崔温也

荅魏子悌一首五言　盧子諒

崇臺非一幹珍裘非一腋慎子曰廊廟之材蓋非一木之枝狐白之裘非一狐之皮也治亂安危存亡榮辱之施非一人之力埤蒼曰腋在肘後多士成大業羣賢濟引績班固漢書贊曰高祖征伐定天下縉紳之徒騁其智辯並成大業遇蒙時來會聊齊朝彥迹言富貴榮寵時之暫來也漢書蒯通曰時乎時不再來顧此腹背羽愧彼排虛翮韓詩外傳曰晉平公遊於河而歎曰安得賢士與之樂此也船人盍胥跪而對曰主君亦不好士耳何患無士乎平公曰吾食客門左千人右千人何謂不好士乎對曰夫鴻鵠一舉千里所恃者六翮耳背上之毛腹下之毳益一把飛不爲加高損一把飛不爲加下今君之食客門左右各千人亦有六翮在其中矣

將皆背上之毛腹下之毳耶寄身蔭四嶽託好憑三益四嶽謂劉琨也四嶽已見上文論語孔子曰益者三友友直友諒友多聞益矣傾蓋雖終朝大分邁疇昔鄒陽上書曰白頭如新傾蓋若故左氏傳曰楚子文訓兵終朝而畢李固與賓卿書曰開廓大分綢繆恩信左氏傳羊斟曰疇昔之羊子爲政在危每同險處安不異易易夷易也協韻以赤切俱涉晉昌艱共更飛狐厄王隱晉書曰惠帝以敦煌土界闊遠分立晉昌郡又曰晉昌護匈奴中郎將別領戶然時段匹磾爲此職諶在磾所難斥言之故曰晉昌也晉中興書曰石勒攻樂平劉琨自代飛狐口奔安次也恩由契闊生義隨周旋積契闊已見上文左氏傳晉公子重耳謂楚子曰晉楚治兵以與君周旋豈謂鄉曲譽謬充本州役燕丹子曰士無鄉曲之譽則不可以論行匹磾辟諶爲幽州別駕故曰本州之役已見上文乖離令我感悲欣使情惕毛萇詩傳曰惕惕猶切切也理以精神通匪曰形骸

隔[楚辭曰衆人莫可與論道非精神之不通形骸已見上文]妙詩申篤好清義貫幽賾[小雅曰賾深也]恨無隨侯珠以酬荆文璧[隨侯珠已見上文荆楚也韓子曰楚人卞和得璞玉於荆山之中文王即位乃使理其璞得寶焉乃命曰和氏之璧也傅玄豫章行曰琅玕溢金匱文璧丗所無]

荅靈運一首　五言　謝宣遠

夕霽風氣涼閑房有餘清[何敬祖雜詩曰閑房來清氣呂氏春秋曰冬不用翣清有餘也]開軒滅華燭月露皓已盈[軒牕也蜀都賦曰高軒以臨山秦嘉贈婦詩曰飄飄帷帳熒熒華燭]獨夜無物役寢者亦云寧[孫卿子曰是謂以己爲物役也]忽獲愁霖唱懷勞奏所成[靈運愁霖詩序云示從兄宣遠]歎彼行旅艱深茲眷言情[魏文柳賦曰行旅仰而迴眷毛詩曰眷言顧之]伊余雖寡慰

殷憂暫爲輕長門賦曰伊余志之懷慢愚韓詩曰耿耿不寐如有殷憂牽率訓嘉藻長揖愧吾生左氏傳智伯曰牽率老夫以至于此文賦曰嘉藻麗之彬彬漢書曰酈食其長揖不拜陸機贈潘岳詩曰僉曰吾生明德惟允

於安城荅靈運一首五言謝靈運贈宣遠序曰從兄宣遠義熙十一年正月作守安城其年夏贈以此詩到其年冬有荅

謝宣遠

條繁林彌蔚波清源愈濬阮德猷荅棗道彥詩曰體直響正源深流清華宗誕吾秀之子紹前脩魏志曹植上疏曰華宗貴族必有應斯舉者毛萇詩傳曰誕大也大矣后稷十月而生也廣雅曰秀美也毛詩曰之子于征尚書曰俾克紹前烈孔安國尚書傳曰脩嗣也綢繆結風徽烟熅吐芳訊綢繆已見上文周易曰天地烟熅萬物化醇演連珠曰肆義芳訊鄭玄禮記注曰訊問也鴻漸隨事變雲臺與年峻其一鴻漸以喻仕進

雲臺以喻爵位也周易曰鴻漸于陸其羽可以爲儀李顒阮彥倫誄曰累土積功以爲雲臺淮南子曰雲臺之高墮者折脊碎腦高誘曰臺高際於雲故曰雲臺也

華萼相光飾嚶嚶悦同響

毛詩曰棠棣之華萼不韡韡鄭玄曰興者諭弟以敬事兄兄以榮覆弟也毛詩曰伐木丁丁鳥鳴嚶嚶鄭玄曰其鳴之志似於求友也

親親子敦予賢賢吾爾賞

禮記曰君子賢其賢而親其親又曰親親故尊祖尊祖故敬宗論語曰賢賢易色

比景後鮮輝方年一日長

言比景後爾鮮輝方年長爾一日也說文曰景光也孔安國論語曰子路曾晳冉有公西華侍坐子曰以吾一日長乎爾

萎葉愛榮條涸流好河廣

其二萎葉涸流自喻也王逸楚辭注曰枝葉早萎痛絶落潘安仁河陽詩曰峻巖敷榮條文賦曰豁若涸流楚辭曰江河廣而無梁

殉業謝成操復禮愧貧樂

司馬彪莊子注曰殉營也論語子曰一日克己復禮天下歸仁焉子曰貧而樂富而好禮者

幸會果代耕符守江南曲

許慎淮南子注曰果成也

禮記曰諸侯之下士視上農夫禄足以代耕漢書曰初與郡守爲竹使符也履運傷荏苒遵塗歎緬邈莊子曰陰陽四時運行各得其序張茂先勵志詩云日與月與荏苒代謝陸機贈馮文熊詩曰遵塗遠蹈又擬古詩曰緬邈若飛沈布懷存所欽我勞一何篤其三嵇康秀才詩曰思我所欽我勞如何徐幹荅劉楨詩曰我思一何篤其愁兼三春肇允雖同規翻飛各異槩毛詩曰肇允彼桃蟲飜飛惟鳥異槩謂異量也凡槩以平量故言槩而顯量焉楚辭曰一槩而相量也迢遞封畿外窮窕承明內宣遠爲安城守故云封畿外靈運爲秘書監故云承明內也毛詩曰京畿千里承明假京洛而言之也尋塗塗既睽即理理已對外內殊職是塗睽也賢愚異任是理對也絲路有恒悲矧迺在吾愛其四絲路已見上文又絲或爲蹊也跬行安步武鎩翮周數仞漢書公孫玃曰吴失與而無助跬行獨進如淳曰跬以一足行爲跬空蘂切鄭玄禮記注曰武迹也淮南子曰飛鳥鎩羽

許慎曰鎩殘羽也莊子曰有鳥焉其名爲鵬摶扶摇羊角而上者行九萬里斥鷃笑之曰我騰躍而上不過數仞而下此亦飛之至也包咸論語注曰七尺曰仞豈不識高遠違方往有吝阮籍詠懷詩曰豈不識宏大羽翼不相儀郭象莊子注曰亦猶鳥之自得於一方也周易曰君子舍之往吝窮也歲寒霜雪嚴過半路愈峻言位高而愈懼也莊子孔子曰天寒既至霜雪既降戰國策曰或謂秦王曰日行百里者半於九十此言末路之難也量己畏友朋勇退不敢進庾元規讓中書表曰量己知弊左氏傳陳敬仲曰詩云豈不欲往畏我友朋晏子春秋曰上士難進而易退也行矣勵令猷寫誠訓來訊其五孔安國尚書傳曰勵勉也補亡詩曰寘寫爾誠曹植與吳重書曰得所來訊文采委曲

西陵遇風獻康樂一首五言沈約宋書曰靈運襲封康樂侯鄭玄禮記注曰獻猶進也又曰古者致物於人尊之曰獻

謝惠連

我行指孟春春仲尚未發趣途遠有期念離情無歇趣向也成裝候良辰漾舟陶嘉月許慎淮南子注曰裝飾也良辰已見上文蜀都賦曰漾輕舟楚辭曰陶嘉月兮總駕搴玉英兮自脩爾雅曰陶喜也瞻塗意少悰還顧情多闕其一韋昭漢書注曰悰樂也哲兄感仳別相送越坰林謂兄靈運也漢書谷永謝王鳳曰察父哲兄覆育子弟誠無以加毛詩曰有女仳離慨其嘆矣毛萇曰仳別也匹視切爾雅曰野外曰林林外曰坰飲餞野亭館分袂澄湖陰毛詩曰飲餞于禰范曄後漢書曰郭伋遂止野亭悽悽留子言眷眷浮客心韓詩曰眷眷懷顧孔安國尚書傳曰浮行也迴塘隱艫栧遠望絕形音其二南都賦曰分背迴塘說文曰艫船頭也韋昭漢書注曰栧檝也靡靡即長路戚戚抱遙悲楚辭曰居戚戚而不解悲遙但自弭路長當語誰楚辭曰汎容與而遐舉兮聊抑志而自弭

杜預左氏傳注曰弭息也古詩曰愁思當語誰行行道轉遠去去情彌遲陸機赴洛詩曰行行遂已遠韓詩外傳日孔子之去魯遲遲乎其行也昨發浦陽汭今宿浙江湄其三酈善長水經注曰浦陽江水導源烏傷縣而經上虞縣孔安國尚書傳曰水北曰汭晉灼漢書注曰江水至會稽山陰爲浙江郭璞山海經注曰今錢塘有浙江音折屯雲蔽曾嶺驚風涌飛流零雨潤墳澤落雪灑林丘毛詩曰零雨其濛浮氛晦崖巘積素惑原疇爾雅曰重巘隒也曲汜薄停旅通川絕行舟其四王逸楚辭注曰泊止也泊與薄古字通韓詩外傳阿谷之女曰阿谷之隧隱也行旅已見上文上林賦曰通川過於中庭魏文帝善哉行曰洋洋川流中有行舟臨津不得濟佇檝阻風波孔叢子孔子歌曰臨津不濟還轅息鄹爾雅曰佇久也家語孔子曰不觀巨海何以知風波之患也蕭條洲渚際氣色少諧和西瞻與遊歎東睇起悽

歌積憤成疢痗無萱將如何其五韓詩曰焉得萱草言樹之背願言思伯使我心痗薛君曰諼草忘憂也萱與諼通痗音悔

還舊園作見顏范二中書一首五言沈約宋書曰元嘉三年徐羨之等誅徵顏延之爲中書侍郎范中書蓋謂范泰也　謝靈運

辭滿豈多秩謝病不待年偶與張邴合久欲還東山漢書張良曰今以三寸舌爲帝師封萬户位列侯此布衣之極於良足矣願弃人閒事欲從赤松子學道輕舉又曰琅邪邴漢亦有清行兄子曼容亦養志自脩爲官不肯過六百石輒自免去東山謂會稽始寧也檀道鸞晉陽秋曰謝安有反東山之志每形之於言聖靈昔迴眷微尚不及宣聖靈謂高祖也陸機弔魏文帝柳賦曰行旅仰而迴眷何意衝飇激烈火縱炎烟焚玉發崐峯餘燎遂見遷沈約宋書曰少帝即位權在大臣靈運構扇異同非毀執

政司徒徐羡之等患之出爲永嘉太守衡颺已見上文尚書曰火炎崐崗玉石俱焚天吏逸德烈于猛火投沙理既迫如邛願亦愆漢書曰賈誼以謫居長沙長沙卑濕誼自傷悼以爲壽不得長又曰卓文君謂司馬長卿曰第如臨邛從昆弟假貸猶足以爲生何至自苦如此相如與俱之臨邛第但也長與懽愛別永絶平生緣緣因緣也浮舟千仞壑揔轡萬尋嵩巔戰國策蘇代曰水浮輕舟春秋繁露曰水赴千仞之壑而不旋似勇者家語孔子曰善御者正身以揔轡琴賦曰青壁萬尋流沫不足險石林豈爲艱列子曰孔子觀於呂梁懸水四十仞流沫三十里見一丈夫遊之以爲有苦使弟子並水而承之數百步出被髮行歌而遊於堂下孔子從而問焉曰蹈水有道乎長於水而安於水性也楚辭曰焉有石林閩中安可處日夜念歸旋漢書曰故越王無諸世奉越祀身帥閩中兵以佐滅秦韋昭曰東越之別名也閩音旻事躓兩如直心愜三避賢言史魚有道無道行俱如矢而已有道則見召無道則左遷故云事

躓兩如矢直而已雖遷終無悔吝心愜三避之賢韋昭漢書注曰躓頓也謂顛仆也說文曰躓跌也論語子曰直哉史魚邦有道如矢邦無道如矢史記曰孫叔敖相楚三去相而不悔知其非己罪也三避三黜也躓音致

託身青雲上棲巖挹飛泉陸機詩曰託身承華側嵇康絶交書曰許由之巖棲

盛明盪氛昏貞休康屯邅盛明貞休謂太祖也言以盛明之德而蕩氛昏之徒又以正美之道以康屯邅之俗也解嘲曰遭盛明之世周易曰乾元亨利貞又曰休否大人吉鄭玄曰休美也王弼曰居尊位能休否也周易曰迍如邅如

殊方咸成貸微物豫采甄沈約宋書曰太祖登祚徐羨之等徵靈運爲秘書監再召不起上使光祿大夫范泰與靈運書敦獎之乃出就文子曰殊方偏國老子曰夫惟道善貸且成說文曰貸施也魏明帝豫章行曰於斯誠微物能不懷傷悴鄭玄尚書緯注曰甄表也

感深操不固質弱易版纏謂應徵也感深感荷情深也楚辭曰悲靈脩之浩蕩何執操之不固應璩與陰中夏書曰體正者則檢於人質弱者則陋於衆版纏猶牽引也

曾是反昔園語往實款然毛詩曰曾是在位廣雅曰款愛也曩基即先築故池不更穿爾雅曰曩久也謂久舊也仲長子曰築基起功莊子曰相造于水者穿池而養給也果木有舊行壞石無遠延劉歆甘泉賦曰桂木雜而成行說苑曰楚莊王築層臺延石千里延壤百里雖非休憩地聊取永日閑毛詩曰且以永日鄭玄曰永引也衛生自有經息陰謝所牽莊子南榮趎曰願聞衛生之經而已矣老子曰衛生之經乎能抱一乎能勿失乎能與物委蛇而同其波乎是衛生之經也司馬彪曰生謂衛護其生全性命也息陰即息影也牽謂俗務也巳見遊南亭詩夫子照情素探懷授往篇史記蔡澤謂應侯曰公孫鞅之事孝公也披心腹示情素素猶實也王仲宣詩曰探懷授所歡願醉不顧身

登臨海嶠初發彊中作與從弟惠連見羊何共

和之一首五言謝靈運遊名山志曰桂林頂遠則嵊尖彊中沈約宋書曰靈運既東還與族弟惠連東海何長瑜潁川荀雍太山羊璿之文章賞會共爲山澤之遊時人謂之四友

謝靈運

杪秋尋遠山山遠行不近楚辭曰靚杪秋之遥夜與子別山阿含酸赴脩軫軫當爲畛說文曰畛井田閒陌中流袂就判欲去情不忍毛萇詩傳曰判分也毛詩曰彷徨不忍去顧望脰未悄汀曲舟已隱何休公羊傳注曰脰頸也陸彥聲詩曰相思心既勞相望脰亦悄說文曰痟疲也痟與悄通文字集略曰汀水際平也隱汀絶望舟騖棹逐驚流海賦曰驚浪雷奔欲抑一生歡并奔千里遊言遠別已爲抑歡千里逾加離思列子公孫朝曰欲盡一生之歡窮當年之樂古詩曰離家千里客戚戚多思復日落當棲薄繫纜臨江樓纜維舟索也吴志曰更增舸纜謝靈

運遊名山志曰從臨江樓步路南上二里餘左望湖中右傍長江也豈惟夕情斂憶爾共淹留楚辭曰攀桂枝兮聊淹留淹留昔時歡復增今日歎潘岳哀永逝曰憶舊歡兮增新悲茲情已分慮況迺協悲端悲端謂秋也楚辭曰悲哉秋之爲氣也秋泉鳴北澗哀猿響南巒爾雅曰巒山墮郭璞曰山形長狹者荆州謂之巒戚戚新別心悽悽久念攢蒼頡篇曰攢聚之也攢念攻別心旦發清溪陰暝投剡中宿明登天姥岑楚辭曰夕投宿於石城漢書曰會稽有剡縣吳録地理志曰剡縣有天姥岑剡植琰切姥莫古切高高入雲霓還期那可尋孟子曰太山之高參天入雲羊祜請伐吳表曰高山尋雲霓潘安仁在懷縣詩曰感此還期淹儻遇浮丘公長絶子徽音列仙傳曰王子喬好吹笙道人浮丘公接以上嵩山毛詩曰太姒嗣徽音

酬從弟惠連一首 五言　　謝靈運

寢瘵謝人徒，滅迹入雲峯。爾雅曰瘵病也太玄經曰老子行則滅迹立則隱形巖壑寓耳目，歡愛隔音容。永絕賞心望，長懷莫與同。潘安仁詩曰歲寒無與同末路值令弟，開顏披心胷。其一鄒陽上書曰至其晚節末路應亨古詩曰濟濟令弟史記蔡澤曰披腹心心胷既云披，意得咸在斯。莊子善養曰余逍遥於天地之間而心意自得也淩澗尋我室，散帙問所知。說文曰帙書衣也夕慮曉月流，朝忌曛日馳。王逸楚辭注曰曛黄昏時也悟對無厭歇，聚散成分離。其二言事無常故聚而必散成有分離也莊子曰禍福相生聚散以成分離別西川，迴景歸東山。別時悲已甚，別後情更延。爾雅曰延長也傾想遲嘉音，果枉濟江篇。遲猶思也果猶遂也辛勤風波事款曲洲渚言其三風波已見上文秦嘉贈婦詩曰思面叙款曲洲渚旣淹時風波子行遲務協華京想詎存空谷期廣雅曰務遠也華京猶京華也郭璞遊仙詩曰京華遊俠窟毛詩曰皎皎白駒在彼空谷猶復惠來章祇足攪余思毛詩曰胡逝我梁祇攪我心儻若果歸言共陶暮春時其四陶喜也已見上文暮春雖未交仲春善遊遨未交謂暮春氣節與仲春未交也孔安國尚書傳曰南交言夏與春交也山桃發紅蕚野蕨漸紫苞爾雅曰榹山桃也毛詩曰言采其蕨毛詩義疏曰蕨山菜也初生紫色尚書曰草木漸苞孔安國曰漸進長苞叢生也鳴嚶已悅豫幽居猶鬱陶鳴嚶已見上文禮記曰幽居而不淫論衡曰幽居而靜處恬澹自守尚書曰鬱陶乎予心顏厚有忸怩孔安國曰鬱陶哀思也夢寐佇歸舟釋我吝與勞其五范曄後漢書曰陳蕃周舉常相謂曰數日之閒不見黃生則鄙悋之

萌復存乎心毛詩曰
豈不爾思勞心忉忉

文選卷第二十五

賜進士出身通奉大夫江南蘇松常鎮太等處承宣布政使司布政使胡克家重校刊

文選卷第二十六

梁昭明太子撰

文林郎守太子右内率府録事參軍事崇賢館直學士臣李善注上

贈荅四

陶淵明始作鎮軍叅軍經曲阿作一首

辛丑歲七月赴假還江陵夜行塗口作一首

謝靈運初發都一首　過始寧墅一首

富春渚一首　七里瀨一首

登江中孤嶼一首　初去郡一首

初發石首城一首　道路憶山中一首

入彭蠡湖口一首

入華子崗是麻源第三谷一首

贈荅

贈王太常一首　五言　蕭子顯齊書曰王僧達除太常　顏延年

玉水記方流琁源載圓折尸子曰凡水其方折者有玉其圓折者有珠也蓄寶每希聲雖祕猶彰徹老子曰大音希聲左氏傳君子曰若險危大人而有名彰徹也聆龍睽九泉聞鳳窺丹穴廣雅曰聆聽也莊子曰夫千金之珠必在九重之泉驪龍頷下說文曰睽察也山海經曰丹穴之山有鳥焉其狀如鶴五采名曰鳳鳥丹穴巳見東京賦歷聽豈多士唯然覯世哲孔安國尚書傳曰工官也舒文廣國華敷言遠朝列王逸楚辭注曰發文舒詞爛然成章國語季文子曰吾聞以德榮爲國華尚書曰凡厥衆人極之敷言秋興賦曰猥廁朝列爾雅曰列業也德輝灼邦懋芳風被鄉耋禮記曰德輝動乎內而人莫不承聽禰衡顏子碑曰秀不實振芳風側同幽人居郊扉常晝閑周易曰履道坦坦幽人貞吉郄仲堪誄曰荆門晝掩閑庭晏然林閭時晏開亟迴長者轍爾雅曰野外謂之林鄭玄周禮注云閭里門也漢書淮南王曰早閉晏開又曰陳平門外多長

者車轍庭昏見野陰山明望松雪靜惟浹羣化徂生入窮節鄭玄毛詩箋曰惟思也蘇林漢書注曰浹周也莊子曰已化而生又化而死爾雅曰徂往也謂往之死也家語孔子曰化於陰陽象形而發謂之生化窮數盡謂之死豫往誠歡歇悲來非樂闋周易曰初六鳴豫凶王弼曰樂過則淫志窮則凶爾雅曰豫樂也淮南子曰奏樂而喜曲終而悲鄭玄禮記注曰闋終也屬美謝繁翰遙懷具短札屬猶綴也謝猶慙也說文曰懷念思也又曰札牒也阻黠切

夏夜呈從兄散騎車長沙一首

五言集曰從兄散騎字敬宗車長沙字仲遠

顏延年

炎天方埃鬱暑晏闋塵紛淮南子曰南方曰炎天高誘曰南方五月建午火之

中也火性炎上故曰炎天廣雅曰方正也毛萇詩傳曰鬱積也禮記曰仲夏小暑至賈逵國語注曰晏晚也毛萇詩傳曰闋息也杜預左氏傳注曰紛亂也**獨靜闕偶坐臨堂對星分**賈逵國語注曰偶對也周禮曰以星分夜**側聽風薄木遥睇月開雲**法言曰風薄于山孔安國尚書傳曰薄迫也亦激之意也楚辭曰雪紛紛而薄木**夜蟬當夏急陰蟲先秋聞**禮記曰仲夏之月蟬始鳴易通系卦曰蟋蟀之蟲隨陰迎陽聖主得賢臣頌曰蟋蟀俟秋吟**歲候初過半荃蕙豈久芬**楚辭曰時亹亹而過中又曰荃蕙化而爲茅**屛居惻物變慕類抱情郁**漢書曰竇嬰謝病屛居田南山下鵩鳥賦曰萬物變化楚辭曰思慕類兮以悲魏文帝善哉行曰喟然以惋歎抱情不得叙柏乡鸚鵡賦曰眷儔侶而情郁郁憂也**九逝非空思七襄無成文**楚辭曰惟郢路之遼遼兮魂一夕而九逝韓詩曰跂彼織女終日七襄雖則七襄不成報章薛君曰襄反也

直東宮答鄭尚書一首

五言沈約宋書曰鄭鮮之字道子高祖踐祚遷都官尚書

顏延年 沈約宋書曰高祖受命延年補太子舍人然荅詩謝舍人之日

皇居體寰極設險祇天工 孔融薦禰衡表曰帝室皇居西京賦曰若夫長年神仙宣室玉堂譬衆星之環極泮赫羲以輝煌周易曰王公設險以守其國尚書曰天工人其代之 兩闈阻通軌對禁限清風 兩闈謂東宮及中臺也方言曰軌道也各有禁守謂禁中也故曰對也胡廣書曰建洪德流清風 跂予旅東館徒歌屬南墉 毛詩曰誰謂宋遠跂予望之賈逵國語注曰旅客也爾雅曰徒歌曰謠鄭玄儀禮注曰屬注也謂意注之也尚書爲中臺在南故曰南墉 寢興鬱無已起觀辰漢中 毛詩曰言念君子載寢載興鄭玄考工記注曰鬱不舒散辰大辰也爾雅大辰房心尾也郭璞曰龍星明者以爲時候故曰大辰毛萇詩傳曰漢天

河也流雲藹青闕皓月鑒丹宮廣雅曰鑒照也踟躕清防密徙倚栢漏窮毛詩曰搔首踟躕夏侯沖荅潘岳詩曰相思限清防企佇誰與言爾雅曰密靜也楚辭曰步徙倚而遥思漏窮言曉也君子吐芳訊感物惻余衷演連珠曰肆義芳訊古詩曰感物懷所思惜無丘園秀景行彼高松賈逵國語注曰惜痛也周易曰賁于丘園束帛戔戔陸機演連珠曰丘園之秀因時則揚毛詩曰景行行止高松踰守節而不移也論語子曰歲寒然後知松栢之後彫也知言有誠貫美價難克充知汝之言有誠實舊貫美價難以克充漢書武帝詔書曰九變復貫知言之選論語子貢曰有美玉於斯韞櫝而藏諸求善價而沽諸何以銘嘉貺言樹絲與桐言樹絲桐欲播之琴瑟也魏文帝書曰嘉貺益腆爾雅曰貺賜也毛詩曰言樹之背史記曰騶忌以鼓琴見齊威王王曰夫治國家何異絲桐之閒哉

和謝監靈運一首

五言沈約宋書曰靈運爲祕書監也

顏延年 沈約宋書曰少帝出顏延年爲始安太守元嘉三年徵爲中書侍郎

弱植慕端操窘步懼先迷 左氏傳鄭子産如陳曰陳亡國也其君弱植王逸楚辭注曰植志也楚辭曰内惟省以端操又曰夫唯捷徑以窘步窘君求隕切周易曰先迷失道後順得常

寡立非擇方刻意藉窮棲 孫卿子曰寡立而不勝堅強而不暴泰周易曰君子以立不易方王弼曰得其所久故不易也孔安國論語注曰方道也謂常道也莊子曰刻意尚行離世異俗此山谷之士非俗之人枯槁赴淵者之所好也韋昭國語注曰山處曰棲

伊昔遘多幸秉筆侍兩闈 陸機荅賈謐詩曰伊昔有皇左氏傳羊舌職曰民之多幸國之不幸國語士茁謂智襄子曰臣秉筆事君兩闈謂上臺及東宮也事二宮已見曲水詩

雖慙丹雘施未謂玄素睽 丹雘喻君恩也玄素喻别也盧諶荅劉琨書曰始素終玄墨翟垂涕周易曰睽者乖也苦圭切尚書曰惟其塗丹雘

徒遭良時詖王道奄昏霾 謂少帝之日也潘岳河陽縣詩曰徒恨良

時泰蒼頡篇曰詖諂佞也彼寄切方言曰奄遽也民昏霿喻世亂也爾雅曰風雨土爲霾人神幽明
絶朋好雲雨乖人神幽明絶言時亂不獲祭享也曾子曰天曰明地曰幽張載詠懷詩曰雲乖
雨散心乎愴而弔屈汀洲浦謁帝蒼山蹊謂之始安郡也賈誼有弔屈原文楚辭曰
搴汀洲兮杜若文字集略曰汀水際也曹子建贈白馬王詩曰謁帝承明廬禮記曰舜葬蒼梧之野倚巖
聽緒風攀林結留荑楚辭曰倚石巖以流涕又曰款秋冬之緒風又曰畦留荑與揭
車王逸曰留荑香草也跂予間衡嶠曷月瞻秦稽跂予巳見上文衡山名也
爾雅曰山銳而高曰嶠毛詩曰曷月余還歸哉孔晁會稽記曰秦望山在州城正南史記曰始皇登之望南海
越絶書曰禹救水到大越上茅山大會計更名茅山曰會稽皇聖昭天德豐澤振
沈泥皇聖謂文帝也孫卿子曰變化代興謂之天德謝承後漢書曰仁風豐澤四海所宗說文曰振舉也
葛龔與張略書曰頑闇沈泥惜無爵雉化何用充海淮國語曰趙簡子歎曰

雀入于海爲蛤雉入于淮爲蜃鄭玄禮記注曰充足也子喻切去國還故里幽門樹蓬藜去國謂去始安也莊子曰越之流人去國旬月古詩曰思還故里閭楚辭曰處玄舍之幽門陸雲荅兄書曰脩庭樹蓬采茨葺昔宇翦棘開舊畦鄭玄周禮注曰茨蓋苫也廣雅曰葺覆也左氏傳戎子駒支曰驅其狐貍剪其荊棘孟子曰病于夏畦劉熙曰今俗以二十五畝爲小畦物謝時既晏年往志不偕言年既日往志意已衰不與子俱也王逸楚辭注曰謝去也楚辭曰年洋洋而日往毛萇詩傳曰偕俱也俱亦齊同之意也親仁敷情昵興賦究辭棲親仁謂靈運也左氏傳陳五父曰親仁善鄰國之寶也爾雅曰昵近也孫炎曰親之近也說文曰興悅也玩愛也芬馥歇蘭若清越奪琳珪吳都賦曰芬馥肸蠁說文曰歇息也一曰氣越泄也禮記曰昔者君子比德於玉焉叩之其聲清越以長鄭玄曰越猶揚也盡言非報章聊用布所懷易曰書不盡言報章已見上文莊子曰有問而應之盡其所懷蒼頡篇曰懷抱

也

荅顏延年一首　五言　王僧達

沈約宋書曰王僧達琅邪人少好學善屬文爲始興王行軍叅軍稍遷至中書令以屢犯上顏於獄賜死

長卿冠華陽仲連擅海陰長卿相如字也尚書曰華陽黒水惟梁州華陽國記曰益州地稱天府原曰華陽史記曰魯仲連齊人也穀梁傳曰水南曰陰珪璋既文府精理亦道心言珪璋之麗既光於文府精理之妙亦窮於道心文賦曰遊文章之林府尚書曰道心惟微君子聳高駕塵軌實爲林楚辭曰竦余駕兮入冥何邵詩曰亮無風雲會安能襲塵軌司馬遷書曰列於君子之林也崇情符遠迹清氣溢素襟思玄賦曰盍遠迹以飛聲陸景典語曰清氣漂於青雲之上聲類曰襟交領也結遊略年義篤顧

棄浮沈莊子曰忘年忘義振於無境鄭玄毛詩箋曰顧念也高誘淮南子注曰浮沈猶盛衰也寒榮共偃曝春醞時獻斟桓子新論曰余與揚子雲奏事坐白虎殿廊廡下以寒故背日曝焉郭璞上林賦注曰榮屋南簷也曹植酒賦曰或秋藏冬發或春醞夏開聿來歲序暄輕雲出東岑毛詩曰聿來胥宇鄭玄曰聿自也麥壟多秀色楊園流好音魏文帝登城賦曰嘉麥被壟廣雅曰秀美也毛詩曰楊園之道又曰睍睆黃鳥載好其音歡此乘日暇忽忘逝景侵言人壽不留與景俱逝而壽損侵謂之侵莊子牧馬童子謂黃帝曰有長者教予曰若乘日之車而遊於襄城之野郭象曰日出而遊日入而息幽哀何用慰翰墨久謡吟歸田賦曰揮翰墨以奮藻棲鳳難爲條淑貺非所臨鳳非梧桐不棲故曰難爲也誦以永周旋匣以代兼金左氏傳太史克曰奉以周旋不敢失墜孟子曰齊王餽兼金一百而不受也

郡内高齋閑坐荅呂法曹一首 五言郡是宣城郡 謝玄暉

結構何迢遰曠望極高深 結構謂結連構架以成屋宇也魯靈光殿賦曰觀其結構廣雅曰曠遠也高深謂江山也魏武帝善哉行曰山不厭高海不厭深吴都賦曰曠瞻迢遰 牕中列遠岫庭際俯喬林 曹子建詩曰歸鳥赴喬林 日出衆鳥散山瞑孤猿吟已有池上酌復此風中琴 石崇思歸引曰宴華池酌玉觴嵇康贈秀才詩曰習習和風吹我素琴 非君美無度孰爲勞寸心 毛詩曰彼己之子美無度又曰勞心忉忉列子文摯謂叔龍曰吾見子之心矣方寸之地虚矣 惠而能好我問以瑶華音 毛詩曰惠而好我攜手同行毛萇曰惠愛也鄭玄曰言愛仁而又好我毛詩曰雜佩以問之毛萇曰問遺也楚辭曰折踈麻兮瑶華將以遺兮離居 若遺金門步見就玉山岑 解嘲曰歷金門上玉堂穆天子傳曰癸巳至羣玉之山容氏所守先王之謂冊府郭璞曰即山海經玉山

西王母所居者皇甫謐釋勸曰排閶闔步玉岑

在郡卧病呈沈尚書一首 五言集曰沈尚書約也 謝玄暉

淮陽股肱守高卧猶在茲 漢書曰季布爲河東守上召布曰河東吾股肱郡故時召君耳又曰拜汲黯爲淮陽太守黯伏地不受印上曰君薄淮陽耶顧淮陽吏人不相得吾徒得君重卧而治之也 況復南山曲何異幽棲時 謝靈運南山詩曰凝此永幽棲 連陰盛農節簦笠聚東菑 胡安道愁霖賦曰冀連陰之時退想雲物之見微毛詩曰彼都人士簦笠緇撮毛萇曰簦臺所以御雨音臺爾雅曰田一歲曰菑 高閣常晝掩荒堦少諍辭 晝掩已見上文 珍簟清夏室輕扇動涼颸 楚辭曰溢颸風而上征 嘉魴聊可薦淥蟻方獨持 毛詩曰南有嘉魚鄭玄毛詩箋曰聊略也釋名曰酒有汎齊浮蟻在上洗洗然鄭玄毛詩箋曰方且也 夏李沈朱實秋藕折輕絲 魏文帝與

吴質書曰沈朱李於寒水**良辰竟何許夙昔夢佳期**佳謂沈也言會面良辰竟在何許而令夙昔空夢佳期阮籍詠懷詩曰良辰在何許凝霜沾衣襟許猶所也尚書曰夙夜浚明有家孔安國曰夙早也浚深也早夜思之須明行之楚辭曰與佳期兮夕張王逸曰不敢斥尊者故言佳也**坐嘯徒可積爲邦歲已朞**張璠漢記曰南陽太守弘農成瑨任功曹岑晊時人爲之語曰南陽太守岑公孝弘農成瑨但坐嘯瑨音津晊音質論語子曰善人爲邦百年可以勝殘去殺矣又曰苟有用我者朞月而已可也三年有成**絃歌終莫取撫机令自嗤**論語曰子游爲武城宰聞絃歌之聲陸機赴洛詩曰撫机不能寐阮籍詠懷詩曰嗷嗷令自嗤

暫使下都夜發新林至京邑贈西府同僚一首

五言　蕭子顯齊書曰謝朓爲隨王子隆文學子隆在荆州好辭賦數集僚友朓以才文尤被賞愛長史王秀之以朓年少相動密以啓聞世祖敕朓可還都朓道中爲詩以寄西府

謝玄暉

大江流日夜，客心悲未央。呂氏春秋曰：水泉東流，日夜不休。毛詩曰：夜未央。廣雅曰：央，已也。徒念關山近，終知反路長。古樂府有度關山曲。王粲閑邪賦曰：關山介而阻險。顏延年秋胡詩曰：反路遵山河。秋河曙耿耿，寒渚夜蒼蒼。秋河，天漢也。耿耿，光也。毛詩曰：蒹葭蒼蒼。引顧見京室，宮雉正相望。潘岳河陽縣詩曰：引領望京室。東都賦曰：京室密清。周禮曰：王城隅之制九雉。古詩曰：兩宮遥相望。金波麗鳷鵲，玉繩低建章。漢書歌云：月穆穆以金波。王弼周易注曰：麗，連也。張揖漢書注曰：鳷鵲觀在雲陽甘泉宮外。春秋元命包曰：玉衡北兩星爲玉繩星。漢書曰：柏梁災，於是作建章宮也。驅車鼎門外，思見昭丘陽。古詩曰：驅車策駑馬。帝王世紀曰：春秋成王定鼎于郟鄏，其南門名定鼎門，蓋九鼎所從入也。方言曰：冢大者爲丘。丘南曰陽。荊州圖記曰：當陽東有楚昭王墓。登樓賦曰：所謂西接昭丘也。馳暉不可接，何況隔兩鄉（馳暉日也眺至尋陽詩曰過客無留軫馳暉有奔箭毛萇詩傳曰鄉所也）風雲有鳥路江漢限無梁（南中八志曰交阯郡治龍編縣自興古鳥道四百里楚辭曰江河廣而無梁）常恐鷹隼擊時菊委嚴霜（毛萇詩傳曰古者鷹隼擊然後罻羅設潘岳河陽詩曰時菊耀秋華委猶悴也楚辭曰冬又申之以嚴霜）寄言罻羅者寥廓已高翔（諭蜀父老曰猶鷦鵬之翔乎寥廓之宇而羅者猶視乎藪澤廣雅曰寥深也廓空也）

詶王晉安一首（五言集曰王晉安德元王隱晉書曰晉安郡太康三年置即今之泉州也）

謝玄暉

梢梢枝早勁塗塗露晚晞（爾雅曰梢梢擢也郭璞曰謂木無枝柯梢擢長而殺也楚辭曰白露紛以塗塗王逸曰塗塗厚貌也毛萇詩傳曰晞乾也）南中榮橘柚寧知鴻鴈飛（列子曰吳越之國有木焉其名曰櫾碧樹而冬生櫾則柚字也鴻鴈南棲衡陽不至晉安之境故曰寧

知也拂霧朝青閣日旰坐彤闈左氏傳趙鞅曰日旰矣說文曰旰日晚也悵望一塗阻參差百慮依蔡邕詩曰暮宿何悵望周易曰一致而百慮仲長統詩曰百慮何爲至安在我春草秋更綠公子未西歸言春草萋萋故王孫樂之而不反今春草秋而更綠公子尚未西歸楚辭曰王孫遊兮不歸春草生兮萋萋古詩曰秋草萋已綠毛詩曰誰能西歸誰能久京洛緇塵染素衣陸機爲顧彥先贈婦詩曰京洛多風塵素衣化爲緇

奉荅內兄希叔一首五言顧氏家譜曰肸字希叔邵陵王國常侍

陸韓卿蕭子顯齊書曰陸厥字韓卿吴人好屬文州舉秀才王晏少傅主簿後至行軍叅軍厥父被誅坐繫尚方尋有令赦厥恨父不及感慟而卒其集云竟陵王舉秀才選太子太傅功曹掾

嘉惠承帝子躧履奉王孫帝子謂竟陵也王孫謂太傅王晏也越絶書曰恭承嘉惠述暢往事管子曰君有嘉惠於其臣漢舊儀曰帝子爲王長門賦曰躧履起而彷徨魏志蔡邕見王粲曰此王公孫有異才屬叨金馬署又點銅龍門漢書音義曰屬近也叨金馬署謂爲秀才也兩都賦序曰內設金馬石渠之署點銅龍門謂爲太傅功曹掾也漢書曰上嘗急召太子出龍樓門張晏曰門樓上有銅龍出入平津邸一見孟嘗尊孟嘗喻太傅也漢書曰封丞相公孫弘爲平津侯於是起客館開東閣以延賢人與參謀議說苑雍門周說孟嘗君曰以孟嘗之尊乃如是也歸來翳桑柘朝夕異涼溫其一左太沖詠史詩曰陳平無産業歸來翳負郭涼温喻貴賤也徂落固云是寂蔑終始斯徂落猶彫落也羽獵賦曰萬物徂落於外荀組七哀詩曰何其寂蔑杜門清三逕坐檻臨曲池漢書曰王陵杜門竟不朝請三輔決錄曰蔣詡字元卿舍中三逕楚辭曰坐堂伏檻臨曲池鳧鵠嘯儔侶荷芰始

參差蜀都賦曰鴻儔鵠侶雖無田田葉及爾泛漣漪其二古樂府詩曰江南可
采蓮蓮葉何田田毛詩曰河水清且漣漪春華與秋實庶子及家臣魏志曰邢顒字
子昂爲平原侯植家丞顒防閑以禮無所屈撓由是不合庶子劉楨書諫植曰家丞邢顒北土之彥而楨禮遇
殊特顒反疏簡私懼觀者將謂君侯習近不肖禮賢不足采庶子之春華志家丞之秋實王門所以
貴自古多俊民鄒陽上書曰何王之門不可曳長裾乎尚書曰畯民用康畯與俊同離宮
收杞梓華屋富徐陳離宮華屋皆謂太子也卞壼議曰太子所居宮稱東宮不言太子宮
者二宮以東西爲稱明是天子之離宮使太子居之也左氏傳楚聲子曰晉大夫皆卿才也如杞梓皮革自楚
往也吴質荅曹子建書曰墳籍潵於華屋魏志曰文帝爲五官郎將北海徐幹廣陵陳琳並見友善平旦
上林苑日入伊水濱其三言晨夕侍遊良非一所也楚辭曰平明發兮蒼梧漢書曰梁孝
王入朝侍帝遊獵上林中論衡曰堯時擊壤者曰吾日入而息列仙傳曰王子喬周靈王太子晉也遊伊雒之

間書記既翩翩賦歌能妙絶魏文帝與吴質書曰公幹五言詩之善者妙絶時人
元瑜書記翩翩致足樂之相如悪温麗子雲慙筆札西京雜記曰枚皋文章捷疾長卿
製作淹遲皆一時之譽長卿首尾温麗枚皋時有累句故知疾行無善迹矣方言曰悪慙也漢書曰樓護與谷
永俱為五侯上客長安號曰谷子雲之筆札樓君卿之脣舌駿足思長阪柴車畏危
轍駿足喻希叔柴車自喻也棗臺彦荅杜育詩曰矯矯駿足繁纓朱就韓詩外傳齊子曰臣賴君之賜駑馬
柴車可得而乗也愧茲山陽讌空此河陽别其四魏氏春秋曰嵇康寓居山陽縣
與向秀遊於竹林號曰七賢曹植送應氏詩曰親昵並集送置酒此河陽平原十日飲中散
千里遊平原趙勝也史記曰秦昭王聞魏齊在平原君家遺平原君好書曰寡人聞君之高義願與為
布衣之交君幸過寡人寡人願與君為十日之飲平原君遂入秦見昭王干寶晉紀曰初吕安友嵇康相思則
命駕千里從之渤海方淫滯宜城誰獻酬言己之事竟陵猶徐吴之在渤海漢書渤

海郡有南皮縣即徐吴遊之所也國語曰底著滯貰逵曰滛久也陳思王酒賦曰酒有宜城濃醪蒼梧漂清毛詩曰獻酬交錯

屏居南山下臨此歲方秋屏居南山下巳見上文左氏傳卜徒父曰歲云秋矣漢書路博德曰方秋匈奴馬肥未可與戰廣雅曰方始也

惜哉時不與日暮其五言無輕舟以相從也賈逵國語注曰惜痛也劉越石贈盧諶詩曰時哉不我與曹子建贈

無輕舟王仲宣詩曰有彼孤鴛鴦哀鳴無匹儔我願執此鳥惜哉無輕舟

贈張徐州稷一首　五言

范彥龍

田家樵採去薄暮方來歸漢書楊惲曰田家作苦張景陽雜詩曰投來脩岸垂時聞樵採音楚辭曰薄暮雷電廣雅曰薄至也毛詩曰來歸自鎬杜預左氏傳注曰來者自外之文也

還聞稚子說有客款柴扉史記曰楚懷王稚子子蘭呂氏春秋曰款門而謁高誘曰款叩也柴扉即荆扉也鄭玄禮記注曰蓽門荆竹織門也

儐從皆珠玳裘馬悉輕肥

吴都賦曰儐從奕奕廣雅曰儐導也史記曰趙平原君
使人於春申君春申君舍之於上舍趙使欲夸楚爲玳
瑁簪刀劒並以珠飾之請春申君客論
語子曰赤之適齊也乘肥馬衣輕裘軒蓋照墟落傳
瑞生光輝說苑翟璜謂田子方曰吾祿厚得此軒蓋又
師曠謂晉平公曰五鼎不當生墟落應劭風
俗通曰諸侯及使者有傳信乃得舍於傳耳今刺史行
部車號傳車從事督郵周禮曰典瑞鄭玄曰瑞節信也
疑是徐方牧既是復疑非阮瑀止欲賦曰
意謂是而復非思舊昔言有
此道今已微穀梁傳曰叔姬歸于紀其不言逆何
也逆之道微范甯曰逆者非卿也物情
棄疵賤何獨顧衡闈莊子曰人之有所不得與皆物之
情也郭象曰憂娛在懷皆物情耳
非理也爾雅曰疵瘺也衡闈衡
門也或以衡闈爲紘韋非也恨不具雞黍得與故人
揮謝承後漢書曰山陽范式字巨卿與汝南張元伯爲
友春別京師以秋爲期至九月十五日殺雞作黍二
親笑曰山陽去此幾千里何必至元伯曰巨卿信士不
失期者言未絶而巨卿至韓康伯周易注曰揮散也

懷情徒草草淚下空霏霏毛萇詩傳曰懷思也毛詩曰驕人好好勞人草草又曰雨雪霏霏寄書雲間鴈爲我西北飛漢書曰帝思蘇武使謂單于天子射上林中得鴈足有係帛書西北謂徐州也在揚州之西北輿地志曰宋以鍾離置徐州齊以荆州爲北徐州也

古意贈王中書一首五言集曰覽古贈王中書融　范彦龍

攝官青瑣闥遥望鳳皇池王融荅詩題云雜躰報范通直雲梁書曰雲爲通直散騎侍郎左氏傳韓厥曰敢告不敏攝官承乏漢舊儀曰黄門郎暮入對青瑣門拜晉中興書曰荀勗徙中書監爲尚書令人賀之乃發恚云奪我鳳皇池諸人何賀我耶誰云相去遠脉脉阻光儀劉楨贈徐幹詩曰誰謂相去遠古詩曰盈盈一水間脉脉不得語鸚䳇賦曰侍君子之光儀岱山饒靈異沂水富英奇尚書曰海岱及淮惟徐州又曰淮沂其乂漢書有琅邪郡音義曰屬徐州晉書琅邪王氏之先漢紀曰秦遷于琅邪之皐虞後徙于臨沂逸翮凌北海摶飛出

南皮徐幹居北海吴質遊南皮二人皆蒙魏文恩幸故言地以明之也郭璞遊仙詩曰逸翮思拂霄杜預左氏傳注曰陵侮也謂輕易之莊子曰鵬摶扶摇而上司馬彪曰摶圜也圜飛而上若扶摇也遭逢聖明后來棲桐樹枝孔安國尚書傳曰聖人受命則鳳皇至鄭玄毛詩箋曰鳳皇之性非梧桐不棲竹花何莫莫桐葉何離離鄭玄毛詩箋曰鳳皇非竹實不食毛詩曰葛之覃兮維葉莫莫又曰其桐其椅其實離離可棲復可食此外亦何爲古詩曰賤妾擬何爲豈如鷦鷯者一粒有餘貲鷦鷯賦曰巢林不過一枝每食不過數粒蒼頡篇曰貲財也

贈郭桐廬出溪口見候余既未至郭仍進村維舟久之郭生方至一首五言顧野王輿地志曰桐廬縣吴分富陽之桐廬溪也劉孝標集曰郭桐廬峙

任彦昇

朝發富春渚蓄意忍相思漢書曰會稽郡富春縣孔安國尚書傳曰蓄積也涿令行春反冠蓋溢川坻范曄後漢書曰滕撫字叔輔北海人也初仕州郡稍遷爲涿令有文武理用太守以其能委任郡職兼領六縣流愛于民行春兩白鹿隨車挾轂而行郭璞上林賦注曰坻岸也坻或爲湄望久方來萃悲歡不自持毛萇詩傳曰萃集也滄江路窮此湍險方自茲疊嶂易成響重以夜猨悲客心幸自弭中道遇心期楚辭曰聊抑志而自弭親好自斯絕孤遊從此辭謝靈運詩曰孤遊非情款蘇武詩曰去去從此辭

行旅上

河陽縣作二首　五言

潘安仁哀傷贈荅皆潘居陸後而此在前疑誤也

微身輕蟬翼弱冠忝嘉招 岳弱冠舉秀才曹植表曰身輕蟬翼恩重丘山楚辭曰蟬翼爲輕也

在疚妨賢路再升上宰朝 言己在病以妨賢路也毛詩曰煢煢在疚說苑楚令尹虞丘子謂莊王曰臣爲令尹處士不升妨群賢路上宰朝謂司空太尉府

猥荷公叔舉連陪廁王寮 言以凡猥之才而荷薦舉也太尉舉爲郎已見閑居賦許慎淮南子注曰猥凡也論語曰公叔文子之臣大夫僎與文子同昇諸公子曰可以爲文矣又曰陪臣執國命馬融曰陪重也謂家臣也

長嘯歸東山擁耒耨時苗 岳天陵詩序曰岳屛居天陵東山下楚辭曰臨深水而長嘯說文曰耒手耕曲木鄭玄周禮注曰耨耘耔也

幽谷茂纖葛峻巖敷榮

條落英隕林趾飛莖秀陵喬 杜預左氏傳注曰趾足也爾雅曰大阜曰陵

卑高亦何常升降在一朝 二者升降在於倏忽以喻人之榮辱亦在須臾言不足歎也

徒恨良時泰小人道遂消 李陵贈蘇武詩曰良時不再至禰衡書曰衡以良時

散而復合周易泰卦曰君子道長小人道消譬如野田蓬斡流隨風飄商君書曰今夫飛蓬遇飄風而行千里乘風之勢也鶡冠子曰斡流遷徙如淳漢書注曰斡轉也昔倦都邑游令掌河朔徭歸田賦曰游都邑以永久尚書曰王次于河朔登城眷南顧凱風揚微綃鄭玄毛詩箋曰顧視也呂氏春秋曰南方凱風禮記曰綃幕也鄭玄曰綃縑也音消洪流何浩蕩脩莽鬱苕嶢浩蕩或爲濟蕩音西郭緣生述征記曰北芒城北芒嶺也誰謂晉京遠室邇身實遼毛詩曰誰謂宋遠又曰其室則邇其人甚遠誰謂邑宰輕令名患不劭左氏傳子產曰令名德之輿也小雅曰劭美也人生天地間百歲孰能要古詩曰人生天地間又曰人生年不滿百熲如槁石火瞥若截道飈爾雅曰熲光也毛詩曰子有鍾鼓弗擊弗考毛萇曰考亦擊也槁與考古字通古樂府詩曰鑿石見火能幾時說文曰瞥見也張衡舞賦曰瞥若電滅古詩曰人生寄一世奄忽若飈塵瞥孚說切齊

都無遺聲桐鄉有餘謡論語曰齊景公有馬千駟死之日人無德而稱焉漢書曰朱邑爲桐鄉嗇夫廉平不苛及死子葬之桐鄉邑人爲之起冢立祠也福謙在純約害盈猶矜驕周易曰鬼神害盈而福謙左氏傳晉成鱄曰在約思純孔安國尚書傳曰自賢曰矜雖無君人德視民庶不恌毛詩曰我有嘉賓德音孔昭視民不恌君子是則是傚毛萇詩曰恌偷也

日久陰雲起登城望洪河潘元茂九錫文曰濟師洪河川氣冒山嶺驚湍激巖阿歸鴈映蘭畤游魚動圓波史記曰楚以弱弓微繳加歸鴈之上韓詩曰宛在水中沚薛君曰大渚曰沚之以切鳴蟬厲寒音時菊耀秋華禮記曰孟秋寒蟬鳴廣雅曰厲高也謂高而急也禮記曰季秋菊有黃華引領望京室南路在伐柯左氏傳穆叔曰引領西望毛詩曰伐柯伐柯其則不遠大夏緬無覿崇

芒鬱嵯峨陸機洛陽記曰大夏門魏明帝所造有三層高百尺韋昭國語注曰緬猶邈也郭緣生述征記曰北芒去大夏門不盈一里秦嘉詩曰巖石鬱嵯峨揔揔都邑人擾擾俗化訛楚辭曰紛揔揔兮九州王逸曰揔聚也七發曰擾擾若三軍之騰裝鄭玄毛詩箋曰訛僞也五戈切依水類浮萍寄松似懸蘿淮南子曰夫萍樹根於水木樹根於土天地性也毛詩曰蔦與女蘿施于松柏曹植雜詩曰寄松爲女蘿依水如浮萍朱博糾舒慢楚風被琅邪漢書曰朱博字子元杜陵人也遷琅邪太守齊部舒緩勑功曹官屬多襃衣大袑不中節度自今掾吏衣皆去地三寸視事數年大改其俗掾吏禮節皆如楚趙袑音紹袑袴也曲蓬何以直託身依叢麻曾子曰蓬生麻中不扶自直漢書婁護曰呂公託身於我黔黎竟何常政成在民和史記曰秦更名人曰黔首左氏傳季梁曰民和而神降之福位同單父邑愧無子賤歌呂氏春秋曰宓子賤治單父彈鳴琴身不下堂而單父治豈敢陋微官但恐

忝所荷

在懷縣作二首　五言　潘安仁

南陸迎脩景朱明送末垂續漢書曰日行南陸謂之夏淮南子曰仲夏至脩毛詩曰夏之日毛萇曰言時長也爾雅曰夏爲朱明末垂猶末也崔駰臨洛觀賦曰迎夏之首末春之垂初伏啓新節隆暑方赫羲崔寔四民月令曰六月初伏薦麥瓜于祖禰賈誼旱雲賦曰隆暑盛其無聊繁欽柳樹賦曰翳炎夏之白日揔隆暑之赫羲思玄賦注曰赫羲盛也朝想慶雲興夕遅白日移遅猶思也揮汗辭中宇登城臨清池史記蘇秦曰揮汗成雨賈逵國語注曰揮灑也楚辭曰爨土蘩蘭于中宇涼飈自遠集輕襟隨風吹靈圃耀華果通衢列高椅靈圃猶靈囿也東征賦曰遵通衢之大道椅梓屬瓜瓞蔓長苞薑芋紛廣畦韓詩曰緜緜瓜瓞薛君曰瓞小瓜也毛萇詩傳曰苞

本也劉熙孟子注曰今俗以五十畝爲大畦也稻栽肅仟仟黍苗何離離禮記曰故栽者培之凡蒔草謂之栽也廣雅曰芊芊茂也毛詩曰彼黍離離彼稷之苗虛薄乏時用位微名日卑朝子曰工商游食之民少而名卑驅役宰兩邑政績竟無施自我違京輦四載迄于斯胡廣漢官解故注曰轂下諭在輦轂之下京城之中也詩曰以迄于今毛詩曰迄至也器非廊廟姿屢出固其宜愼子曰廊廟之材非一木之枝史記曰賢人深謀於廊廟孫卿子曰君道行則萬物皆得其宜也徒懷越鳥志眷戀想南枝古詩曰越鳥巢南枝春秋代遷逝四運紛可喜楚辭曰春與秋其代序莊子曰黃帝曰陰陽四時運行各得其序楚辭曰綠葉素榮紛其可喜寵辱易不驚戀本難爲思老子曰寵辱若驚何謂寵辱寵爲下得之若驚失之若驚是謂寵辱若驚禮記曰太公封於營丘比及五世皆反葬於周君子樂其所自生禮不忘其本

我來冰未泮，時暑忽隆熾。毛詩曰：我來自東。又曰：迨冰未泮。感此還期淹，歎彼年往駛。楚辭曰：年洋洋而日往。登城望郊甸，遊目歷朝寺。楚辭曰：忽返顧以遊目。風俗通曰：今尚書御史所止，皆曰寺也。小國寡民務，終日寂無事。老子曰：小國寡民。陸賈新語曰：君子之治也，混混然無事，寂然無聲。白水過庭激，綠槐夾門植。鄭玄周禮注曰：植，根生之屬也。信美非吾土，祇攪懷歸志。登樓賦曰：雖信美而非吾土。毛詩曰：祇攪我心。孟子曰：浩然有歸志。眷然顧鞏洛，山川邈離異。孔叢子歌曰：眷然顧之，慘焉心悲。鄭玄毛詩箋曰：回首曰顧。鞏洛，岳父墳塋所在也。漢書曰：潁川北近鞏洛。墳塋已見西征賦。楚辭曰：終免獨離異。願言旋舊鄉，畏此簡書忌。毛詩曰：願言思子。又曰：豈不懷歸，畏此簡書。毛萇曰：簡書，戒命也。祗奉社稷守，恪居處職司。論語：子路使子羔爲費宰，子路曰：有民人焉，有社稷焉。左氏傳公鉏曰：敬恭朝夕，恪居官次。

迎大駕一首五言王隱晉書曰東海王越從大駕討鄴軍敗永康二年越率天下甲士三萬人奉迎大駕還洛

潘正叔

南山鬱岑崟洛川迅且急青松蔭脩嶺綠蘩被廣隰爾雅曰蘩皤蒿也朝日順長塗夕暮無所集毛詩曰順彼長道魏武帝短歌行曰暮無所宿栖歸雲乘幰浮淒風尋帷入傅毅七激曰仰歸雲愬遊風說文曰乘覆也帷車飾也子虛賦曰張翠帷建羽蓋然此雖無翠羽而蓋即同也道逢深識士舉手對吾揖王命論曰超然遠覽淵然深識世故尚未夷崤函方嶮澀假爲深識之士言也國語桓公問於史伯曰王室多故鄭玄周禮注曰故災禍也孔安國尚書傳曰夷平也戰國策蘇武曰秦東有崤函之固狐貍夾兩轅豺狼當路立漢書侯文謂孫寶曰豺狼當路不宜復問狐貍翔鳳嬰籠檻騏驥見維縶翔鳳騏驥皆喻賢也楚辭曰騏驥伏匿而不見鳳皇

高飛而不下鸚鵡賦曰順籠檻以俯仰毛詩曰縶之維之俎豆昔嘗聞軍旅素未習論語曰衛靈公問陣於孔子孔子對曰俎豆之事則嘗聞之矣軍旅之事未之學也鄭玄喪服注曰素猶故也且少停君駕徐待干戈戢既假爲彼人之辭故自謂爲君也毛詩曰載戢干戈

赴洛二首五言集云此篇赴太子洗馬時作下篇云東宮作而此同云赴洛誤也

陸士衡

希世無高符營道無烈心莊子原憲謂子貢曰夫希世而行比周而友憲不忍爲也漢書音義希世隨世也禮記曰儒有合志同方營道同術靖端肅有命假檝越江潭國語祁午見范宣子曰若能靖端諸侯使服聽命於晉國周易曰大君有命說文曰越渡也楚辭曰游於江潭親友贈予邁揮淚廣川陰家語公父文伯卒敬姜曰二三婦無揮涕王肅

曰揮涕者淚以手揮之**撫膺解攜手永歎結遺音**列子曰撫膺而恨毛詩曰攜手同行又曰寤寐永歎曹子建雜詩曰翹思慕遠人願欲託遺音**無迹有所匿寂漠聲必沈**言分訣之後形聲俱沒視之無迹而形有所匿聽之寂寞而其聲必沈也呂氏春秋曰作則有所匿其塗也淮南子曰寂寞音之主也迹或爲積非也**肆目眇不及緬然若雙潛**高誘淮南子注曰肆盡也毛詩曰瞻望不及緬已見上文**南望泣玄渚北邁涉長林**西京賦曰海若遊於玄渚**谷風拂脩薄油雲翳高岑**王逸楚辭注曰草木交曰薄孟子曰油然作雲**亹亹孤獸騁嚶嚶思鳥吟**亹亹走貌也曹子建詩曰孤獸走索羣毛詩曰鳥鳴嚶嚶**感物戀堂室離思一何深**感物已見上文曹子建雜詩曰離思一何深**佇立慨我歎寤寐涕盈衿**毛詩曰佇立以泣又曰慨我寤歎**惜無懷歸志辛苦誰爲心**歸志已見上文

羈旅遠遊宦託身承華側謂爲太子洗馬也左氏傳陳敬仲曰羈旅之臣漢書薄昭書曰遊宦事人范曄後漢書王常曰臣託身陛下陸機洛陽記曰太子宮有承華門撫劒遵銅輦振纓盡祗肅左氏傳曰子朱怒撫劒從之銅輦太子車飾未詳所見漢書匡衡曰祗肅舊禮銅或爲影歲月一何易寒暑忽已革載離多悲感物情悽惻毛詩曰二月初吉載離寒暑慷慨遺安愈永歎廢餐食東京賦曰膺多福以安愈永歎已見上文列子曰杞國有人憂天崩廢寢食蔡琰詩曰飢當食兮不能餐思樂樂難誘曰歸歸未克國語楚藍尹亹曰飲食思禮同宴思樂毛詩云曰歸曰歸歲亦暮止憂苦欲何爲纏緜胷與臆列子曰卑辱則憂苦張叔與任彥堅書曰纏緜恩好庶蹈高蹤登樓賦曰氣交憤於胷臆仰瞻陵霄鳥羨爾歸飛翼高誘淮南子注曰羨願也毛詩曰弁彼鸒斯歸飛提提

赴洛道中作二首 五言　陸士衡

揔轡登長路，嗚咽辭密親。家語孔子曰：善御者正身以揔轡。蔡琰詩曰：行路亦嗚咽。薛君韓詩章句曰：嗚，歎辭也。毛萇詩傳曰：咽，憂不能息也。借問子何之，世網嬰我身。江偉荅軍司馬詩曰：羈縶世網，維進退準繩。說文曰：嬰，繞也。永歎遵北渚，遺思結南津。永歎已見上文。秦嘉贈婦詩曰：遺思致款誠。行行遂已遠，野途曠無人。周禮曰：野塗五軌。楚辭曰：野寂寞其無人。山澤紛紆餘，林薄杳阡眠。上林賦曰：紆餘透迤。楚辭曰：遠望兮阡眠。虎嘯深谷底，雞鳴高樹巔。淮南子曰：虎嘯而谷風至。樂錄曰：雞鳴高樹巔。哀風中夜流，孤獸更我前。悲情觸物感，沈思鬱纏緜。纏緜已見上文。佇立望故鄉，顧影悽自憐。佇立已見上文。丁儀寡婦賦曰：睋妾煢煢，顧影爲儔。楚辭曰：私自憐兮何極。

遠遊越山川山川脩且廣楚辭曰願輕舉而遠遊秦嘉妻徐氏荅嘉書曰高山巖巖而君是越振策陟崇丘案轡遵平莽秦嘉詩曰過辭二親墓振策陟長衢漢書曰天子案轡徐行方言曰草南楚謂之莽夕息抱影寐朝徂銜思往楚辭曰廓抱影而獨倚頓轡倚嵩巖側聽悲風響頓猶舍也爾雅曰嵩高也清露墜素輝明月一何朗撫几不能寐振衣獨長想新序曰老右振衣而起舞賦曰遊心無垠遠思長想

吴王郎中時從梁陳作一首五言　陸士衡

在昔蒙嘉運矯迹入崇賢孫放詩曰矯迹步玄闈東京賦曰昭仁惠於崇賢薛綜曰立崇賢門於東也假翼鳴鳳條濯足升龍淵應璩與劉公幹書曰鶤鷄棲翔鳳之條鼃鼉遊升龍之川識真者所爲憤結也玄冕無醜士治服使我妍周禮曰大

夫玄晃輕劒拂鞶厲長纓麗且鮮禮記曰男鞶革也毛詩曰垂帶而厲毛萇曰厲帶之垂者鄭玄曰鞶必垂厲以爲飾韓子曰鄒君好長纓左右皆服長纓也誰謂伏事淺契闊踰三年周禮大司徒頒職事十有二曰服事鄭司農曰服事謂爲公家服事也服與伏同古字通毛詩曰死生契闊薄言肅後命改服就藩臣毛詩曰薄言旋歸左氏傳曰宰孔謂齊侯曰且有後命無下拜漢書曰吳王濞稍失藩臣禮夙駕尋清軌遠遊越梁陳毛詩曰星言夙駕廣雅曰軌道也遠遊已見上文感物多遠念慷慨懷古人毛詩曰我思古人實獲我心

始作鎮軍參軍經曲阿作一首五言臧榮緒晉書曰宋武帝行鎮軍將軍

陶淵明沈約宋書曰陶潛字淵明或云字元亮潯陽人少有高趣爲鎮軍建威參軍後爲彭澤令解印綬去職卒於家

弱齡寄事外，委懷在琴書。晉中興書簡文詔曰會稽王英秀玄虛神棲事外鄭玄儀禮注曰委安也劉歆遂初賦曰玩琴書以條暢被褐欣自得，屢空常晏如。家語曰原憲衣冠弊并日而食蔬衎然有自得之志論語子曰回也其庶乎屢空漢書曰揚雄家產不過十金室無儋石之儲晏如也時來苟宜會，宛轡憩通衢。盧子諒荅魏子悌詩曰遇蒙時來會宛屈也言屈長往之駕息於通衢之中通衢喻仕路也毛萇詩傳曰憩息也通衢已見上文投策命晨旅，暫與園田疎。七命曰夸父爲之投策眇眇孤舟遊，緜緜歸思紆。楚辭曰安眇眇兮無所歸薄又曰縹緜緜之不可紆王逸曰緜緜細微之思難斷絕也我行豈不遥，登降千里餘。目倦脩塗異，心念山澤居。仲長子昌言曰古之隱士或夫負妻戴以入山澤望雲慙高鳥，臨水愧遊魚。言魚鳥咸得其所而已獨違其性也文子曰高鳥盡而良弓藏大戴禮曰魚遊於水鳥飛于雲眞想初在衿，誰謂形迹

拘淮南子曰全性保真不虧其身老子曰脩之於身其德乃真王逸楚辭注曰保真守乡默也聊且

憑化遷終反班生廬莊子謂惠子曰孔子行年六十化郭象曰與時俱化也班固幽通賦曰終保己而貽則里上仁之所廬漢書曰班彪與從兄嗣共遊學家有賜書楊子雲巳下莫不造門

辛丑歲七月赴假還江陵夜行塗口一首五言沈約宋書曰潛自以曾祖晉世宰輔不復屈身後代自高祖王業漸隆不復肯仕所著文章皆題年月義熙巳前則書晉氏年號自永初巳來唯云甲子而巳江圖曰自沙陽縣下流一百一十里至赤圻赤圻二十里至塗口也

陶淵明

閑居三十載遂與塵事冥漢書曰司馬相如稱疾閑居塵事塵俗之事也郭象莊子注曰凡非真皆塵垢矣說文曰冥窈也又曰窈深遠也詩書敦宿好林園無世情左氏傳趙襄曰郄縠

悅禮樂而敦詩書纏子董無心曰無心鄙人也不識世情如何舍此去遙遙至西荆西荆州也
時京都在東故謂荆州爲西也叩枻新秋月臨流別友生楚辭曰漁父鼓枻而去王逸曰叩船
舷也楚辭曰臨流水而太息毛詩曰雖有兄弟不如友生涼風起將夕夜景湛虛明昭昭
天宇闊皛皛川上平淮南子曰甘暝于大霄之宅覺視于昭昭之宇李顒離思篇曰烈烈寒氣嚴寥
寥天宇清說文曰通白曰皛皛明也懷役不遑寐中宵尚孤征毛詩曰不遑假寐商歌
非吾事依依在耦耕淮南子曰甯戚商歌車下而桓公慨然而悟許慎曰甯戚衛人聞齊桓公興霸
無因自達將車自往商秋聲也莊子卞隨曰非吾事也論語曰長沮桀溺耦而耕投冠旋舊墟不
爲好爵縈周易曰我有好爵吾與爾縻之養真衡茅下庶以善自名曹子建辯問曰君子
隱居以養真也衡門茅茨也范睢後漢書馬援曰吾從弟少遊曰士生一時鄉里稱善人斯可矣鄭玄禮記注曰名令聞也

永初三年七月十六日之郡初發都一首五言　沈約

宋書曰高祖永初三年五月崩少帝即位出靈運爲永嘉郡守少帝猶未改元故云永初

謝靈運

述職期闌暑理棹變金素尚書大傳曰古者諸侯之於天子五年一朝朝見其身述其職述其職者述其所職也漢書王吉傳邵公述職舍於棠下而聽斷焉潘岳悼亡詩曰溽暑隨節闌猶盡也金素秋也秋爲金而色白故曰金素也漢書曰西方金也劉楨書曰肅以素秋則落也秋岸澄夕陰火旻團朝露火大火也毛詩曰七月流火爾雅曰秋爲旻天毛詩曰野有蔓草零露團兮辛苦誰爲情遊子值頹暮陸機赴洛詩曰辛苦誰爲心楚辭曰歲曶曶其若頹愛似莊念昔久敬曾存故言遊子多悲觸物增戀愛其似者若莊生之念疇昔久而愈敬類曾子之存故交莊子曰夫越之流人去國旬月見所嘗見於國中喜及期年也見似人者而喜矣論語曰晏平仲善與人交久而敬之韓詩外傳曰子夏過曾子曰入食子夏曰不爲公費乎曾子曰有三費飲

食不在其中子夏曰敢問三費曾子曰少而學長而志之一費也事君有功輕而負之二費也久友交而中絶此三費也**如何懷土心持此謝遠度**此謂懷土也言如何同彼懷土之心持此彌慙遠度也楚辭曰遠度世以志歸思玄賦曰願得遠度以自娛**李牧愧長袖郤克慙躧步**言手足有疾故或愧或慙也戰國策曰武安君李牧至趙王使韓蒼數之曰將軍戰勝王觴將軍將軍爲壽於前捍匕首當死武安君曰身大臂短不能及地起居不敬恐獲死罪於前故使工人爲木杖以接手上若弗信請視之說文曰捍兩手擊也希買切左氏傳曰使郤克徵會于齊頃公帷婦人使觀之郤子登婦人笑於房杜預曰跛而登階故笑也魏都賦曰邯鄲躧步**良時不見遺醜狀不成惡**言雖有疾皆不見棄遺也良時巳見上文左氏傳曰鬷蔑惡杜預曰惡貌醜也**曰余亦支離依方早有慕**莊子曰支離疏者頤隱於齊肩高於頂會撮指天五管在上兩髀爲脅七賢音義曰形體離不全正也名疏莊子曰子桑戶孟子反子琴張三人相與友子桑戶死孔子使子貢往待事或鼓琴相和而

歌子貢反以告孔子孔子曰彼遊方之外者也而丘遊方之内者也子貢曰夫子何方之依曰丘天之戮民也郭象曰以方内爲桎梏明所貴在方外夫遊外者依内司馬彪曰方常也言彼遊心於常教之外也漢書郊祀歌曰天地並况惟予有慕會音括撮租括切髀步米切生幸休明世親蒙英達顧左氏傳王孫滿曰德之休明英達謂盧陵王也空班趙氏璧徒乖魏王瓠言見珍同乎趙璧爲用而乖魏瓠言無所施也杜預左氏傳注曰班次也趙氏璧已見盧諶覽古詩莊子曰惠子謂莊子曰魏王貽我大瓠之種我樹之成而實五石以盛水漿其堅不自舉剖之以爲瓢則瓠落無所容非不枵然大也吾爲其無用而掊之莊子曰夫子固拙於用大矣何不能據以爲大罇而浮乎江湖司馬彪曰瓠布濩落零落也枵然大貌掊謂擊破之也喻莊子之言大也若巨瓠之無施也一瓠落大貌徐仙民戶郭切枵許喬切掊方部切從來漸二紀始得傍歸路孔安國尚書傳曰十二年曰紀言欲之郡必塗經始寧故日歸路將窮山海迹永絶賞心悟言今遠遊將窮山海之迹賞心之對

於此長乖鄭玄毛詩箋曰晤對也

過始寧墅一首 五言沈約宋書曰靈運父祖並葬始寧縣并有故宅及墅遂脩營舊業極幽居之美水經注曰始寧縣西本上虞之南鄉也

謝靈運

束髮懷耿介逐物遂推遷 韓詩外傳曰夫人爲父者必全其身體及其束髮屬授明師以成其材楚辭曰獨耿介而不隨兮願慕先聖之遺教莊子曰惠施之才逐萬物而不反尚書王曰惟民生厚因物有遷

違志似如昨二紀及茲年 廣雅曰違背也楊雄解嘲曰歷覽者茲年矣

緇磷謝清曠疲薾慙貞堅 論語子曰不曰堅乎磨而不磷不曰白乎涅而不緇蒼頡篇曰曠踈曠也莊子曰薾然疲而不知所歸司馬彪曰薾極貌也薾奴結切

拙疾相倚薄還得靜者便 拙謂拙宦也閑居賦曰巧誠有之拙亦宜然韓康伯周易注曰薄謂相附也論語曰智者動仁者靜

剖竹守滄海枉帆過舊山 漢書曰初與郡守爲使符說文

曰符信漢制以竹分而相合 山行窮登頓水涉盡洄沿 爾雅曰逆流而上曰遡洄孔安國尚書傳曰順流而下曰沿 巖峭嶺稠疊洲縈渚連緜 廣雅曰峭高也又曰稠穊也三輔故事曰連緜四百餘里 白雲抱幽石綠篠媚清漣 清漣已見上文 葺宇臨迴江築觀基曾巔 洞簫賦曰迴江流川而溉其山春秋運斗樞曰山者地基也 揮手告鄉曲三載期歸旋 劉越石扶風歌曰揮手長相謝說文曰揮奮也燕丹子夏扶曰士無鄉曲之譽則未與論行三載黜陟幽明故以爲限 且爲樹枌檟無令孤願言 左氏傳曰初季孫爲己樹六檟於蒲圃東門之外杜預曰檟欲自爲櫬也

富春渚一首 五言　謝靈運

宵濟漁浦潭旦及富春郭 吳郡記曰富春東三十里有漁浦 定山緬雲霧赤亭無淹薄 吳郡緣海四縣記曰錢唐西南五十里有定山去富春又七十里橫出江

中壽迅邁以避山難辰發錢唐巳達富春赤亭定山東十餘里王逸楚辭注曰泊止也薄與泊同**泝流觸驚急臨圻阻參錯**泝流已見上文埤蒼曰碕曲岸頭也碕與圻同參錯謂碕岸之險參差交錯也**亮乏伯昏分險過呂梁壑**列子曰列御寇爲伯昏無人射引之盈貫措杯水其肘上伯昏無人曰是射之射非不射之射也當與汝登高山履危石臨百仞之泉若能射乎於是無人遂登高山履危石臨百仞之泉背逡巡足二分垂在外揖御寇而進御寇伏地汗流至踵伯昏無人曰夫至人者上闚青天下潛黃泉揮斥八極神氣不變今汝怵然有恂目之志爾於中殆矣夫分猶節也列子曰孔子觀於呂梁懸水三十仞流沫三十里黿鼉魚鼈之不能游也**洊至宜便習兼山貴止託**周易曰水洊至習坎王弼曰重險懸絕故水洊至也不以坎爲隔絕相仍而至習乎坎者也習謂便習之也周易曰兼山艮又曰艮其止止其所也**平生協幽期淪躓困微弱久露干祿請始果遠遊諾**論語曰子張學干祿果猶遂也鄭玄毛詩箋曰諾應辭也然古者請於君君許

則盡諾以報之宿心漸申寫萬事俱零落趙壹報羊陟書曰惟君明叡平斯宿心莊子曰致命盡情天地樂而萬事銷亡楚辭曰惟草木之零落懷抱既昭曠外物徙龍蠖莊子苑風謂諄芒曰願聞神人諄芒曰上神乘光與形滅亡此謂昭曠說文曰曠明也周易曰尺蠖之屈以求伸也龍蛇之蟄以存身也

七里瀨一首五言甘州記曰桐廬縣有七里瀨瀨下數里至嚴陵瀨

謝靈運

羈心積秋晨晨積展遊眺爾雅曰展適也郭璞曰得自申展皆適意孤客傷逝湍徒旅苦奔峭曹植九詠曰何孤客之可悲淮南子曰岸峭者必陀許慎曰陀落也然奔亦落也入彭蠡湖口詩曰圻岸屢崩奔與此同也石淺水潺湲日落山照曜楚辭曰觀流水兮潺湲雜字曰潺湲水流貌也毛詩曰羔裘如膏日出有曜毛萇曰日出照曜然見其如

膏也荒林紛沃若哀禽相叫嘯毛詩曰桑之未落其葉沃若海賦曰更相叫嘯詭色殊音遭物悼遷斥存期得要妙廣雅曰斥推也老子曰湛兮似或存王弼曰和光而不汙其軆同塵而不渝其眞不亦湛兮似或存兮莊子曰此之謂要妙也旣秉上皇心豈屑末代誚莊子曰監照下土天下載之此謂上皇王逸楚辭注曰屑顧也先結切劉向雅琴賦曰末世鎖才兮智孔寡目覩嚴子瀨想屬任公釣後漢書曰嚴光字子陵光武除爲諫大夫不屈耕於富春山後人名其釣處爲嚴陵瀨莊子曰任公子爲大鉤巨綸五十犗以爲餌蹲會稽投竿東海旦旦而釣朞年不得魚已而大魚食之牽巨鉤陷沒而下鶩揚而奮鬐白波若山任公子得若魚離而腊之自制河以東蒼梧以北莫不饜若魚也誰謂古今殊異世可同調郭象莊子注曰人性有變古今不同樂稽耀嘉曰聖人雖生異世其心意同如一也調猶運也謂音聲之和也

登江中孤嶼一首五言永嘉江也

謝靈運

江南倦歷覽，江北曠周旋。長門賦曰：貫歷覽其中。操周旋已見上文。懷雜道轉迥，尋異景不延。爾雅曰：迥，遠也。又曰：延，長也。亂流趨正絕，孤嶼媚中川。爾雅曰：水正絕流曰亂。劉淵林吳都賦注曰：嶼，海中洲上有山石。雲日相輝映，空水共澄鮮。表靈物莫賞，蘊眞誰爲傳。鄭玄禮記注曰：表，明也。謂顯明之也。馬融論語注曰：蘊，藏也。說文曰：眞，仙人變形也。想像崑山姿，緬邈區中緣。楚辭曰：思舊故而想像。列仙傳曰：西王母，神人名。王母在崑崙山。司馬相如大人賦曰：迫區中之隘陝。始信安期術，得盡養生年。列仙傳曰：安期生，琅邪阜鄉人，自言千歲。文子曰：靜漠恬淡，所以養生也。莊子養生篇曰：可以盡年。郭象曰：養生非求過分，蓋全理盡年而已。

初去郡一首 五言　沈約宋書曰：靈運在郡一周，稱疾去職。　謝靈運

彭薛裁知恥，貢公未遺榮。漢書曰：彭宣字子佩，淮陽人也。遷御史大夫，轉爲大司空

王莽秉政專權宣上書乞骸骨歸鄉里又曰薛廣德字長卿沛郡人也爲御史大夫乞骸骨班固漢書彭薛平當述曰廣德當宣近於知恥漢書貢禹字少卿琅耶人也爲光禄大夫上書乞骸骨鍾會有遺榮賦**或可優貪競豈足稱達生**楚辭曰皆競進以貪婪莊子曰達生之情者傀達於知者胥司馬彪曰傀讀曰瑰瑰大也情在故曰大也胥多智也**伊余秉微尚拙訥謝浮名**禮記孔子曰恥名之浮於行也**廬園當棲巖卑位代躬耕**嵇康絶交書曰子房之巖棲列女傳黔婁先生妻曰先生安天下之卑位禮記曰夫禄足以代其耕**顧已雖自許心迹猶未并**莊子曰夫神者不自許也**無庸妨周任有疾像長卿**論語子曰周任有言曰陳力就列不能者止漢書曰司馬長卿有消渴疾常稱疾閑居不慕官爵**畢娶類尚子薄遊似邴生**嵇康高士傳曰尚長字子平河内人隱避不仕爲子嫁娶畢勑家事斷之勿復相關當如我死矣嵇康書亦云尚子平范曄後漢書曰向長字子平男娶女嫁既畢乃勑斷家事尚向不同未

（詳孰是班固漢書曰邴曼容養志自修爲官不肯過六百石輙自免去）恭承古人意促裝反柴荆（越絶書曰恭承嘉惠思玄賦曰簡元辰而促裝柴荆已見上文）牽絲及元興解龜在景平（牽絲初仕解龜去官也臧榮緒晉書曰安帝即位改元曰元興靈運初爲琅耶王大司馬行軍參軍沈約宋書曰少帝即位改元曰景平應璩詩曰不悞牽朱絲三署來相尋漢書曰薛宣爲左馮翊高陽令楊湛解印綬付吏又曰黄金印龜紐文曰章）負心二十載於今廢將迎（嵇康幽憤詩曰内負宿心文子曰聖人若鏡不將不迎爾雅曰將送也）理棹遄還期遵渚騖脩坰（潘岳在懷縣詩曰感此還期淹留遄速也陸機越洛詩曰永歎遵北渚爾雅曰林外曰坰）遡溪終水涉登嶺始山行野曠沙岸淨天高秋月明憩石挹飛泉攀林搴落英（毛萇詩傳曰挹㪺也王逸楚辭注曰搴采取也）戰勝臞者肥止監流歸停（戰明貴不如義止鑒明語不如嘿也韓子子夏曰吾入見先王之義則榮之出見富

貴又榮之二者戰于胷臆故臞今見先王之義戰勝故肥也爾雅注曰臞肉之瘦也巨俱切文子曰莫監於流潦而監於止水以其保心而不外蕩也蒼頡篇曰亭定也停與亭同古字通

即是羲唐化獲

我擊壤聲

羲庖羲也唐唐堯也周處風土記曰擊壤者以木作之前廣後銳長四尺三寸其形如履將戲先側一壤於地遥於三四十步以手中壤擊之中者為上部論衡曰堯時百姓無事有五十之民擊壤於塗觀者曰大哉堯之德也擊壤者曰吾日出而作日入而息鑿井而飲耕田而食堯何力於我也

初發石首城一首

五言沈約宋書曰靈運陳疾東歸會稽太守孟顗乃表其異志靈運馳往京都詣闕上表太祖知其見誣不罪也不欲使東歸以為臨川内史伏韜北征記曰石頭城建康西界臨江城也是曰京師

謝靈運

白珪尚可磨斯言易為緇

毛詩曰白珪之玷尚可磨也斯言之玷不可為也毛萇詩傳曰緇黑色也

雖抱中孚爻猶勞貝錦詩

周易曰中孚以利貞乃應乎天毛詩曰萋

兮菲兮成是貝錦鄭玄曰讒人集作己過以成於罪猶女功之集彩色以成錦文也寸心若不亮

微命察如絲寸心已見上文亮猶明也楚辭曰蜂蛾微命東觀漢記梁節王暢上疏曰筋骨相連命在絲髮鄭玄毛詩箋曰察省也日月垂光景成貸遂兼兹日月喻太祖也葛龔薦黃鳳文曰君垂日月之光流萬里之恩老子曰夫唯道善貸且善成說文曰貸施也出宿薄京

畿晨裝摶曾颸毛詩曰出宿于濟又曰莊子曰摶扶搖而上征颸已見上文重經

平生別再與朋知辭再謂前之永嘉令適臨川故山日已遠風波豈

還時古詩曰相去日已遠家語孔子曰不覿巨海何以知風波之患苕苕萬里帆茫

茫終何之毛詩曰洪水茫茫莊子曰芒乎何之忽乎何適遊當羅浮行息必

廬霍期羅浮山記曰山高三千丈長八百里舊說浮山從會稽來傅于羅山故稱傅羅今羅浮山上獨有東方草木廬霍二山名也已見江賦越海淩三山遊湘歷九嶷東方朔集

朔對詔曰陵山越海窮天乃止三山在海中衆仙所居九嶷山在長沙零陵舜帝所葬也欽聖若旦暮懷賢亦悽其范睢後漢書曰朱勃謂馬援曰欽慕聖義莊子曰萬代之後而一遇大聖知其解者是旦暮遇之也毛萇詩傳曰其辭也皎皎明發心不爲歲寒欺毛詩曰明發不寐有懷二人說苑曰孔子曰義士不欺心

道路憶山中一首　五言　謝靈運

采菱調易急江南歌不緩楚辭曰涉江採菱發揚荷王逸曰楚人歌曲也古樂府江南辭曰江南可採蓮楚人心昔絕越客腸今斷楚人屈原也越客自謂也沈約宋書曰靈運本在陳郡父祖並葬始寧縣并有故宅遂籍會稽故稱越客焉斷絕雖殊念俱爲歸慮款廣雅曰款扣也存鄉爾思積憶山我憤懣王逸楚辭注曰言己情憤懣也追尋棲息時偃臥任縱誕崔寔荅陸機詩曰棲息高丘范

曄後漢書曰光武共嚴光偃卧縱恣而傲誕得性非外求自已爲誰纂言得
性之理非在外求取足自止爲誰之所繼哉言不爲人之所繼也莊子南郭子綦曰夫吹万不同而使其自已
也咸其自取怒者其誰也司馬彪曰已止也使各得其性而止也爾雅曰纂繼也不怨秋夕長
常苦夏日短濯流激浮湍息陰倚密竿字林曰竿竹挺也古寒切
今協韻爲古叵切懷故叵新歡含悲忘春㬉言春㬉當喜爲含悲而忘之字書曰
叵不可也莊子曰煖然似春悽悽明月吹惻惻廣陵散古樂府有明月皎夜光應
璩與劉孔才書曰聽廣陵之清散殷勤訴危柱慷慨命促管危柱謂琴也孫氏箜
篌賦曰陵危柱以頡頏促管謂笛也阮籍樂論曰琵琶箏笛間促而聲高也

入彭蠡湖口一首 五言 謝靈運

客遊倦水宿風潮難具論洲島驟迴合圻岸屢崩

奔孔安國尚書傳曰海曲謂之島乘月聽哀狖浥露馥芳蓀乘月猶乘日也
廣雅曰言乘月而遊以聽哀狖之響濕露而行爲翫芳叢之馥狖蜼也說文曰浥濕也春晚綠野
巖高白雲屯千念集日夜萬感盈朝昏攀崖照
石鏡牽葉入松門張僧鑒潯陽記曰石鏡山東有一圓石懸崖明淨照人見形顧野王輿地
志曰自入湖三百三十里窮於松門東西四十里青松徧於兩岸三江事多往九派理
空存尚書曰三江既入又曰九江孔殷江賦曰流九派乎潯陽露物吝珍怪異人祕
精魂孔安國尚書傳曰吝惜也高唐賦曰珍怪奇偉毛萇詩傳曰祕閉也江賦曰納隱淪之列真挺異人
乎精魂金膏滅明光水碧綴流溫穆天子傳曰河伯示汝黃金之膏山海經曰耿
山多水碧郭璞曰碧亦玉也流溫言水玉溫潤也徒作千里曲絃絕念彌敦言奏
曲與以消憂絃絕而念逾甚故曰徒作也琴賦曰千里別鶴演連珠曰繁會之音生乎絕絃

入華子崗是麻源第三谷一首 五言謝靈運山居圖曰華子崗麻山第三谷故老相傳華子期者禄里弟子翔集此頂故華子爲稱也

謝靈運

南州實炎德桂樹凌寒山 楚辭曰嘉南州之炎德麗桂樹之冬榮 銅陵映碧潤石磴瀉紅泉 銅陵銅山也楊雄蜀都賦曰橘林銅陵靈運山居賦曰訊丹沙於紅泉靈運自注云即近山所出然銅陵亦近山 既枉隱淪客亦棲肥遯賢 桓子新論曰周易曰肥遯無不利 險逕無測度天路非術阡 爾雅曰山絶陘家語孔子曰人藏其心不可測度仲長子昌言曰蕩蕩乎若昇天路而不知夫所登也 遂登羣峯首邈若升雲烟 論衡曰天審氣氣如雲曹子建述仙詩曰遊將升雲煙 羽人絶髣髴丹丘徒空筌 楚辭曰仰羽人於丹丘留不死之舊鄉筌捕魚之器莊子以喻言也 圖牒復摩滅

碑版誰聞傳蘇林漢書注曰牒譜也孔安國論語注曰版邦國之圖籍也莫辯百世後安知千載前且申獨往意乘月弄潺湲淮南王莊子略要曰江海之士山谷之人輕天下細萬物而獨往者也司馬彪曰獨往任自然不復顧世也恒充俄頃用豈爲古今然言古之獨往必輕天下不顧於世而己之獨往常充俄頃之閒豈爲尊古卑今而然哉小雅曰充猶備也江賦曰千里俄頃何休公羊注曰俄者須臾之閒也司馬彪莊子注曰常久也莊子曰尊古卑今學者之流也郭象曰古無所尊今無所卑而學者尊古卑今失其原矣

文選卷第二十六

賜進士出身通奉大夫江南蘇松常鎮太等處承宣布政使司布政使胡克家重校刊

文選卷第二十七

梁昭明太子撰

文林郎守太子右内率府録事參軍事崇賢館直學士臣李善注上

行旅下

軍戎

郊廟

樂府上

古樂府三首

班婕妤怨詩行一首

魏武帝樂府二首

魏文帝樂府二首

曹子建樂府四首

石季倫王明君辭一首

行旅下

北使洛一首　顔延年

沈約宋書曰延之爲豫章世子中軍行軍參軍義熙十二年高祖北伐有宋公之授府遣一

使慶殊命參起居延之至洛陽道中作詩一首文辭藻麗爲謝晦傅亮所賞集曰時年三十二

攺服飭徒旅首路跼險難左氏傳曰齊侯謂韓厥曰服攺矣杜預曰戎朝異服也謝承後漢書序曰徐俶戎車首路毛詩曰謂天蓋高不敢不跼毛萇詩傳曰跼曲也鄭玄曰跼可畏懼之言也

振檝發吳州秣馬陵楚山阮籍詠懷詩曰朱鱉躍飛泉夜飛過吳州毛詩曰言秣其馬杜預曰粟食馬曰秣韓子曰楚和氏得璞玉於楚山之中

塗出梁宋郊道由周鄭間漢書曰沛公乃道碭音義曰道由碭也

前登陽城路日夕望三川漢書曰汝南郡有陽城縣音義應劭曰三川今河南郡韋昭曰有河洛伊故曰三川也

在昔輟期運經始闊聖賢毛詩曰自古在昔魏都賦曰應期運而光赫蔡邕陳寔命碑曰應期運之數抱朴子曰聞之前志聖人生率闊五百歲

伊穀絕津濟臺館無尺椽伊穀二水名也曹植毀故

殿令曰秦之滅也則阿房無尺椽鄭玄論語注曰津濟渡處也宮陛多巢穴城闕生雲煙王猷升八表嗟行方暮年言王道被於八荒余行屬於歲暮也摯虞尚書令箴曰補我袞闕闈我王猷毛詩曰嗟行之人又曰歲聿云暮陰風振涼野飛雪瞀窮天陸機苦寒行曰涼野多險難爾雅曰霧謂之晦郭璞曰言昏冥也武賦切窮天謂季冬之日月窮盡也呂氏春秋曰季冬日窮于次月窮于紀臨途未及引置酒慘無言引猶進也漢書曰上置酒沛宮隱憫徒御悲威遲良馬煩楚辭曰隱閔而不達韓詩曰周道威遲洛神賦曰車殆馬煩遊役去芳時歸來屢徂諐言當歸來而更數有所往而徂諐本期蓬心既已矣飛薄殊亦然言己有蓬心事既已矣而身飛薄亦復同之自傷之辭也莊子謂惠子曰夫拙於用大則夫子猶有蓬之心也夫郭象曰蓬非直達者曹植吁嗟篇曰吁嗟此轉蓬居世亦然之

還至梁城作一首　五言　顏延年

眇默軌路長憔悴征戍勤楚辭曰登石巒兮遠望路眇眇兮默默又曰顏色憔悴左氏傳曰勤戍五年昔邁先徂師今來後歸軍振策睠東路傾側不及羣陸機赴洛詩曰振策陟崇丘楚辭曰肩傾側而不容息徒顧將夕極望梁陳分嵇康贈秀才詩曰息徒蘭圃陸機從梁陳詩曰遠遊越梁陳故國多喬木空城凝寒雲論衡曰觀喬木知舊都丘壟塡郛郭銘志滅無文木石扃幽闥黍苗延高墳說文曰扃門之關也惟彼雍門子吁嗟孟嘗君愚賤同堙滅尊貴誰獨聞桓子新論曰雍門周見孟嘗君曰臣竊悲千秋萬歲後墳墓生荆棘行人見之曰孟嘗君尊貴乃如是乎毛詩曰吁嗟女兮封禪書曰堙滅而不稱列子曰伏羲以來三十餘萬歲賢愚好醜無不消滅曷爲久遊客憂念坐自殷

毛詩曰憂心般般

始安郡還都與張湘州登巴陵城樓作一首 五言

顏延年 沈約宋書曰延之爲員外常侍出爲始安太守徵爲中書侍郎集曰張劭

江漢分楚望衡巫奠南服 左氏傳曰楚昭王曰江漢雎漳楚之望也衡巫二山名尚書曰奠高山大川孔安國曰奠定也 三湘淪洞庭七澤藹荆牧 盛弘之荆州記曰湘水北流二千里入于洞庭子虛賦曰臣聞楚有七澤甞覩其一未見其餘郭璞山海經注曰巴陵縣有洞庭陂江湘沅水皆共會巴陵故號三江口也爾雅曰郊外曰牧 經塗延舊軌登闉訪川陸 周禮曰國中經塗九軌說文曰延長也又曰闉城曲重門也舊軌謂張劭也蜀都賦曰經途所亘鄭玄周禮注曰延進也陸機豫章行曰川陸殊塗 水國周地嶮河山信重復 陸機荅張士然詩曰余固水鄉士呂氏春秋注曰鄉國也地嶮已見上文左傳子犯曰表裏山河必無害也 却倚雲夢

林前瞻京臺囿尚書曰荊州雲土夢作乂孔安國曰雲夢之澤在江南西都賦曰舍櫺檻而却倚懷舊賦曰前瞻太室說苑曰楚昭王遊於荊臺司馬子期諫曰荊臺左洞庭右彭蠡荊或爲京囿于有切清氛霽岳陽曾暉薄瀾澳說文曰氛亦氣字也杜預左氏傳注曰氛氣也毛萇詩傳曰山南曰陽爾雅澳隈也悽矣自遠風傷哉千里目潘安仁在懷縣詩曰涼飇自遠集楚辭曰湛湛江水兮河上有楓目極千里兮傷春心萬古陳往還百代勞起伏起伏即倚伏也存沒竟何人烱介在明淑蒼頡篇曰烱明也劉熙孟子注曰介操也楚辭曰彼堯舜之耿介王逸曰耿光也介大也耿與烱同古迥切請從上世人歸來蓺桑竹論衡曰上世之人質樸易化毛萇詩傳注曰蓺樹也

還都道中作一首五言集曰上潯陽還都道中作都謂都揚州也

鮑明遠

昨夜宿南陵今旦入蘆洲宣城郡圖經曰南陵縣西南水路一百三十里庾仲雍江圖曰蘆洲至樊口二十里伍子胥初所渡處也樊口至武昌十里然此蘆洲在下非子胥所渡處也客行惜日月崩波不可留江賦曰駭瀨浪而相礧言客行既惜日月兼崩波之上不可少留侵星赴早路畢景逐前儔鱗鱗夕雲起獵獵曉風遒廣雅曰遒急也騰沙鬱黃霧翻浪揚白鷗鷗水鳥也登艫眺淮甸掩泣望荊流漢書音義李斐曰艫船前頭刺櫂處也楚辭曰長太息而掩涕絕目盡平原時見遠煙浮絕猶盡也倏悲坐還合俄思甚兼秋兼猶三也毛詩曰一日不見如三秋未嘗違戶庭安能千里遊周易曰不出戶庭無咎古歌曰離家千里客戚戚多思復誰令乏古節貽此越鄉憂思玄賦曰慕古人之貞節左氏傳宋人曰懷璧不可以越鄉

之宣城出新林浦向版橋一首五言酈善長水經注曰江水經三山又幽浦出焉水上南北結浮橋渡水故曰版橋浦江又北經新林浦

謝玄暉

江路西南永歸流東北騖宋孝武之江州詩曰山曲蒙幽雨江路結流寒尚書大傳曰大水小水東流歸海也上林賦曰東西南北馳騖往來天際識歸舟雲中辨江樹楊雄交州箴曰交州荒裔水與天際應劭風俗通曰太山巖石松樹鬱鬱蒼蒼如雲中旅思倦搖搖孤遊昔已屢毛詩曰中心搖搖謝靈運湖中詩曰孤遊非情歎既懽懷祿情復協滄州趣楊惲書曰懷祿貪勢不能自退楊雄檄靈賦曰世有黃公者起於蒼州精神養性與道浮遊謝靈運遊南亭詩曰賞心惟良知囂塵自茲隔賞心於此遇左氏傳曰景公謂晏子曰子之宅湫溢囂塵雖無玄豹姿終隱南山霧列女傳曰陶荅子治陶三

年名譽不興家富三倍其妻抱兒而泣姑怒以爲不祥妻曰妾聞南山有玄豹隱霧而七日不食欲以澤其衣毛成其文章至於犬豕肥以取之逢禍必矣朞年荅子之家果被盜誅

敬亭山詩一首 五言宣城郡圖經曰敬亭山宣城縣北十里 謝玄暉

兹山亘百里合沓與雲齊方言曰亘竟也賈誼旱雲賦曰遂積聚而合沓相紛薄而慷慨應劭漢書注曰沓合也古詩曰西北有高樓上與浮雲齊隱淪既已託靈異俱然棲桓子新論曰天下神人五二曰隱淪海賦曰棲百靈上干蔽白日下屬帶迴谿子虛賦曰日月蔽虧交錯糾紛上干青雲罷池陂陁七發曰依絶區兮臨迴谿交藤荒且蔓樛枝聳復低毛萇詩傳曰木曲曰樛獨鶴方朝唳飢鼯此夜啼入王故事曰陸機歌曰欲聞華亭鶴唳不可得也鼯鼠已見上文渫雲已漫漫多雨亦淒淒魏都賦曰窮岫渫雲日月常翳楚辭曰山峻高以蔽日兮下幽冥以多雨我行雖紆組兼得

尋幽蹊楊子雲解嘲曰紆青拖紫說文曰紆屈也一曰縈也又曰組綬也幽蹊山徑也楚辭曰道幽路兮九疑緣源殊未極歸徑窅如迷聲類曰窅遠望也於鳥切要欲追奇趣即此陵丹梯丹梯謂山也眺鼓吹登山曲曰暮春春服美遊駕陵丹梯升嶠既小魯登巒且悵齊謝靈運登石門最高頂詩曰共登青雲梯皇恩竟已矣茲理庶無睽西京賦曰皇恩溥周易曰睽乖也王粲從軍行詩曰茲理不可違

休沐重還道中一首五言休假也沐洗也漢書張安世休沐未嘗出如淳曰五日得下一沐

謝玄暉

薄遊第從告思閑願罷歸孫綽子曰或問賈誼不遇漢文將退耕於野乎薄遊於朝乎漢書曰蘇林曰第且也又曰高祖嘗告歸之田李斐曰休謂退之名也又韋賢乞骸骨罷歸還卬歌賦似休汝車騎非漢書曰司馬相如家貧素與臨邛令相善於是相如往舍臨邛都亭

是時卓文君新寡好音相如以琴心挑之相如時從車騎雍容閑雅甚都文君心悅而好之恐不得當也范曄後漢書曰許劭汝南人爲郡功曹同郡袁紹濮陽令車徒甚盛將入界內曰吾輿服豈可使許子將見遂以單車歸家霸池不可別伊川難重違枚乘集有臨霸池遠訣賦伊川巳見上文潘岳關中記曰霸陵文帝陵也上有池有四出道以寫水汀葭稍靡靡江菼復依依毛詩曰葭菼揭揭毛萇曰葭蘆也菼薍也高唐賦曰薄草靡靡韓詩曰楊柳依依田鶴遠相叫沙鴇忽爭飛雲端楚山見林表吳岫微枚乘樂府詩曰美人在雲端表猶外也試與征徒望鄉淚盡沾衣古詩曰淚下沾衣裳賴此盈罇酌含景望芳菲嵇康秀才詩曰旨酒盈罇陸機曰日出東南隅清川含藻景問我勞何事沾沐仰清徽志狹輕軒冕恩甚戀重闈管子曰先王制軒冕以著貴賤歲華春有酒初服偃郊扉楚辭曰進不入以離

尤兮退將復修吾初顔延之贈王太常詩曰郊扉常晝閉

晚登三山還望京邑一首

五言山謙之丹陽記曰江寧縣北十二里濵江有三山相接即名爲三山舊時津濟道也

謝玄暉

灞涘望長安河陽視京縣王粲七哀詩曰南登灞陵岸迴首望長安潘岳河陽縣詩曰引領望京室南路在伐柯白日麗飛甍參差皆可見吳都賦曰飛甍舛互李尤洪池銘曰漸臺中起列館參差餘霞散成綺澄江静如練喧鳥覆春洲雜英滿芳甸去矣方滯淫懷哉罷歡宴邯鄲湛贈伍處玄詩曰行矣去言別易會難王粲七哀詩曰何爲久滯淫毛詩曰懷哉懷哉曷月余旋歸哉佳期悵何許淚下如流霰楚辭曰與佳人期兮夕張又曰涕淫淫而若霰有情知望鄉誰能縝不變盧諶與劉琨書曰苟曰有情孰能不懷廣雅曰縝黑也古詩曰還顧望舊鄉張

載七哀詩曰夏憂來令髮白毛萇詩傳曰鬒黒髮也縝與鬒同

京路夜發一首 五言

謝玄暉

擾擾整夜裝肅肅戒徂兩枚乘七發曰擾擾若三軍之騰裝尚書曰戒車三百兩廣雅曰擾擾亂也毛詩曰肅肅宵征許慎淮南子注曰裝束也曉星正寥落晨光復泱漭寥落星稀之貌也字書曰泱漭不明之貌猶霑餘露團稍見朝霞上毛詩曰野有蔓草零露團兮故鄉邈已夐山川脩且廣班固燕山銘曰夐其邈兮亘地界陸機赴洛詩曰遠遊越山川山川脩且廣文奏方盈前懷人去心賞勑躬每跼蹐瞻恩唯震蕩曹子建聖皇篇曰侍臣首文奏陛下躬仁慈毛詩曰嗟我懷人鮑昭白頭吟曰心賞猶難恃孝經鉤命決曰勑躬未濟毛詩曰謂天蓋高不敢不跼謂地蓋厚不敢不蹐楚辭曰心怵惕而震蕩行矣倦路長無由稅歸鞅陸機贈弟詩曰行矣怨路長説

文曰鞅頸靼也又曰靼柔革也鞅於兩切靼都達切

望荊山一首　五言

江文通

奉義至江漢始知楚塞長沈約宋書曰建平王景素爲右將軍荊州刺史江淹授景素五經奉義猶慕義也江漢荊楚之境也盛弘之荊州記曰魯陽縣其地重險楚之北塞也南關繞桐柏西嶽出魯陽尚書曰導淮自桐柏漢書曰南陽郡魯陽縣有魯陽山寒郊無留影秋日懸清光悲風橈重林雲霞肅川漲周易曰橈萬物者莫疾于風說文曰橈曲木也奴教切肅寒也江賦曰濟江津而起漲漲水大之貌也歲晏君如何零淚沾衣裳古詩曰淚下沾衣裳楚辭曰歲旣晏兮玉柱空掩露金樽坐含霜袁淑正情賦曰解蘊麝之芳衾陳玉柱之鳴箏曹子建樂府詩曰金樽玉杯不能使薄酒更厚楚辭曰衣納納而掩露一聞苦寒奏更使豔歌傷沈約宋書曰北上苦寒行魏帝辭又

曰羅敷豔歌行古辭也

旦發魚浦潭一首　五言　丘希範

漁潭霧未開，赤亭風已颺。漁潭赤亭已見謝靈運富春渚詩櫂歌發中流，鳴鞞響沓障。馬融廣成頌曰發櫂歌縱水謳字林曰鞞小鼓也爾雅曰山正曰障村童忽相聚，野老時一望。詭怪石異像，嶄絶峯殊狀。張衡七辯曰溪路詭怪森森荒樹齊，析析寒沙漲。謝靈運山居賦注曰漲者沙始起將成嶼也藤垂島易陟，崖傾嶼難傍。說文曰島海中有山劉淵林吴都賦注曰嶼海中洲上有山石說文曰傍附也信是永幽棲，豈徒暫清曠。謝靈運方山詩曰資此永幽棲又田南詩曰清曠招遠風蒼頡篇曰曠疏曠也坐嘯昔有委，臥治今可尚。坐嘯臥治並見謝玄暉在郡臥病詩

早發定山一首　五言梁書曰約爲東陽大守然定山東陽道之所經也

沈休文

夙齡愛遠壑晚莅見奇山毛萇詩傳曰莅臨也標峯綵虹外置嶺白雲間楚辭曰建綵虹以招指穆天子傳西王母謠曰白雲在天丘陵自出傾壁忽斜豎絕頂復孤圓江賦曰絕岸萬丈壁立霞剝謝靈運有登廬山絕頂詩毛萇詩傳曰山頂曰冢歸海流漫漫出浦水淺淺歸海已見上文楚辭曰石瀨兮淺淺王逸曰淺淺流疾貌也音伐野棠開未落山櫻發欲然忘歸屬蘭杜懷祿寄芳荃楚辭曰遊子憺兮忘歸懷祿已見上文楚辭曰荃不察余之中情王逸曰荃香草以喻君子眷言採三秀徘徊望九仙楚辭曰采三秀於山閒王逸曰三秀謂芝草也列仙傳曰涓子者齊人好餌朮至三百年乃見於齊後授伯陽九仙法

新安江水至清淺深見底貽京邑遊好一首 五言

沈休文 十洲記曰桐廬縣新安東陽二水合於此仍東流爲浙江

眷言訪舟客茲川信可珍 廣雅曰珍重也 洞澈隨深淺皎鏡無冬春千仞寫喬樹百丈見遊鱗 淮南子曰豐水之深千仞投金鐵焉則形見於外抱朴子曰扶南金鋼生於百丈水底 滄浪有時濁清濟涸無津 楚辭曰漁父歌曰滄浪之水濁可以濯我足戰國策曰蘇秦曰齊有清濟濁河吳越春秋曰禹周行宇內竭洛涸濟瀝淮於澤賈逵國語注曰涸竭也字書曰津液也涸胡落切 豈若乘斯去俯映石磷磷 鵩鳥賦曰乘流則逝毛詩曰揚之水白石磷磷 紛吾隔囂滓寧假濯衣巾 囂滓謂去京師囂塵之地以往東陽自然隔越亦不須濯衣巾楚辭曰紛吾可以濯我纓 願以潺湲水沾君纓上塵 雜子曰潺湲水流皃也楚詞曰滄浪之水清可以濯我纓

軍戎

從軍詩五首 五言魏志曰建安二十年三月公西征張魯魯及五子降十二月至自南鄭是行也侍中王粲作五言詩以美其事

王仲宣

從軍有苦樂但聞所從誰漢書曰李廣程不識爲名將程不識擊刁斗吏治軍簿至明軍不得自便李將軍極簡易其士亦佚樂然士卒多樂從廣而苦程不識所從神且武焉得久勞師班固漢書高祖紀述曰寔天生德聰明神武左氏傳蹇叔曰勞師以襲遠非所聞也周易曰古之神武不殺者夫相公征關右赫怒震天威曹操爲丞相故曰相公也毛詩曰王赫斯怒陸賈新論曰聖人承天威承天功與之爭功豈不難哉左氏傳齊侯對宰孔曰天威不違顏咫尺一舉滅獯虜再舉服羌夷漢書曰獯鬻虐老獸心服虔曰獯鬻堯時匈奴號也西收邊地賊忽若俯拾遺漢書梅福上書曰高祖舉秦如鴻毛取楚如拾遺陳賞

越乇山酒肉踰川坻六韜曰賞如高山罰如深溪左氏傳晉侯投壺穆子曰有酒如淮有肉如坻寡君中此爲諸侯師軍人多飫饒人馬皆溢肥杜預左氏傳注曰飫猒也說文曰饒飽也徒行兼乘還空出有餘資論語孔子曰以吾從大夫之後不可徒行也拓地三千里往返速若飛虞乇壽王驃騎論功曰拓地萬里海內晏然毛詩曰王旅嘽嘽如飛如翰毛萇曰疾如飛也歌舞入鄴城所願獲無違漢書曰魏郡有鄴城縣家語孔子曰無聲之樂所願志從之盡日處大朝日暮薄言歸毛詩曰薄言旋歸外參時明政內不廢家私禽獸憚爲犧良苗實已揮左氏傳曰賔孟適郊見雄雞自斷其尾問之侍者曰自憚其爲犧也遽歸告王且曰雞其憚爲人用乎異於是矣良苗穀也國語曰秦伯將饗公子公如饗國君之礼使子餘公子賦黍苗子餘曰重耳之仰君也若黍苗之仰陰雨也若君實庇蔭膏澤之使能成嘉穀薦在宗廟君之力也賈逵曰在宗廟朝爲祭主也揮當爲輝

崔駰七依曰霈沛若膏雨之潤良苗不能效沮溺相隨把鋤犁論語曰長沮桀溺耦而耕孰覽夫子詩信知所言非孔叢子曰趙簡子使聘夫子夫子將至及河聞鳴犢與竇犨之見殺迴輿而趣爲操曰翺翔于衛復我舊居從吾所好其樂只且然夫子欲從所好而隱居仲宣欲厲節而求仕有異夫子之志故以所言爲非也

涼風厲秋節司典告詳刑禮記孟秋之月涼風至用始行戮天子乃命將帥選士厲兵以征不義尚書王曰有邦有土告爾詳刑魏志曰建安二十一年粲從征吳作此四篇我君順時發栢東南征穀梁傳曰葬我君還公順時應秋以征也禮記曰舉事必順其時東南謂吳也毛詩曰栢栢于征逖彼東南汎舟蓋長川陳卒被隰坰國語曰秦汎舟于河爾雅曰林外曰坰征夫懷親戚誰能無戀情拊襟倚舟檣眷眷思鄴城漢書公孫玃曰累足撫襟埤蒼曰檣帆柱曰檣韓詩曰眷眷懷歸哀彼東山人喟

然感鸛鳴毛詩曰我徂東山滔滔不歸我來自東零雨其蒙鸛鳴于垤婦歎于室毛萇曰垤螘冢也鄭玄曰鸛水鳥也將陰雨而鳴行於陰雨尤苦婦人則歎於室垤徒頡切日月不安處人誰獲常寧國語姜氏謂晉公子曰日月不處人誰獲安昔人從公旦一徂輒三齡毛萇詩序曰周公東征三年而歸今我神武師暫往必速乎弃余親睠恩輸力竭忠貞左氏傳欒盈曰陪臣書能輸力於王室又曰荀息曰公家之事知無不爲忠也送往事居偶俱無猜貞也懼無一夫用報我素餐誠毛詩曰彼君子兮不素餐兮夙夜自恲性思逝若抽縈廣雅曰恲忼慨也普耕切將秉先登羽豈敢聽金聲東觀漢記曰賈復擊青犢於射犬被羽先登所向皆靡仲宣從軍詩曰被羽在先登甘心除國疾秉羽被羽其義同也孫卿子曰聞鼓聲而進聞金聲而退

從軍征遐路討彼東南夷方舟順廣川薄暮未安坻

史記曰春申君曰廣川大水山林谿谷白日半西山桑梓有餘暉古步出夏門行曰行行復行行白日薄西山桑梓二木名也餘暉言將夕也蟋蟀夾岸鳴孤鳥翩翩飛毛詩曰七月在野鄭玄曰謂蟋蟀也征夫心多懷惻愴令吾悲礼記曰霜露既降君子履之必有悽愴之心下船登高防草露沾我衣說文曰防隄也春秋元命苞曰露所以潤草說苑曰孺子不覺露之沾衣迴身赴牀寢此愁當告誰楚辭曰居愁期誰告古詩曰愁思當告誰身服干戈事豈得念所私孔安國尚書傳曰戈戟干盾也所私情所親也即戎有授命茲理不可違論語子曰善人教民七年亦可以即戎矣又曰見危授命亦可以成人矣

朝發鄴都橋暮濟白馬津漢書酈食其曰塞白馬之津逍遥河堤上左右望我軍毛詩曰河上乎逍遥連舫踰萬艘帶甲千萬人

六韜曰武王伐紂出於河呂尚爲右將以四十七艘舫踰於河國語曰吳王帶甲三萬人也說文舫併舟也又曰艘船揔名也

率彼東南路將定一舉勳毛詩曰率彼曠野戰國策張儀謂秦王曰一舉而伯王之名可成也

籌策運帷幄一由我聖君漢書高祖曰夫運籌策於帷幄之中吾不如子房范曄後漢書光武詔曰將軍鄧禹與朕謀謨帷幄之中

恨我無時謀譬諸具官臣論語季子然問仲由冉求可謂大臣與孔子對曰今由與求也可謂具臣矣

鞠躬中堅內微畫無所陳論語曰入公門鞠躬如也東觀漢記曰光武賜陳俊絳衣三百領以衣中堅同心之士也

許歷爲卒士一言獨敗秦史記曰秦伐韓趙使趙奢救之令軍中曰軍中有以軍事諫者死許歷請以軍事諫趙奢曰內之許歷曰秦人不意趙師至此其來氣盛將軍必厚集其陳以待之不然必敗趙奢曰謹受令許歷曰請就鈇鑕之誅趙奢曰有後令邯鄲許歷請復諫曰先據北山上者勝後至者敗趙奢許諾即發萬人赴之秦兵後至爭山不得上趙奢縱兵擊之大敗秦軍卒謂全具也

言非有奇也論衡曰西門豹董安于誠爲宁具之人能納韋紡之教也我有素餐責誠愧伐檀人毛詩曰坎坎伐檀兮寘之河之干兮彼君子兮不素餐兮漢書平當曰吾已負素餐責矣雖無鈆刀用庶幾奮薄身東觀漢記班超曰鼻立鈆刀一割之力班孟堅荅賔戲曰搦朽摩鈍鈆刀

悠悠涉荒路靡靡我心愁毛詩曰悠悠南行又曰行邁靡靡中心搖搖四望無煙火但見林與丘東觀漢記曰北夷作寇千里無火煙城郭生榛棘蹊徑無所由高誘淮南子注曰聚木曰榛萑蒲竟廣澤葭葦夾長流日夕涼風發翩翩漂吾舟寒蟬在樹鳴鸛鵠摩天遊禮記曰孟秋寒蟬鳴古烏生八九子歌曰黄鵠摩天極高飛客子多悲傷淚下不可收朝入譙郡界曠然消人憂魏志曰武皇帝譙人也雞鳴達四境黍

稷盈原疇孟子曰齊有地矣雞鳴狗吠相聞而達乎四境也說文曰疇耕治之田也館宅充
廛里女士蒲莊馗韓詩曰肅肅兔罝施于中馗爾雅曰六達謂之莊薛君曰馗九交之道也
自非聖賢國誰能享斯休孔安國尚書傳曰享當也詩人美樂土
雖客猶願留毛詩曰逝將去汝適彼樂土鄭玄曰樂土有德之國也

郊廟

宋郊祀歌二首 四言　顔延年

夤威寶命嚴恭帝祖尚書曰周公曰嚴恭寅畏又曰王無墜天之降寶命帝上帝祖先祖也
炳海表岱系唐冑楚尚書曰海岱及淮惟徐州東京賦曰系唐統接漢緒漢書曰楚元王交高祖同父少弟也爲楚王王彭城沈約宋書曰高祖彭城人楚元王之後也彭城徐州之境
靈鑒叡文民屬叡武曹植離友詩曰靈鑒無私奄受敷錫宅中拓

宇毛詩曰奄大也尚書曰歛是五福用敷錫厥庶民東京賦曰豈如宅中而圖大范曄後漢書虞詡曰先帝開拓土宇亘地稱皇璧天作主燕然山銘曰敻其邈于亘地界曹植玄暢賦曰璧天壤而作皇孝經鉤命決曰道機合者稱皇張儼請立太子師傅表曰陛下膺期順乾作主月竁來賓

際奉土甘泉賦曰西壓月朏東震日域服虔曰音窟兔窟月所生也尚書曰明王盛德四夷咸賓杜子春周禮注曰今南陽人名穿地爲竁充芮切曹植玄暢賦曰絙日際而來王潘岳爲賈謐贈陸機詩曰奉土歸疆

開元首正禮交樂舉張載元康頌曰開元建號班德布化禮記曰禮交動乎上樂交應乎下和之至也

六典聯事九官列序周禮曰以官府之聯合邦治一曰祭祀之聯事又曰太宰之職掌建邦之六典以佐王治邦國一曰治典二曰禮典三曰教典四曰政典五曰刑典六曰事典漢書劉向上疏曰舜命九官濟濟相讓應劭曰尚書曰禹作司空弃后稷契司徒臯繇作士師垂共工益朕虞伯夷秩宗夔典樂龍納言也凡九官也

有牷在滌有絜在俎周禮曰充人掌繫祭祀之

牲禮記曰帝牛必在滌三月鄭玄曰滌牢中所搜除處毛詩曰絜爾牛羊或肆或將鄭玄曰有肆其骨體於俎者或奉將而進也**薦饗王衷以荅神祜**杜預左氏傳注曰薦獻也衷中心也長楊賦曰受神人之福祐

維聖饗帝維孝饗親禮記曰唯聖人爲能饗帝孝子爲能饗親**皇乎備矣有事上春**漢書郊祀歌曰大孝備矣休德昭清左氏傳宰孔曰天子有事于郊杜預曰有祭事也周禮上春生種稑之種**禮行宗祀敬達郊禋**禮記曰禮行祖廟而孝慈服焉孝經曰宗祀文王於明堂又曰郊祀后稷孔安國尚書傳曰精意以享謂之禋**金枝中樹廣樂四陳**漢書曰金枝秀華應劭曰金枝銅鐙百二十枝史記曰趙簡子病寤寐曰我與百神聽於鈞天廣樂矣**陟配在京降德在民**毛詩曰三后在天陟配在京禮記曰后王命冢宰降德于兆民**奔精昭夜高燎煬晨**奔精星流也史記曰漢家常以正月上辛祠甘泉昏時夜祠到明而終常有流

星經於祠壇東京賦曰颷槱燎之炎煬致高煙於太一

陰明浮爍沈禜深淪言宋爲水德而主辰故陰明之宿浮爍而揚光沈禜所祭沈淪而沈靜也尚書考靈耀曰氣在於冬其紀辰星是謂陰明尚書大傳曰沈四海鄭玄曰祭水曰沈鄭司農周禮注曰禜祭名也

告成大報受釐元神禮記曰升中于天鄭玄曰中成也燎柴祭天告以諸侯之成功又曰大報天而主日也漢書曰上方受釐坐宣室臣瓚曰釐謂祭祀餘胙也如淳曰釐音僖呂安髑髏賦曰上奏元神下告皇祇服虔甘泉宮賦注曰釐福也

月御案節星驅扶輪月御案節並見上文言天神降月御爲之案節星驅爲之扶輪王濟鍾夫人亭德頌曰濟蒙天假星驅省疾羽獵賦曰齊桓公曾不足使扶輪羽獵賦曰風詡詡其扶輪

遙興遠駕矐矐振振漢書房中歌曰雷震震電矐矐杜預左氏傳注曰振振盛貌遠駕乘駕也

樂府上

漢書曰武帝定郊祀之禮而立樂府

樂府三首

古辭五言言古詩不知作者姓名他皆類此

飲馬長城窟行酈善長水經曰余至長城其下往往有泉窟可飲馬古詩飲馬長城窟行信不虛也然長城蒙恬所築也言征戍之客至於長城而飲其馬婦思之故爲長城窟行音義曰行曲也

青青河邊草緜緜思遠道言良人行役以春爲期期至不來所以增思王逸楚辭注曰緜緜細微之思也遠道不可思夙昔夢見之廣雅曰昔夜也夢見在我傍忽覺在他鄉他鄉各異縣輾轉不可見字書曰輾亦展字也說文曰展轉也鄭玄毛詩箋曰轉移也枯桑知天風海水知天寒枯桑無枝尚知天風海水廣大尚知天寒君子行役豈不離風寒之患乎入門各自媚誰肯相爲言但人入門咸各自媚誰肯爲言乎皆不能爲言也客從遠方來遺我雙鯉魚呼兒烹鯉魚中有尺素書鄭玄禮記注曰素生帛也長跪讀素

書書上竟何如說文曰跪拜也上有加餐食下有長相憶

傷歌行

昭昭素月明暉光燭我牀憂人不能寐耿耿夜何長毛詩曰耿耿不寐如有隱憂微風吹閨闥羅帷自飄颻毛萇詩傳曰閨內門也攬衣曳長帶屣履下高堂長門賦曰屣履起而彷徨東西安所之徘徊以彷徨春鳥翻南飛翩翩獨翱翔悲聲命儔匹哀鳴傷我腸感物懷所思泣涕忽沾裳佇立吐高吟舒憤訴穹蒼毛詩曰佇立以泣谷永與王譚書曰抑於家不得舒憤毛詩曰靡有旅力以念穹蒼李巡爾雅注曰仰視天形穹隆而高其色蒼蒼故曰穹蒼爾雅曰穹蒼蒼天也

長歌行崔豹古今注曰長歌言壽命長短定分不妄求也此上一篇似傷年命而

下一首直敘怨情古詩曰長歌正激烈魏武帝燕歌行曰短歌微吟不能長傅玄豔歌行曰咄來長歌續短歌然行聲有長短非言壽命也

青青園中葵朝露行日晞毛詩曰湛湛露斯匪陽不晞毛萇曰晞乾也陽春布德澤萬物生光暉楚辭曰恐死不見乎陽春淮南子曰光暉萬物常恐秋節至焜黃華蘂衰焜黃色衰貌也胡本切百川東到海何時復西歸尚書大傳曰百川赴東海少壯不努力老大乃傷悲

怨歌行一首五言歌錄曰怨歌行古辭然言古者有此曲而班婕妤擬之婕妤帝初即位選入後官始爲少使俄而大幸爲婕妤居增成舍後趙飛燕寵盛婕妤失寵希復進見成帝崩婕妤充園陵薨

班婕妤

新裂齊紈素皎潔如霜雪漢書曰罷齊三服官李斐曰紈素爲冬服范子曰紈

素出齊荀悅曰齊國獻紈素綃天子爲三官服也裁爲合歡扇團團似明月古詩曰文綵雙鴛鴦裁爲合歡被出入君懷袖動搖微風發蒼頡篇曰懷抱也此謂蒙恩幸之時也常恐秋節至涼風奪炎熱古長歌行曰常恐秋節至焜黃華葉衰炎熱氣也弃捐篋笥中恩情中道絶

樂府二首　短歌行　魏武帝魏志曰太祖武皇帝沛國譙人姓曹諱操字孟德少機警有權數而任俠舉孝廉爲郎遷南頓令封魏王文帝追謚曰武皇帝

對酒當歌人生幾何左氏傳曰俟河之清人壽幾何譬如朝露去日苦多漢書李陵謂蘇武曰人生如朝露慨當以慷憂思難忘何以解憂唯有杜康毛詩曰微我無酒以遨以遊博物志曰杜康作酒王著與杜康絶交書曰康字仲寧或云

皇帝時宰人號酒泉太守漢書東方朔曰臣聞消憂者莫若酒也青青子衿悠悠我心但為君故沈吟至今古詩曰馳車整中帶沈吟聊躑躅呦呦鹿鳴食野之苹我有嘉賓鼓瑟吹笙毛詩小雅文也苹萍也鹿得萍草呦呦然而鳴相呼而食以興嘉樂賓客相招以盛禮也鄭玄云苹藾蕭也明明如月何時可掇憂從中來不可斷絕言月之不可掇由憂之不可絕也說文曰掇拾取也豬劣切越陌度阡枉用相存應劭風俗通曰里語云越陌度阡更爲客主長門賦曰孔雀集而相存契闊談讌心念舊恩毛詩曰死生契闊漢書曰張賀思念舊恩月明星稀烏鵲南飛繞樹三匝何枝可依月明已見上句喻客子無所依託也山不厭高海不厭深管子曰海不辭水故能成其大山不辭土故能成其高明主不猒人故能成其衆周公吐哺天下歸心韓詩外傳曰周公踐天子之位七年成王封伯禽於魯周公誡之曰無以魯國驕士吾文王之子武王之弟也成王叔父

也又相天下吾於天下亦不輕矣然一沐三握髮一飯三吐哺猶恐失天下之士也論語素王受命讖曰河授圖天下歸心

苦寒行五言歌録曰苦寒行古辭

北上太行山艱哉何巍巍羊腸坂詰屈車輪爲之摧呂氏春秋曰天地之間上有九山何謂九山曰太行羊腸高誘曰太行山在河内野王縣北也羊腸其山盤紆如羊腸在太原晉陽北高誘注淮南子曰羊腸坂是太行孟門之限然則坂在太行山在晉陽也樹木何蕭瑟北風聲正悲熊羆對我蹲虎豹夾路啼谿谷少人民雪落何霏霏毛詩曰雨雪霏霏延頸長歎息遠行多所懷呂氏春秋曰天下莫不延頸舉踵也我心何怫鬱思欲一東歸楚辭曰怫鬱兮不陳東歸言望舊鄉也水深橋梁絶中路正徘徊迷惑失故路薄暮無

宿栖楊雄琴情英曰當道獨居暮無所宿行行日已遠人馬同時飢檐囊行取薪斧冰持作糜莊子曰檐囊而趨悲彼東山詩悠悠使我哀毛詩曰我徂東山滔滔不歸

樂府二首

燕歌行

七言歌録曰燕地名猶楚宛之類此不言古辭起自此也佗皆類此

魏文帝

秋風蕭瑟天氣涼草木搖落露爲霜楚辭曰悲哉秋之爲氣也蕭瑟兮草木搖落而變衰毛詩曰蒹葭蒼蒼白露爲霜羣燕辭歸鴈南翔念君客遊思斷腸禮記曰仲秋之月鴻鴈來玄鳥歸鄭玄曰玄鳥燕也楚辭曰燕翩翩其辭歸又曰鴈雍雍而南遊慊慊思歸戀故鄉何爲淹留寄佗方鄭玄禮記注曰慊恨不滿之貌

也口簟切賤妾煢煢守空房煢單也憂來思君不敢忘不覺淚下霑衣裳古詩曰淚下霑衣裳援琴鳴絃發清商短歌微吟不能長宋玉風賦曰臣援琴而鼓之宋玉笛賦曰吟清商追流徵明月皎皎照我牀星漢西流夜未央古詩曰明月何皎皎照我羅牀帷毛詩曰夜如何其夜未央牽牛織女遥相望爾獨何辜限河梁史記曰牽牛爲犧牲其北織女織女天女孫也曹植九詠注曰牽牛爲夫織女爲婦織女牽牛之星各處一旁七月七日得一會同矣

善哉行四言歌録曰善哉行古詞也古出夏門行曰善哉殊復善絃歌樂我情然善哉歎美之辭也

魏文帝

上山采薇薄暮苦飢毛詩曰陟彼南山言采其薇楚辭曰薄暮雷電歸何憂古豔歌曰居貧衣單薄腸中常苦飢谿谷多風霜露沾衣說苑曰孺子不覺露之沾衣野雉

羣雛猴猿相追（毛詩曰雉之朝雊）還望故鄉鬱何壘壘（廣雅曰壘壘重也）

高山有崖林木有枝憂來無方人莫之知（言高山之有崖林木之有枝愚智同知之今憂來仍無定方而人皆莫能知之說苑曰莊辛謂襄成君曰昔越人之歌曰山有木兮木有枝心悅君兮君不知）人生如寄多憂何為（尸子曰老萊子曰人生天地之閒寄也寄者固也楚辭曰傷楚國之多憂）今我不樂歲月如馳（毛詩曰今我不樂日月其除）湯湯川流中有行舟隨波迴轉有似客遊策我良馬被我輕裘（毛詩曰良馬四之論語子曰赤之適齊也乘肥馬衣輕裘）載馳載驅聊以忘憂（毛詩曰載馳載驅歸唁衛侯楚辭曰聊媮娛以忘憂又毛詩曰駕言出游以寫我憂）

樂府四首　五言

箜篌引（漢書曰塞南越禱祠太一后土作坎侯坎聲也應劭曰使樂人侯調作之取其坎坎應節也因以其姓號名曰坎侯蘇林曰作箜篌

曹子建

置酒高殿上，親友從我遊。漢書曰：過沛，置酒沛宮。又曰：賢大夫有肯從我遊者，吾能尊顯也。中廚辦豐膳，亨羊宰肥牛。鄭玄周禮注曰：膳之言善，今時美物曰珍。聲類曰：宰，治也。秦箏何慷慨，齊瑟和且柔。楚辭曰：挾秦箏而彈徽。史記蘇秦說齊王曰：臨淄其民無不鼓瑟也。陽阿奏奇舞，京洛出名謳。漢書曰：孝成趙皇后及壯，屬陽阿主家，學歌舞。樂飲過三爵，緩帶傾庶羞。禮記曰：君子之飲酒也，一爵而色灑如，二爵而言言斯，三爵而油油以退。儀禮曰：上大夫庶羞二十品。主稱千金壽，賓奉萬年酬。史記曰：平原君以千金爲魯仲連壽。毛詩曰：君子萬年，永錫祚胤。久要不可忘，薄終義所尤。論語曰：久要不忘平生之言，亦可以爲成人矣。列子曰：或厚之於始，或薄之於終。謙謙君子德，磬折欲何求。周易曰：謙謙君子，卑以自牧。尚書大傳曰：諸侯來受命周公，莫不磬

折

驚風飄白日，光景馳西流。盛時不可再，百年忽我遒。生在華屋處，零落歸山丘。（舞賦曰：耀華屋而熺洞房。古董逃行曰：年命冉冉我遒零落，下歸山丘。毛萇詩傳曰：遒，終也。）先民誰不死，知命亦何憂。（左氏傳曰：子產曰：人誰不死。周易曰：樂天知命故不憂。）

美女篇（歌録曰：美女篇，齊瑟行也。）

美女妖且閑，采桑歧路間。（說文曰：閑，雅也。上林賦曰：妖冶閑都。又曰：閑，幽閑也。）柔條紛冉冉，葉落何翩翩。攘袖見素手，皓腕約金環。（攘袖，卷袂也。環，釧也。）頭上金爵釵，腰佩翠琅玕。（釋名曰：爵釵，釵頭上施爵。尚書曰：厥貢惟球琳琅玕。）明珠交玉體，珊瑚間木難。（南方草物狀曰：珊瑚出大秦國，有洲在漲海中。廣雅曰：珊瑚，珠也。南越志曰：木難，金翅鳥沫所成碧色珠也，大秦國珍之。）羅衣何飄飄，輕裾隨

風還顧盼遺光采長嘯氣若蘭神女賦曰吐芬芳其若蘭行徒用
息駕休者以忘餐愼子曰毛嬙西施衣以纟錫則行者止杜篤禊祝曰懷秀女使不餐借
問女安居乃在城南端爾雅曰安止也薛綜西京賦注曰安猶焉也南端城之正南門
也青樓臨大路高門結重關漢書枚叔上書曰游曲臺臨大路列子曰虞氏梁之
富人高樓臨大路容華耀朝日誰不希令顏神女賦曰耀乎若白日初出照屋梁
韓詩曰東方之日兮彼姝者子在我室兮薛君曰詩人言所說者顏色盛也言美如東方之日出也媒氏
何所營玉帛不時安周禮有媒氏之職爾雅曰安定也佳人慕高義求
賢良獨難楚辭曰聞佳人兮召予衆人何嗷嗷安知彼所觀盛年
處房室中夜起長歎蘇武荅李陵詩曰低頭還自憐盛年行已衰蔡雍霖雨賦曰中宵夜
而歎息

白馬篇歌録曰白馬篇齊瑟行也

白馬飾金羈，連翩西北馳。古羅敷行曰：青絲繫馬尾，黃金絡馬頭。說文曰：羈，絡頭也。

借問誰家子，幽并遊俠兒。幽并，二州名。班固漢書贊曰：布衣遊俠，劇孟之徒也。

少小去鄉邑，揚聲沙漠垂。幽通賦曰：雄朔野以揚聲。說文曰：漠，北方流沙也。

宿昔秉良弓，楛矢何參差。墨子曰：良弓難張，然可以及高入深。家語孔子曰：肅慎氏貢楛矢。

控弦破左的，右發摧月支。班固漢書李廣述曰：控弦貫石，威動北鄰。毛詩曰：發彼有的。的，射質也。邯鄲淳藝經曰：馬射左邊為月支三枚，馬蹄二枚。

仰手接飛猱，俯身散馬蹄。凡物飛迎前射之曰接。猱，猨屬也。

狡捷過猴猨，勇剽若豹螭。螭，猛獸也，已見西都賦。方言曰：剽，輕也。

邊城多警急，胡虜數遷移。長楊賦曰：永無邊城之災。

羽檄從北來，厲馬登高堤。長驅蹈匈奴，左顧凌鮮卑。漢書曰匈奴其先夏后氏之苗裔也又曰燕北有東胡山戎或云鮮卑蒼頡篇曰凌侵也棄身鋒刃端性命安可懷父母且不顧何言子與妻鄭玄毛詩箋曰顧念也名編壯士籍不得中顧私捐軀赴國難視死忽如歸呂氏春秋管子云平原廣城車不結軌士不旋踵鼓之三軍之士視死若歸臣不若王子城也

名都篇歌錄曰名都篇齊瑟行也

名都多妖女京洛出少年王逸荔枝賦曰宛洛少年寶劍直千金被服光且鮮史記曰陸賈寶劍直千金論衡曰世稱利劒有千金之價鬭雞東郊道走馬長楸間漢書眭弘少時好鬭雞走馬馳騁未能半雙兔過我前攬弓捷鳴鏑長驅上南山儀禮曰司射搢三挾一鄭玄曰搢插也楚甲切漢書曰匈奴冒頓乃作爲鳴鏑習勒其騎射音義曰鏑箭也如今鳴箭也左挽因右發一縱兩禽連

鄭玄周禮注曰凡鳥獸未孕曰禽也毛萇詩傳曰發矢曰縱兩禽雙兎也餘巧未及展仰手接飛鳶毛詩曰鳶飛戾天鄭玄曰鴟之屬也觀者咸稱善衆士歸我妍舞賦曰觀者稱麗

我歸宴平樂美酒斗十千平樂觀名膾鯉臇胎鰕寒鼈炙熊蹯毛詩曰炰鼈膾鯉蒼頡解詁曰臇少汁臛也子兖切鹽鐵論曰煎魚切肝羊淹雞寒劉熙釋名曰韓羊韓雞本出韓國所爲然寒與韓古字通也左氏傳曰宰夫胹熊蹯不孰

鳴儔嘯匹旅列坐竟長筵連翩擊鞠壤巧捷惟萬端漢書曰霍去病在塞外尚穿域蹋鞠也如淳曰域鞠室也郭璞三蒼解詁曰鞠毛丸可蹋戲鞠巨六切史記曰魏公子賓客辯士說王萬端

白日西南馳光景不可攀雲散還城邑清晨復來還舞賦曰駱驛而歸雲散城邑

王明君詞一首 并序 五言

石季倫臧榮緒晉書曰石崇字季倫勃海人也早有智慧稍遷至衛尉初崇與賈謐善謐既誅趙王倫專任孫秀崇有妓曰綠珠秀使人求之崇不許秀勸倫殺崇遂被害

王明君者本是王昭君以觸文帝諱改焉琴操曰王昭君者齊國王襄女也年十七獻元帝臧榮緒晉書曰文帝諱昭匈奴盛請婚於漢元帝以後宮良家子昭君配焉琴操曰單于遣使請一女子帝以昭君賜單于漢書曰詔采良家女也昔公主嫁烏孫令琵琶馬上作樂以慰其道路之思漢書曰烏孫使使獻馬願得尚公主乃遣江都王建女爲公主以妻烏孫焉其送明君亦必爾也其造新曲多哀怨之聲故敘之於紙云爾

我本漢家子將適單于庭漢書曰匈奴歲正月諸長小會單于庭祠辭訣未

及終前驅已抗旌曹子建應詔曰前驅舉燧後乘抗旌僕御涕流離轅馬悲且鳴魏文帝柳賦曰左右僕御已多亡長門賦曰涕流離而縱橫李陵詩曰轅馬顧悲鳴哀鬱傷五内泣淚濕朱纓李陵詩曰行行且自割無令五内傷沾纓已見郭璞遊仙詩行行日已遠遂造匈奴城魏文帝苦哉行曰行行日已遠人馬同時飢延我於穹廬加我闕氏名漢書曰烏孫公主作歌曰吾家嫁我兮天一方遠託異國兮烏孫王穹廬爲室兮旃爲墻音義曰旃帳也蘇林曰閼氏音焉支如漢皇后殊類非所安雖貴非所榮殊類異類也李陵荅蘇武書曰但見異類父子見陵辱對之慙且驚漢書曰呼韓邪死子雕陶莫皋立爲復系若鞮單于復妻王昭君生二女也殺身良不易默默以苟生曹子建三良詩曰殺身誠獨難賈誼弔屈原曰吁嗟默言墨子曰哀公迎孔子席不端不坐割不正不食子路曰何與陳蔡異孔子曰曩與汝爲苟生今與汝爲苟義也苟生亦何聊積思常

憤盈楚辭曰蓄怨兮積思王逸曰結恨在心慮憤懣蔡琰詩曰心吐思兮胷憤盈願假飛鴻翼乘之以遐征魏文帝喜霽賦曰思寄身於鴻鸞舉六翮而輕飛高誘呂氏春秋曰征飛也飛鴻不我顧佇立以屏營毛詩曰佇立以泣國語申胥曰昔楚靈王獨行屏營昔爲匣中玉今爲糞上英朝華不足歡甘與秋草并古詩曰傷彼蕙蘭花含英揚光輝過時而不采將隨秋草萎說文曰木槿朝華暮落也傳語後世人遠嫁難爲情漢書張禹曰有愛女遠嫁爲張掖太守蕭咸妻

文選卷第二十七

賜進士出身通奉大夫江南蘇松常鎮太等處承宣布政使司布政使胡克家重校刊

文選卷第二十八

梁昭明太子撰

文林郎守太子右內率府録事參軍事崇賢館直學士臣李善注上

樂府下

挽歌

雜歌

荆軻歌一首　漢高帝歌一首

劉越石扶風歌一首

陸韓卿中山王孺子妾歌一首

樂府下

樂府十七首

猛虎行　雜言古猛虎行曰飢不從猛虎食暮不從野雀棲野雀安無巢遊子爲誰驕　陸士衡

渴不飲盜泉水熱不息惡木陰惡木豈無枝志士多苦心尸子曰孔子至於勝母暮矣而不宿過於盜泉渴矣而不飲惡其名也江邃文釋云管子曰夫士懷耿介之心不蔭惡木之枝惡木尚能耻之況與惡人同處今檢管子近亡數篇恐是亡篇之内而邃見之論語曰志士仁人古詩曰晨風懷苦心整駕肅時命杖策將遠尋思玄賦曰爰整

駕而亟行時君之命也杜預左氏傳注曰策馬檛也廣雅曰將欲也飢食猛虎窟寒栖野雀林日歸功未建時往歲載陰日而逸切言日以屢歸而功未立陸賈新語曰以義建功神農本草曰秋冬爲陰崇雲臨岸駭鳴條隨風吟爾雅曰崇高也廣雅曰駭起也桓子新論雍門周曰秋風鳴條則傷心矣靜言幽谷底長嘯高山岑毛詩曰靜言思之又曰出自幽谷楚辭曰臨深水而長嘯爾雅曰山小而高曰岑急絃無懦響亮節難爲音侯瑾箏賦曰急絃促柱變調改曲賈逵國語注曰懦下也爾雅曰亮信也謂有貞信之節言必慷慨故曰難也人生誠未易曷云開此衿言人生既多難苦誠爲未易何爲開此行役之衿乎王仲宣贈蔡子篤詩曰人生實難眷我耿介懷俯仰愧古今夫蘊耿介之懷者必高蹈風塵之表今乃愧不隨慕先聖之遺教蒼頡篇曰懷抱也

君子行五言古君子行曰君子防未然不處嫌疑間

天道夷且簡人道嶮而難莊子曰有天道有人道無爲而尊者天道也有爲而累者人道也孔安國尚書傳曰夷平也又曰簡略也休咎相乘躡翻覆若波瀾尚書曰休徵咎徵杜預左氏傳注曰乘登也廣雅曰躡履也去疾苦不遠疑似實生患左氏傳伍員曰樹德莫如滋去疾莫如盡賈逵國語注曰疾惡也呂氏春秋曰使人大迷惑者物之相似者也人主之所患患石似玉者疑似之道不可不察也近火固宜熱履冰豈惡寒言當愼所習也論衡曰夫近水則寒近火則溫遠之纔微何則氣之所加遠近有差也火位在南水位在北北邊則寒南極則熱毛詩曰如履薄氷掇蜂滅天道拾塵惑孔顏說苑曰王國君前母子伯奇後母子伯封兄弟相愛後母欲其子爲太子言王曰伯奇愛妾王上臺視之後母取蜂除其毒而置衣領之中往過伯奇奇往視袖中殺蜂王見讓伯奇伯奇出使者就袖中有死蜂使者白王王見蜂追之已自投河中呂氏春秋曰孔子窮於陳蔡之間藜羹不糝七日不嘗粒晝寢顏回索米得而來爨之幾熟孔子望見顏回攫

其甑中而飯之少選間食熟謁孔子而進食孔子起曰今者夢見先君食絜故饋顔回對曰不可嚮者炱煤入甑中弃食不祥回攫而飯之孔子笑曰所信者目矣目猶不可信所恃者心矣而心猶不足恃弟子記之知人固不易夫孔子所以知人難也高誘曰炱煤煙塵也炱讀作臺入猶墮也

逐臣尚何有弃友焉足歎傳毅七激曰闇君逐臣頑父放子王逸楚辭序曰屈原放逐在沅湘之間毛詩谷風序曰天下俗薄朋友道絶絶焉鄭玄曰道絶者弃恩舊也

福鍾恒有兆禍集非無端言禍福之至而皆有漸也枚叔上書曰福生有基禍生有胎傳子銘曰福生有兆禍來有端小雅曰鍾聚也言無端緒也

天損未易辭人益猶可懽言禍福之有端兆故天損之至非己所招故安之而未辭人益之來非己所求故受之可爲懽也莊子孔子謂顔回曰無受天損易無受人益難郭象曰無受天損易者唯安之故易也所在皆安不以損爲損斯待天而不受其損也無受人益難者物之儻來不可禁禦至人則玄同天下故天下樂推而不猒相與社而稷之斯無受人益之所以爲難矣然文雖出彼而意微殊彼以榮辱同途故

安之甚易此以吉凶異轍故辭之實難朗鑒豈遠假取之在傾冠荀悅申鑒曰側弁垢顏不鑒於明鏡矣抱朴子曰明鏡舉則傾冠見矣以其遞相祖述故引之近情苦自信君子防未然言小人近情苦自信而遇禍君子遠慮防未然而蒙福列子蕭叔曰皇子果於自信鄧析子曰慮能防於未然

從軍行五言

苦哉遠征人飄飄窮四遐南陟五嶺巔北戍長城阿漢書曰秦北爲長城之役南有五嶺之戍史記曰始皇以謫遣戍謫罰獄吏不直者築長城也深谷邈無底崇山鬱嵯峨列子曰夏革曰渤海之東有大壑焉實惟無底之谷秦嘉詩曰巖石鬱嵯峨奮臂攀喬木振迹涉流沙史記曰武臣曰陳王奮臂爲天下唱始毛詩曰南有喬木尚書曰導弱水入于流沙隆暑固已慘涼風嚴且苛賈誼旱雲賦曰隆暑盛其

無聊說文曰憯毒也宋均春秋緯注曰苛者切也**夏條集鮮藻，寒冰結衝波。**文子曰夏條可結毛詩曰誕寘之寒冰**胡馬如雲屯，越旗亦星羅。**鄒陽書曰胡馬遂進闞於邯鄲杜篤論都賦曰斬白蛇屯黑雲廣雅曰屯聚也國語越王曰吳爲不道敢問諸大夫戰奚以而可大夫種曰審物則可以戰韋昭曰物旌旗物色徽幟之屬也羽獵賦曰渙若天星之羅**飛鋒無絕影，鳴鏑自相和。**張衡髑髏賦曰飛鋒曜景秉尺持刀漢書曰冒頓乃作爲鳴鏑音義曰如今鳴箭也**朝食不免冑，夕息常負戈。**戰國策曰衛行人燭過免冑橫戈而進李陵苔蘇武書曰負戟而長歎孔安國論語注曰戈戟也**苦哉遠征人，拊心悲如何。**列子曰師襄乃撫心高蹈

豫章行

五言古豫章行曰白楊初生時乃在豫章山

汎舟清川渚，遙望高山陰。國語曰秦汎舟于河列子曰伯牙遊於泰山之陰**川**

陸殊途軌懿親將遠尋廣雅曰軌道也左氏傳富辰曰昔周公弔二叔之不咸故封建親戚以蕃屏周不廢懿親也三荆歡同株四鳥悲異林古上留田行曰出是上獨西門三荆同一根生一荆斷絶不長兄弟有兩三人小弟塊摧獨貧家語曰孔子在衛昧旦晨興顏回侍側聞哭者之聲甚哀子曰回汝知此哭何者曰回以此哭之聲非但爲死者而已矣又爲生離別者子曰何以知之對曰回聞完山之鳥生四子焉羽翼既成將分乎四海其母悲鳴而送之哀聲有似於此爲其往而不返回竊以音類知之孔子使問哭者果曰夫死家貧賣子葬之與之長決子曰回善於識音矣樂會良自古悼別豈獨今鄭玄毛詩箋曰悼傷也古詩曰今日良宴會歡樂難具陳又曰別日何易會日何難寄世將幾何日昃無停陰尸子老萊子曰人生於天地之間寄也寄者固歸也左氏傳曰人壽幾何周易曰日昃之離不鼓缶而歌則大耋之嗟凶前路既已多後塗隨年侵前路後塗喻壽命也言前路已多而罕至後塗隨年侵而又盡言無幾何也促促薄暮景疊

亹鮮克禁景之薄暮喻人之將老也流行不息鮮能止之孔安國尚書傳曰薄迫也楚辭曰時亹亹而過中曷爲復以茲曾是懷苦心言何爲復以此暮景不留之志而曾是重懷悲苦之心乎毛詩曰曾是在位苦心見上文遠節嬰物淺近情能不深說文曰嬰繞也行矣保嘉福景絕繼以音景影也言形影若絕當繼之以惠音

苦寒行五言或曰北上行

北遊幽朔城涼野多嶮難尚書曰宅朔方曰幽都毛萇詩傳曰北方寒涼也俯入穹谷底仰陟高山盤韓詩曰在彼穹谷王弼周易注曰盤山石之安也凝冰結重澗積雪被長巒爾雅曰巒山墮也郭璞曰山形長狹者荆州謂之巒陰雲興巖側悲風鳴樹端不覩白日景但聞寒鳥喧猛虎憑林嘯玄猿臨岸嘆春秋元命苞曰猛虎嘯而谷風起小雅曰憑依也上林賦曰玄猿素雌夕

宿喬木下慘愴恒鮮歡渴飲堅冰漿飢待零露餐周易曰履霜堅冰至詩曰零露團兮離思固已久寤寐莫與言曹子建雜詩曰離思一何深毛詩曰獨寐寤言劇哉行役人慊慊恒苦寒說文曰劇甚也鄭玄禮記注曰慊恨不滿足之貌也

飲馬長城窟行　五言

驅馬陟陰山山高馬不前漢書侯應上書曰臣聞北邊塞有陰山往問陰山候勁虜在燕然解嘲曰西北一候范曄後漢書曰竇憲征北單于登燕然山戎車無停軌旌旆屢徂遷鄭玄考工記注曰軌轍跡也仰憑積雪巖俯涉堅冰川冬來秋未反去家邈以綿邈遠也玁狁亮未夷征人豈徒旋玁狁匈奴也毛詩曰赫赫南仲玁狁于夷毛萇曰夷平也末德爭先鳴

凶器無兩全吴越春秋范蠡曰夫人君勇者逆德也兵者凶器也爭者國之末也莊子曰三軍五兵之運德之末也左氏傳州綽謂齊侯曰平陰之役先二子鳴師克薄賞行軍没微軀捐李陵書曰薄賞子以守節將遵甘陳迹收功單于旃漢書曰甘延壽字君況北地人也爲郎中諫大夫使西域與副校尉陳湯共誅斬郅支單于封義成侯又曰陳湯字子公山陽人也爲西域副校尉與甘延壽俱出同斬單于首賜爵關內侯班固漢書述曰博望仗節收功大夏旃旌旗也振旅勞歸士受爵槀街傳穀梁傳曰入曰振旅毛詩序曰杕杜勞還役也南都賦曰受爵傳觴漢書陳湯上䟽曰斬郅支單于首及名王以下宜懸頭槀街蠻夷邸閒晉灼曰黄圖在長安城門內邸謂傳舍也

門有車馬客行 五言

門有車馬客駕言發故鄉毛詩曰駕言出遊念君久不歸濡

迹涉江湘毛萇詩傳曰濡漬也投袂赴門塗攬衣不及裳左氏傳曰楚子
投袂而起古詩曰攬衣起徘徊毛萇詩傳曰上曰衣下曰裳拊膺攜客泣掩淚敘
温涼列子曰撫膺而無恨楚辭曰長太息以掩涕尚書曰以殷仲春鄭玄曰春秋言温涼也借問
邦族閒惻愴論存亡毛詩曰言旋言歸復我邦族尸子曰其生也存其死也亡親友
多零落舊齒皆彫喪曹子建箜篌引曰親友從我遊孔融與曹操書曰海內知識零
落殆盡黃石公記曰王聘舊齒萬事乃理市朝互遷易城闕或丘荒古出夏門行曰
市朝人易千歲墓平毛詩曰在城闕兮墳壠日月多松栢鬱芒芒仲長子昌
言曰古之塋松柏梧桐以識其墳也天道信崇替人生安得長國語藍尹亹曰君子
獨居思前世之崇替賈逵曰崇終也慷慨惟平生俛仰獨悲傷說文曰慷慨壯士不
得志於心莊子曰俛仰之閒

君子有所思行 五言

命駕登北山延佇望城郭孔叢子孔子歌曰巾車命駕楚辭曰結幽蘭而延佇廛里一何盛街巷紛漠漠鄭德漢書注曰廛謂城邑之居也甲第崇高闥洞房結阿閣漢書音義曰有甲乙次第故曰甲第楚辭曰姱容脩態絙洞房尚書中候曰昔黄帝軒轅鳳皇巢阿閣鄭玄周禮注曰四阿若今四注也曲池何湛湛清川帶華薄楚辭曰坐堂伏檻臨曲池邃宇列綺牕蘭室接羅幕楚辭曰高堂邃宇檻層軒古詩曰交疏結綺牕又曰盧家蘭爲室桂爲梁楚辭曰蒻阿拂壁羅幬張淑貌色斯升哀音承顔作言淑貌以色斯而見升哀音亦承顔衰而作也論語曰色斯舉矣人生誠行邁容華隨年落楚辭曰生天地之若過古詩曰人生天地閒忽如遠行客善哉膏粱士營生奧且博國語欒伯請公族大夫公曰夫膏粱之性難止也賈逵曰膏肉之肥者粱食之精者

言其食肥美者率驕放其性難止也韋昭漢書注曰生業也廣雅曰奧藏也**宴安消靈根酖毒不可恪**左氏傳管敬仲言於齊侯曰宴安酖毒不可懷也杜預曰以宴安比之酖毒也老子黃庭經曰玉池清水灌靈根靈根堅固老不衰然靈根謂身也左氏傳曰卿不書緩也以懲不恪爾雅曰恪敬也**無以肉食資取笑葵與藿**說文曰晉東郭氏上書於獻公公曰肉食者已慮之矣對曰忽使肉食失計於廟堂藿食寧得不肝腦塗地也

齊謳行

五言漢書禮樂志曰齊謳員六人

營丘負海曲沃野爽且平禮記曰太公封於營丘鄭玄曰齊曰營丘晁錯新書曰齊地僻遠負海地大人衆鄭玄禮記注曰負之言背也漢書曰沃野千里左氏傳齊景公欲更晏子之宅曰請更諸爽塏之地**洪川控河濟崇山入高冥**毛萇詩傳曰控引也戰國策蘇秦曰齊有清濟濁河傅毅洛都賦曰弋高冥之獨鵠連軒翥之雙鶡崇或爲嵩非也**東被姑尤側南界**

聊攝城左氏傳晏子曰聊攝以東姑尤以西其爲人也多矣杜預曰姑尤齊東界姑水尤水皆在城陽郡東南入海也聊攝齊西界也平原聊縣東北有攝城然西南不同者其地既非正方故各舉一隅言之也海物錯萬類陸產尚千名尚書曰海岱惟青州禹貢海物惟錯河圖曰地有九州以苞萬類禮記曰恒豆之俎陸產之物也加豆陸產也其醢水物也南都賦曰百品千名孟諸吞楚夢百二侔秦京子虛賦曰齊浮渤澥游孟諸吞若雲夢者八九於其胷中曾不蔕芥漢書田肯賀上曰陛下得韓信又治秦中秦持戟百萬秦得百二焉齊持戟百萬齊得十二焉此所謂東西秦也李斐云持戟百萬秦得百二焉又曰設有持戟百萬之衆齊得十中之二焉百萬十分之二亦二十萬也但文相避耳故言東西秦其勢敵也然李斐之意以百二謂百萬中之二也字林曰侔齊等也惟師恢東表桓后定周傾毛詩曰惟師尚父時維鷹揚左氏傳曰季札請觀於周樂爲謌齊曰表東海者其太公乎又曰公及齊侯會于首止謀寧周也公魯僖公也齊侯桓公也鹽鐵論曰定傾扶危天道有迭

代人道無久盈孫卿子曰日月遞照四時代御王符潛夫論曰廉頗翟公再盈再虛鄙哉

牛山歎未及至人情論語荀蕢曰鄙哉硜硜乎晏子春秋曰景公遊牛首山北臨其國流涕曰若何去此而死乎艾孔梁丘據皆泣晏子獨笑公收涕而問之晏子曰使賢者常守則太公桓公有之使勇者常守則莊公有之吾君安得有此而爲流涕是不仁也見不仁之君一諂諛之臣二所以獨笑也莊子曰不離於真謂之至人也

奭鳩苟已徂吾子安得停左氏傳齊侯飲酒樂公曰古而無死其樂若何晏子對曰古而無死古之樂也君何得焉奭鳩氏始居此地季蒯因之而逢伯陵因之蒲姑氏因之而太公因之古若無死奭鳩氏之樂非君所願也蒯助華切

行行將復去長存

非所營西京賦曰若歷世而長存羽獵賦序曰禁御所營

長安有狹邪行五言

伊洛有岐路岐路交朱輪爾雅曰二達謂之岐旁郭璞曰岐道旁出也楊惲書曰乘

朱輪者十人曹植妾薄相行曰輜軿飛轂交輪輕蓋承華景騰步躡飛塵華景日也漢書云曰華曜也鳴玉豈樸儒憑軾皆俊民國語曰趙簡子鳴玉以相禮記曰君子行則鳴佩玉漢書儒林傳武帝曰吾始以尚書爲樸學左氏傳楚子王曰請與君馮軾而觀之尚書曰俊民用康烈心厲勁秋麗服鮮芳春厲嚴貌也西京賦曰麗服颺菁余本倦遊客豪彥多舊親漢書曰司馬長卿故倦遊傾蓋承芳訊欲鳴當及晨家語曰孔子之郯遭程子於塗傾蓋而語雞及晨而鳴以喻人及時而仕也春秋考異記曰雞應旦明明與鳴同古字通也守一不足矜歧路良可遵漢書嚴安上書曰守一而不變者未睹治之至也淮南子曰楊子見逵路而哭之爲其可以南可以北也老子曰聖人抱一爲天下式河上公曰抱守也守一乃知萬事故爲天下法式規行無曠迹矩步豈逮人楊雄覈靈賦曰二子規遊矩步蘇子曰行務應規步慮投矩廣雅曰曠遠也投足緒已爾四時不必循言規

行矩步既無所及故投足前緒且當止矣猶如四時異節不必相循解嘲曰欲行者擬足而投迹爾雅曰緒事也孫卿子曰日月遞照四時代御

將遂殊塗軌要予同歸津周易曰天下同歸而殊塗

長歌行五言

逝矣經天日悲哉帶地川范曄後漢書曰上黨太守田邑與馮衍書曰日月經天河海帶地

寸陰無停晷尺波豈徒旋言日無停景川不旋波以喻年命流行曾無止息也淮南子曰聖人不貴尺之璧而重寸之陰時難得而易失也說文曰晷景也

年往迅勁矢時來亮急絃楚辭曰年洋洋而日往釋名曰矢指也其有所指迅疾也漢書蒯通曰時乎時不再來急絃已見上文

遠期鮮克及盈數固希全管子曰任之重者莫如身期之遠者莫如年左氏傳卜偃曰萬盈數也然此之盈數謂百年也列子楊朱曰人得百年之壽千中無一疾病哀苦居其半矣毛詩曰

君子萬年介爾景福鄭玄曰汝有萬年之壽矣又助汝大福也容華夙夜零體澤坐自捐無故自捐曰坐也茲物苟難停吾壽安得延爾雅曰延長也俛仰逝將過倏忽幾何間俛仰已見上文毛詩曰逝將去汝毛萇曰逝往也楚辭曰往來倏忽慷慨亦焉訴天道良自然但恨功名薄竹帛無所宣四子講德論曰節趨不立則功名不宣墨子曰以其所行書於竹帛傳遺後子孫迨及歲未暮長歌承我閑毛萇詩傳曰迨及也韓詩曰歲聿其暮薛君曰暮晚也言君之年歲已晚也楚辭曰願乘閑而自察

悲哉行五言歌錄曰悲哉行魏明帝造

遊客芳春林春芳傷客心和風飛清響鮮雲垂薄陰蕙草饒淑氣時鳥多好音毛詩曰睍睆黃鳥載好其音翩翩鳴鳩羽

喈喈倉庚吟禮記曰季春之月鳴鳩拂其羽毛詩曰倉庚喈喈幽蘭盈通谷長秀被高岑幽蘭生乎通谷而長秀被乎高岑言有託也楚辭曰結幽蘭而延佇漢書伍被曰通谷數行漢武秋風辭曰蘭有秀兮菊有芳女蘿亦有託蔓葛亦有尋言女蘿蔓葛各有尋託而已獨無所以增思也毛詩曰蔦與女蘿施于松柏毛萇曰女蘿松蘿也詩曰南有樛木葛藟纍之鄭玄曰葛藟纍而蔓之尋猶緣也傷哉遊客士憂思一何深言己客遊不如蘿葛故憂思逾深也目感隨氣草耳悲詠時禽寤寐多遠念緬然若飛沈韋昭國語注曰緬猶邈也飛沈言殊隔也願託歸風響寄言遺所欽李陵荅蘇武書曰時因北風復惠德音嵇康贈秀才詩曰思我所欽

吴趨行五言崔豹古今注曰吴趨曲吴人以謌其地也

楚妃且勿歎齊娥且莫謳楚妃樊姬齊娥齊后也歌録曰石崇楚妃歎曰歌辭楚妃

歎莫知其所由楚之賢妃能立德著勳垂名於後唯樊姬焉故今歎詠之聲永世不絶孟子淳于髡曰昔綿駒處高唐而齊右善謳方言曰秦晉之間美貌謂之娥說文曰謳齊歌也

四坐並清聽聽我歌吴趨吴趨自有始請從昌門起吴越春秋曰大城立昌門者象天通閶闔風亦名破楚門也

昌門何峨峨飛閣跨通波吴地記曰昌門者吴王闔閭所作也名爲閶闔門高樓閣道西都賦曰脩除飛閣又曰與海通波

重欒承游極回軒啓曲阿西京賦曰跱游極於浮柱結重欒以相承軒長牕也言長牕開於屋之曲阿也周書曰明堂咸有四阿鄭玄周禮注曰四阿若今四注也

藹藹慶雲被泠泠祥風過史記曰若煙非煙若雲非雲郁郁紛紛蕭索輪囷是謂慶雲風賦曰清清泠泠

山澤多藏育土風清且嘉左氏傳曰晋侯曰鍾儀樂操土風不忘本也

泰伯導仁風仲雍揚其波史記曰吴太伯弟仲雍皆周太王之子而王季歷之兄也季歷賢有聖子昌太王欲立季歷以及昌於是太伯仲雍二人乃奔

荆蠻以避季歷季歷果立是爲王季而昌爲文王太伯之奔荆蠻自號句吴太伯卒無子弟仲雍立典引曰仁風翔於海表楚辭曰汨其泥而揚其波**穆穆延陵子灼灼光諸華**毛萇詩傳曰穆穆美也左氏傳曰吴公子札來聘其出聘也通嗣君也廣雅曰灼灼明也左氏傳曰吴周之冑裔也今而始大比于諸華**王迹隤陽九帝功興四遐**孟子曰王者之跡息而詩亡漢書陽九厄曰初入百六陽九音義曰易傳所謂陽九之厄百六之會者也東都賦曰軒轅氏之所以開帝功**大皇自富春矯手頓世羅**吴志曰孫權字仲謀吴富春人也薨謚曰大皇帝説文曰矯舉手也頓整也世羅猶皇綱也言大皇生自富春矯手而整天綱也**邦彦應運興粲若春林葩**毛詩曰彼己之子邦之彦兮春秋命歷序曰五德之運應録次相代也**屬城咸有士吴邑最爲多**蔡邕陳留太守行縣頌曰府君勸耕桑于屬城也**八族未足侈四姓實名家**張勃吴録曰八族陳桓吕竇公孫司馬徐傅也四姓朱張顧陸也漢書劉敬曰徙齊諸田豪桀

名家**文德熙淳懿武功侔山河**曹植令曰相者文德昭將者武功烈爾雅曰熙興也謂盛多也謝承後漢書曰朱皓德行純懿才學優裕漢書曰漢興封爵之誓曰使黃河如帶泰山若礪國以永存爰及苗裔**禮讓何濟濟流化自滂沱**毛萇詩傳曰濟濟多威儀也論語曰泰伯三以天下讓毛詩曰月離于畢俾滂沱矣**淑美難窮紀商摧爲此歌**公羊傳宋萬曰魯侯之淑魯侯之美何休曰淑美也美好也賈逵國語注曰紀猶錄也廣雅曰商度也許慎淮南子注曰商摧粗略也言商度其粗略也

短歌行 四言

置酒高堂悲歌臨觴列子曰秦青撫節悲歌王逸楚辭曰悲歌言愁思也**人壽幾何逝如朝霜**左氏傳曰俟河之清人壽幾何曹植送應氏詩曰人壽若朝霜**時無重至華不再陽**論語摘輔像讖曰時不再及宋均曰及亦至也**蘋以春暉蘭以秋**

芳禮記曰季春萍始生鄭玄曰萍華其大者曰蘋楚辭曰秋蘭兮青青來日苦短去日苦長曹植苦短篇曰苦樂有餘魏武帝短歌行曰去日苦多今我不樂蟋蟀在房毛詩曰蟋蟀在堂歲聿其暮今我不樂日月其除樂以會興悲以別章豈曰無感憂爲子忘我酒既旨我肴既臧毛詩曰爾酒既旨爾肴既嘉短歌有詠長夜無荒史記曰紂爲長夜之飲毛詩曰好樂無荒

日出東南隅行五言　或曰羅敷豔歌

崔豹古今注曰陌上桑者出秦氏女也秦氏邯鄲人有女名羅敷嫁爲邑人千乘王仁爲妻王仁後爲趙王家令羅敷出採桑於陌上趙王登臺見而悅之因飲酒欲奪焉羅敷巧彈箏乃作陌上之歌以自明焉

扶桑升朝暉照此高臺端山海經曰湯谷上有扶木扶木者扶桑也十日所浴新語

日高臺百仞臺端猶室端也高臺多妖麗濬房出清顔呂氏春秋曰列精子高謂侍者曰我奚若侍者曰公妖且麗王逸楚辭注曰妖好也琴道雍門周曰廣廈邃房淑貌耀皎日惠心清且閑韓詩曰東方之日兮彼姝者子在我室兮薛君曰顏色盛美如東方之日矣周易曰有孚惠心廣雅曰閑正也美目揚玉澤蛾眉象翠翰毛詩曰美目盼兮楚辭曰娥眉曼睩目騰光王逸曰曼澤也睩視貌也言美女之貌娥眉玉貌曼好目曼澤睩音録登徒子好色賦曰眉如翠羽鄭玄尚書大傳注曰翰毛也鮮膚一何潤秀色若可餐張衡七辯曰淑性窈窕秀色美豔窈窕多容儀婉媚巧笑言毛詩曰窈窕淑女又曰巧笑倩兮暮春春服成粲粲綺與紈論語曾點曰暮春者春服既成毛詩曰粲粲衣服金雀垂藻翹瓊珮結瑤璠釋名曰爵釵釵頭及上施爵也楚辭曰砥室翠翹王逸注曰翹羽名也毛詩曰珮玉瓊琚杜預左氏傳注曰璵璠美玉也方駕揚清塵濯足

洛水瀾西京賦曰方駕授綏鄭玄儀禮注曰方併也司馬相如諫獵書曰犯屬車之清塵楊雄太玄賦
曰踞弱水而濯足藹藹風雲會佳人一何繁風雲言多也過秦論曰天下雲會響
應南崖充羅幕北渚盈軿軒蒼頡篇曰軿衣車也清川含藻景
高崖被華丹藻景華景也馥馥芳袖揮泠泠纖指彈蘇武詩曰馥馥
我蘭芳又曰誰爲遊子吟泠泠一何悲悲歌吐清響雅舞播幽蘭悲歌已見上文
韓詩曰舞則莫兮薛君曰言其舞則應雅樂也杜預左氏傳注曰播揚也宋玉風賦曰臣援琴而鼓之爲幽蘭
白雪之曲丹脣含九秋妍迹陵七盤洛神賦曰丹脣外朗廣雅曰陵乘也南都賦曰
結九秋之增傷怨西荊之折盤張衡舞賦曰歷七盤而屣躡赴曲迅驚鴻蹈節如集
鸞卞蘭七牧曰飜放袂而赴節若遊鴻之翔天邊讓章華臺賦曰忽飄然以輕逝似鸞飛於天漢淮南子曰
龍興鸞集綺態隨顏變沈姿無之源之或爲定俯仰紛阿那顧步

感可懽張衡七辯曰蝤蠐之領阿那宜顧蒼頡篇曰顧視也王逸楚辭注曰步徐行也遺芳結飛飈浮景映清湍爾雅曰扶搖謂之飈說文曰湍水疾也冶容不足詠春遊良可歎周易曰慢藏誨盜冶容誨淫

前緩聲歌五言

遊仙聚靈族高會曾城阿淮南子曰掘崑崙墟以下地中有層城九重其高萬一千里一十四步二尺六寸長風萬里舉慶雲鬱嵯峨慶雲已見上文宓妃興洛浦王韓起太華楚辭曰迎宓妃於伊洛魏文帝詩曰王韓獨何人翱翔隨天塗神仙傳曰衛叔卿歸華山漢武帝令叔卿子度求之見其父與數人博度曰向與博者爲誰叔卿曰是洪崖先生王子晉薛容也又曰劉根初學道到華陰見一人乗白鹿從十餘玉女根頓首乞一言神人乃住曰爾聞有韓衆不荅曰實聞有之神曰即我是也尚書曰至于太華北徵瑤臺女南要湘川娥爾雅

曰徼召也楚辭曰望瑤臺之偃蹇兮見有娀之佚女西京賦曰懷湘娥王逸楚辭注曰堯二女娥皇女英墮湘水之中爲湘夫人也**肅肅宵駕動翩翩翠蓋羅**毛詩曰肅肅宵征曹植飛龍篇曰芝蓋翩翩甘泉賦曰咸翠蓋而鸞旗**羽旗棲瓊鸞玉衡吐鳴和**琴道雍門周曰水嬉則建羽旗瓊鸞以瓊爲鸞以施於旗上鸞鳥故曰棲也鸞旗已見上注楚辭曰鳴玉鸞之啾啾又曰柱玉衡於炎火王逸曰衡車衡也鄭玄周禮注曰鑾和皆以金爲鈴也應劭漢書注曰鑾在軾和在衡**太容揮高絃洪崖發清歌**思玄賦曰太容吟曰念哉注曰太容黃帝樂師廣雅曰揮動也西京賦曰洪崖立而指麾薛綜曰三皇時伎人也**獻酬既已周輕舉乘紫霞**毛詩曰獻酬交錯漢書谷永曰遥興輕舉登霞倒景**揔轡扶桑枝濯足湯谷波**楚辭曰飲余馬乎咸池揔余轡乎扶桑又曰朝濯髮於湯谷**清輝溢天門垂慶惠皇家**淮南子曰馮夷大禹之御也乘雲車排閶闔淪天門高誘曰天門上帝所居紫宮門也蔡雍述征賦曰皇家赫而天

居萬方徂而星集

塘上行 五言歌録曰塘上行古辭或云甄皇后造或云魏文帝或云武帝歌曰蒲生我池中葉何一離離

江蘺生幽渚微芳不足宣張揖漢書注曰江蘺香草也郭璞曰似水薺也被蒙風雲會移居華池邊周易曰潤之以風雨楚辭曰黿鼉遊乎華池發藻玉臺下垂影滄浪泉西京賦曰西有玉臺連以昆德孟子曰滄浪之水清滄浪水色也沾潤既已渥結根奧且堅毛詩曰既沾既渥毛萇曰渥厚也古詩曰冉冉孤生竹結根太山阿奧猶深也四節逝不處華繁難久鮮淑氣與時殞餘芳隨風捐天道有遷易人理無常全司馬遷悲士不遇賦曰天道悠昧人理促兮男懽智傾愚女愛衰避妍莊子曰喜怒相疑愚智相欺仲長子昌言曰彊者勝弱智者欺

愚也不惜微軀退但懼蒼蠅前毛詩曰營營青蠅止于丘樊鄭玄曰蠅之爲蟲汙白使黑汙黑使白喻佞人變亂善惡也願君廣末光照妾薄暮年封禪書曰使獲日月之末光暮年喻老也

樂府一首

會吟行 五言　謝靈運

六引緩清唱三調佇繁音沈約宋書曰控揔宮引第一商引第二徵引第三羽引第四古有六引其宮引本第二角引本第四也並無歌有紡笛存聲不足故闕二曲又曰第一平調第二清調第三瑟調第四楚調第五側調然今三調蓋清平側也爾雅曰佇立也郭璞曰稽久也列筵皆靜寂咸共聆會吟廣雅曰聆聽也會吟自有初請從文命敷尚書曰若稽古大禹曰文命敷于四海史記曰夏禹名曰文命孔安國尚書傳曰敷陳也敷績壺冀始刊木至江汜尚書曰禹敷土隨山刊木孔安國曰敷布也又曰冀州既載壺口治梁及岐又曰岷山導江毛

詩曰江有汜列宿炳天文負海橫地理前漢書地理志曰吴地斗分野論衡曰天晏列宿炳奐負海已見上文宋衷易緯注曰天文者謂三光地理謂五土也連峯競千仞背流各百里上林賦曰蕩乎八川分流相背而異態滮池溉粳稻輕雲曖松杞毛詩曰滮池北流浸彼稻田毛萇曰滮流貌也王逸楚辭曰曖闇昧貌也兩京愧佳麗三都豈能似兩京東西二京也曹子建贈丁儀詩曰佳麗殊百城三都蜀吴魏也層臺指中天高墉積崇雉楚辭曰層臺累榭臨高山列子曰周穆王築臺號曰中天之臺周易曰公用射隼于高墉之上爾雅曰崇重也王肅家語注曰高一丈曰堵三堵曰雉也飛燕躍廣途鷁首戲清沚西京雜記曰文帝自代還有良馬九匹一名飛燕騮淮南子曰龍舟鷁首毛萇詩傳曰沚渚也肆呈窈窕容路曜便娟子周禮曰立市爲其肆鄭玄曰陳物處也毛詩曰窈窕淑女枚乘兔園賦曰若採桑之女連袖方路磨陁長髻便娟數顧阮籍詠懷詩曰路端便娟子常恐日月傾王

逸楚辭注曰便娟好貌也自來彌年代賢達不可紀爾雅曰彌終也句踐善
廢興越叟識行止史記曰吳伐越越王棲於會稽後句踐平吳周元王賜句踐胙命越叟蓋
越公也越絕書曰子胥戰於隽李闔閭傷馬軍敗而還
欲復其讎師事越公錄其術周易曰時止則止時行則行
動靜不失其時其道光明范蠡出江湖梅福入城市史記曰范蠡既雪會稽之恥乃喟然
而歎曰計然之策七越用其五而得意既已施於國吾
欲用之於家乃乘扁舟浮於江湖變名易姓適齊爲鴟
夷子漢書曰梅福字子真九江人也少學長安至元始
中王莽顓政福一朝弃妻子去九江至今傳以爲仙其
後人見福於會稽者變姓名爲吳市門卒東方就旅逸梁鴻去桑梓列仙傳曰
東方朔者楚人也久在吳中爲書師武帝時上書拜爲
郎至宣帝初弃郎去以避亂政置冠幘官舍風飄之去
後見會稽賣藥旅逸謂爲客而放逸也杜預左氏傳注
曰旅客也范曄後漢書曰梁鴻字伯鸞扶風人也東出
關遂至吳依大家皐伯通居廡下爲人賃舂伯通異之
乃舍之家鴻著書十餘篇毛詩曰惟桑與梓必恭敬止

牽綴書土風，辭殫意未已。左氏傳晉侯曰：鍾儀樂操土風，不忘本也。

樂府八首

東武吟

五言。左思齊都賦注曰：東武、太山，皆齊之土風絃歌謳吟之曲名也。

鮑明遠

主人且勿諠，賤子歌一言。漢書曰：王邑請召賓，邑自稱賤子。僕本寒鄉士，出身蒙漢恩。始隨張校尉，占募到河源。漢書曰：張騫，漢中人也。騫以校尉從大將軍擊匈奴，知水草處，軍得以不乏。占謂自隱度而應募，爲占募也。吳志曰：巾郎將周祇乞於鄱陽占募。班固漢書曰：自張騫使大夏之後，窮河源也。後逐李輕車，追虜窮塞垣。漢書曰：李廣從弟蔡爲郎，事武帝。元朔中爲輕車將軍，擊右賢王有功，卒封樂安侯。范曄後漢書曰：耿夔追虜出塞而還。遂蔡邕上䟽曰：秦築長城，漢起塞垣，所以別內外，異殊俗。密塗亘萬里，寧歲猶七奔。孔安國尚書傳曰：密，近也。方言曰：亘，竟也。國語曰：姜氏告於公子曰：自子之行，晉無寧歲。左氏傳曰巫臣請使於吳晉侯許之乃通吳於晉吳始伐楚子重奔命吳入州來子重子反於是乎一歲七奔命肌力盡鞍甲心思歷涼温孟子曰既竭心思焉涼温已見上文將軍既下世部曲亦罕存列女傳曰柳下惠妻曰愷悌君子永能厲兮吁嗟惜哉乃下世兮司馬彪續漢書曰大將軍營五部校尉一人部有曲曲有軍候一人時事一朝異孤績誰復論荅客難曰時異事異少壯辭家去窮老還入門古長歌行曰少壯不努力漢書婁護曰呂公窮老託身於我腰鎌刈葵藿倚杖牧雞豚說文曰鎌鍥也鍥古頡切昔如鞲上鷹今似檻中猨東觀漢記桓虞謂趙勤曰善吏如良鷹矣下鞲即中淮南子曰置猨檻中則與豚同非不巧捷也無所肆其能也徒結千載恨空負百年怨言怨在己若何負之弃席思君幄疲馬戀君軒願垂晉主惠不愧田子魂言己窮老而還同夫弃席疲馬願垂晉主之惠而不見遺則兼愛之道斯同故亦無愧於田子

也晉主言惠田子言愧互文也然田子久謝故謂之魂韓子曰文公至河令曰籩豆捐之席蓐捐之手足胼胝面目犂黑者後之咎犯聞之而夜哭公曰寡人出亡二十年乃今得反國咎犯聞之不喜而哭意者不欲寡人反國邪咎犯對曰籩豆所以食也而君捐之席蓐所以卧也而君弃之手足胼胝面目犂黑有勞功者也而君後之今臣與在後中不勝其哀故哭之文公乃止韓詩外傳曰昔田子方出見老馬於道喟然有志焉以問於御曰此何馬也御曰故公家畜也罷而不用故出放之田子方曰少盡其力而老弃其身仁者不為也束帛而贖之窮士聞之知所歸心矣韓詩曰縞衣綦巾聊樂我魂薛君曰魂神也

出自薊北門行

五言漢書曰薊故燕國也

羽檄起邊亭烽火入咸陽漢書高祖曰吾以羽檄徵天下兵史記曰有寇至則舉烽火風俗通曰文帝時匈奴犯塞候騎至甘泉烽火通長安**徼騎屯廣武分兵救朔方**臣瓚漢書注曰律說勒兵而住曰屯班固漢書賛曰聚天下兵軍於廣武又曰太原郡有廣武縣又酈食其曰

楚人聞則分兵救之又有朔方郡武帝開**嚴秋筋竿勁虜陣精且強**漢書曰匈奴秋馬肥大會蹛林周禮曰弓人爲弓筋也者所以爲深也竿箭幹也並公旱切**天子按劍怒使者遥相望**説苑曰秦帝按劍而坐漢書曰遣使冠蓋相望於道**鴈行緣石逕魚貫度飛梁**漢書曰公孫戎奴以校尉擊匈奴至右賢王庭爲鴈行上石山先登周易曰貫魚以宮人寵無不利王弼曰駢頭相次似貫魚也甘泉賦曰貫倒景而歷飛梁**簫鼓流漢思旌甲被胡霜疾風衝塞起沙礫自飄揚**易通卦驗曰大風揚沙春秋命麻序曰大風飄石**馬毛縮如蝟角弓不可張**西京雜記曰元封二年大雪深五尺野鳥獸皆死牛馬踡縮如蝟韋曜集曰秋風揚沙塵寒露霑衣裳角弓持急紘鳩鳥化爲鷹**時危見臣節世亂識忠良**老子曰國家昏亂有忠臣焉**投軀報明主身死爲國殤**國殤爲國戰亡也楚辭祠國殤曰身既死兮神以靈魂魄毅兮爲鬼雄

結客少年場行曹植結客篇曰結客少年場報怨洛北芒范曄後漢書曰祭遵嘗爲部吏所侵結客報之也

驄馬金絡頭錦帶佩吳鉤古日出東南行曰黃金絡馬頭觀者滿道傍禮記曰居士錦帶吳都賦曰吳鉤越棘也失意杯酒間白刃起相讎桓範世要論曰觴酌遲速使用失意淮南子曰今有美酒嘉肴以相賓饗爭盈爵之間乃反爲鬬而相傷三族結怨追兵一旦至負劒遠行遊追兵謂捕己也遠行以避之也范曄後漢書曰世祖會追兵至燕丹太子聽秦王姬人鼓琴琴聲曰鹿盧之劒可負而拔去鄉三十載復得還舊丘廣雅曰丘居也

升高臨四關表裏望皇州陸機洛陽記曰洛陽有四關東爲城皋南伊闕北孟津西函谷表裏猶内外也左氏傳子犯曰表裏山河九塗平若水雙闕似雲浮周禮曰匠人營國傍三門國中九經九緯鄭玄曰經緯塗也莊子曰平者水停之盛也其可以爲法也古詩曰雙闕百餘

尺史記曰三神山黃金白銀爲宮闕望之如雲崔駰達旨曰冠蓋雲浮扶宮羅將相夾道列王侯漢書曰宣帝登長平坂王侯迎者夾道陳也日中市朝滿車馬若川流周易曰日中爲市致天下之人聚天下之貨張協禊飲賦曰車馬膠葛川流波亂擊鍾陳鼎食方駕自相求左氏傳曰宋左師每食擊鍾聞鍾聲公曰夫子將食家語曰子路南遊於楚積粟萬鍾列鼎而食方駕已見上文古詩曰冠帶自相索今我獨何爲埳壈懷百憂嵇康幽憤詩曰予獨何爲楚辭曰貧士失職而志不平又曰惟鬱鬱之憂獨兮志坎壈而不違王逸曰坎壈不遇貌也毛詩曰我生之後逢此百憂

東門行歌録曰日出東門行古辭也

傷禽惡弦驚倦客惡離聲戰國策魏加對春申君曰臣少之時好射願以射譬可乎春申君曰可異日更嬴與魏王處京臺之下更嬴謂魏王曰臣能虛發而下鳥魏王曰然則射可至此乎

更蠃曰可有鴻鴈從東方來更蠃以虛引發而下之王曰射之精可至此乎更蠃曰此孽也王曰先生何以知之對曰其飛徐者其創痛也悲鳴者久失羣也故創未息而驚心未忘聞弦音引而高飛故創怯今臨武君常爲秦孽不可爲拒秦之將也

離聲斷客情，賔御皆涕零。涕零心斷絕，將去復還訣。訣與決同

一息不相知，何況異鄉別。說文曰息喘也

遙遙征駕遠，杳杳落日晚。左氏傳童謠曰鸜鵒之巢遠哉遙遙楚辭曰日杳杳以西頹

居人掩閨卧，行子夜中飯。野風吹秋木，行子心腸斷。食梅常苦酸，衣葛常苦寒。淮南子曰百梅足以爲百人酸毛詩曰絺兮綌兮凄其以風毛萇曰凄寒風也

絲竹徒滿坐，憂人不解顏。禮記曰絲竹樂之器也列子曰列子師老商氏五年之後夫子始一解顏而笑也

長歌欲自慰，彌起長恨端。鄭玄禮記注曰彌益也

苦熱行 曹植苦熱行曰行遊到日南經歷交阯鄉苦熱但曝霜越夷水中藏

赤阪横西阻火山赫南威 漢書西域傳杜欽曰又歷大頭痛小頭痛山赤土身熱之阪令人身熱無色頭痛嘔吐東方朔神異經曰南荒外有火山焉長四十里廣四五里其中皆生木晝夜火燃雖暴風雨火不滅

身熱頭且痛鳥墮魂來歸 東觀漢記馬援謂官屬曰吾在浪泊仰視鳥鳶跕跕墮水中楚辭曰魂兮來歸南方不可以止雕題黑齒得人以祀其骨爲醢

湯泉發雲潭焦煙起石圻 王歆之始興記曰雲水源泉涌溜如沸湯有細赤魚出游莫有獲之者焦烟蓋熱氣也南越志曰興寧縣有熱水山焉其下有焦石歊蒸之熱恒數四丈楚辭曰觸石碕而衡遊埤蒼曰碕曲岸碕與圻同

日月有恒昏雨露未嘗晞 魏都賦曰窮岫泄雲日月恒翳曹植感時賦曰惟淫雨之永降曠三旬而未晞毛詩曰白露未晞毛萇曰晞乾也東觀漢記馬援曰吾在浪泊之時下潦上霧

丹蛇踰百尺玄蜂盈十圍 外國圖曰楊山丹蛇居之去九疑五萬里楚辭

曰赤蟻若象玄蜂若壺百尺十圍言其長大也**含沙射流影吹蠱痛行暉**干寶搜神記曰有物處于江水其名曰蜮一曰短狐能含沙射人所中者頭痛發熱劇者至死毛詩義疏曰蜮短狐一名射影吹蠱即飛蠱也顧野王輿地志曰江南數郡有畜蠱者主人行之以殺人行食飲中人不覺也其家絶滅者則飛遊妄走中之則斃行暉行旅之光暉也**鄣氣晝熏體菌露夜沾衣**吳志華覈表曰蒼梧南海歲有癘風鄣氣宋永初山川記曰寧州鄣氣菌露四時不絶菌草名有毒其上露觸之肉即潰爛菌音囷**飢猨莫下食晨禽不敢飛**南越志曰膋石縣有銅澗泉源沸涌謂之毒水飛禽走獸經之者殞膋音勞列女傳陶荅子妻曰玄豹霧雨七日不下食曹植七哀詩曰南方有鄣氣晨鳥不得飛**毒涇尚多死渡瀘寧具腓**言秦人毒涇尚或多死況今毒癘乎諸葛渡瀘寧有俱病也左氏傳曰諸侯之大夫從晉侯伐秦濟涇而次秦人毒涇上流師人多死諸葛亮表曰五月渡瀘深入不毛毛詩曰秋日淒淒百卉具腓毛萇曰腓病也瀘音盧腓音肥**生軀蹈死地昌志**

登禍機列女傳曰楚子發之母謂子發曰使人入於死地而康樂於上雖有以得勝非其術也曹大家曰軍事險危故爲死地也莊子曰其發若機栝其司是非之謂也司馬彪曰言生以是非臧否交接則禍敗之來若機栝之發班固漢書述曰禍如發機**戈船榮既薄伏波賞亦微**漢書曰歸義侯嚴爲戈船將軍出零陵下離水范曄後漢書曰交阯女子徵側反拜馬援爲伏波將軍擊交阯斬徵側振軍旅還京師朝見位次九卿**財輕君尚惜士重安可希**韓詩外傳曰宋燕相齊還遂罷歸舍召門尉田饒等問曰大夫誰與我赴諸侯乎皆伏不對宋燕曰何士易得而難用也田饒對曰君紈素錦繡從風而弊士不曾不得緣衣夫財者君所輕死者士所重君不能用所輕欲使士致重乎

白頭吟西京雜記曰司馬相如將娉茂陵一女爲妾文君作白頭吟以自絕相如乃止

沈約宋書古辭白頭吟曰淒淒重淒淒嫁娶不須啼願得一心人白頭不相離

直如朱絲繩清如玉壺冰朱絲朱紱也禮記清廟之瑟朱紱而疏越柏子新論曰神

農始削桐爲琴繩絲爲紡秦子曰玉壼必求其以盛干將必求其以斷何慙宿昔意猜恨
坐相仍馮衍荅任武達書曰敢不露陳宿昔之意東觀漢記段熲曰張奐事勢相反遂懷猜恨方言曰
猜疑也爾雅曰仍因也猜千才切人情賤恩舊世議逐衰興毛詩序曰朋友道絶
鄭玄曰道絶者弃恩舊也毫髮一爲瑕丘山不可勝李尤戟銘曰山陵之禍越于毫
芒仲長子昌言曰事求絲髮之疊孫盛曰劉琨王浚睚眦起於絲髮疊敗成於丘海文子曰禍福之至雖丘山
無由識之矣食苗實碩鼠玷白信蒼蠅毛詩曰碩鼠碩鼠無食我苗蒼蠅之爲蟲
汗白使黑已見上文梟鵠遠成美薪芻前見陵韓詩外傳曰田饒事魯哀公而不見
察謂哀公曰夫鷄頭戴冠文也足有距武也見敵敢鬭勇也有食相呼仁也夜不失時信也雞有五德君猶日瀹
而食之者以其所從來近也夫黄鵠一舉千里出君園池食君魚鼈啄君稻粱無此五者而貴之以其所從來
遠也故臣將去君黄鵠舉矣公曰吾書子之言文子曰虛無因循常後而不先譬若積薪燎後者處上也蒼頡

六百五十六 文 二十八

篇曰陵侵也史記曰汲黯謂武帝曰陛下用羣臣如積薪後來者居上申黜褒女進班去趙姬昇周王日淪惑漢帝益嗟稱毛詩序曰幽王取申女以爲后又得褒姒而黜申后孔安國尚書傳曰淪沒也班婕妤失寵已見班婕妤怨詩心賞猶難恃貌恭豈易憑呂氏春秋曰所恃者心也而心猶不足恃尚書曰貌曰恭古來共如此非君獨撫膺列子曰昔人有知不死之道者齊子欲學其道聞言者已死乃撫膺而歎

放歌行歌録曰孤子生行古辭曰放歌行

蓼蟲避葵菫習苦不言非楚辭曰蓼蟲不徙乎葵藿王逸曰言蓼蟲處辛辣食苦惡不徙葵藿食甘美者也小人自齷齪安知曠士懷漢書酈食其曰其將齷齪好苛禮也雞鳴洛城裏禁門平旦開史記曰雞三號平明東觀漢記杜詩曰伏湛出入禁門補拾遺闕冠蓋縱横至車騎四方來素帶曳長飈華纓結

遠埃禮記曰大夫帶素爾雅或爲此埃飈與埃同古字通也七啓曰華組之纓日中安能止

鍾鳴猶未歸日中爲市已見上文崔元始正論永寧詔曰鍾鳴漏盡洛陽城中不得有行者夷

世不可逢賢君信愛才郭象注曰世有夷險左氏傳曰魏犨傷於胷公欲殺之而愛其才明慮自天斷不受外嫌猜李尤上林苑銘曰顯宗備禮明慮引深左氏傳箴尹克黄曰君天也杜預左氏傳注曰猜疑也一言分珪爵片善辭草萊漢書張竦奏曰一言之勞皆蒙丘山之賞解嘲曰析人之珪擔人之爵莊子曰農夫無草萊之事則不比豈伊白璧賜將起黄金臺史記曰虞卿說趙孝成王一見賜黄金百鎰白璧一雙王隱晉書曰段匹磾討石勒進屯故安縣故燕太子丹金臺上谷郡圖經曰黄金臺易水東南十八里燕昭王置千金於臺上以延天下之士二說既異故具引之今君有何疾臨路獨遲迴

升天行

家世宅關輔勝帶宦王城關關中也漢書曰右扶風左馮翊京兆尹是爲三輔東京
賦曰然後以建王城備聞十帝事委曲兩都情十帝兩都俱謂漢也論衡曰漢家三
百歳十帝燿德倦見物興衰驟覩俗屯平周易曰屯難也翩翻類迴掌
恍惚似朝榮迴掌言疾也孟子曰武丁朝諸侯有天下猶運掌也潘岳朝菌賦曰柰何兮繁華朝
榮兮夕斃窮塗悔短計晚志重長生春秋合誠圖曰黃帝請問太一長生之道太一
曰齋戒六丁道乃可成從師入遠岳結友事仙靈莊子曰從師不圍郭象曰任其
自聚非圍之也楚辭曰與赤松結友兮比王喬而爲偶五圖發金記九籥隱丹經
抱朴子曰余聞鄭君言道書之重莫尚於三皇文五岳真形圖也又曰鄭君唯見授金丹之經又曰仙經九轉
丹金液經皆在崑崙五城之内藏以玉函尚書曰啓籥見書鄭玄易緯注曰齊魯之間名門户及藏器之管曰
籥以藏經而丹有九轉故曰九籥也風餐委松宿雲卧恣天行莊子曰藐姑射之山

有神人居焉不食五穀吸風飲露乘雲氣御飛龍

冠霞登綵閣解玉飲椒庭郭璞遊仙詩曰振髮戴翠霞解褐禮絳霄陸機雲賦曰似長城曲蜿綵閣相扶椒庭取其芬香也洛神賦曰踐椒塗之郁烈

暫遊越萬里近別數千齡神仙傳若士謂盧敖曰吾一舉千萬里吾猶未之能馬明先生別傳曰先生隨神士還代見安期先生語神女曰昔與女郎遊于安息憶此未久已二千年矣

鳳臺無還駕簫管有遺聲列仙傳曰簫史者秦繆公時人也善吹簫繆公有女號弄玉好之公遂以妻之遂教弄玉作鳳鳴居數十年吹似鳳聲鳳皇來止其屋爲作鳳臺夫婦止其上不下數年一旦皆隨鳳皇飛去故秦氏作鳳女詞有簫聲阮籍詠懷詩曰簫管有遺音梁王安在哉

何時與爾曹啄腐共吞腥如淳漢書注曰曹輩也孔安國尚書傳曰腥臰也

鼓吹曲一首五言集云奉隋王教作古入朝曲蔡邕曰鼓吹歌軍樂也謂之短簫鐃歌黃帝岐伯所作也

謝玄暉

江南佳麗地金陵帝王州爾雅曰江南曰揚州佳麗已見上文吴録曰張紘言於孫權曰秣陵楚武王所置名爲金陵秦始皇時望氣者云金陵有王者氣故斷連崗改名秣陵也曹植贈王粲詩曰壯哉帝王居佳麗殊百城逶迤帶渌水迢遞起朱樓王逸楚辭注曰逶迤長貌也吴都賦曰亘以渌水劉逵注曰迢遞遠望懸絶也馮衍顯志賦曰伏朱樓而四望採三秀之華英飛甍夾馳道垂楊蔭御溝吴都賦曰飛甍舛互漢書曰太子不敢絶馳道應劭曰天子道也洛陽記曰天淵南有石溝御溝水也崔豹古今注曰長安御溝謂之楊溝植楊於其上凝笳翼高蓋疊鼓送華輈徐引聲謂之凝小雅曰翼送也老子曰駟馬高蓋小擊鼓謂之疊西京賦曰龍輈華轙獻納雲臺表功名良可收兩京賦序曰朝夕論思日月獻納范曄後漢書曰肅宗詔賈逵入講尚書南宮雲臺解嘲曰藺先生收功於章臺

挽歌譙周法訓曰挽歌者高帝召田横至尸鄉自殺從者不敢哭而不勝哀故爲此歌以寄哀音焉

挽歌詩一首 五言　繆熙伯

文章志曰繆襲字熙伯魏志曰襲東海人有才學多所敘述官至尚書光禄勳

生時遊國都死沒弃中野 歸田賦曰遊都邑以永久周易曰古之葬者厚衣之以薪葬之中野 朝發高堂上暮宿黃泉下 論衡曰親之生也生之高堂之上其死也葬之黃泉之下服虔左氏傳注曰天玄地黃泉在地中故言黃泉也 白日入虞淵懸車息駟馬 淮南子曰日出湯谷至于悲泉爰息其馬是爲懸車至于虞淵是謂黃昏 造化雖神明安能復存我 淮南子曰丈夫恬然無爲與造化逍遥高誘曰造化天地生也存已見上文 形容稍歇滅齒髮行當墮自古皆有然誰能離此者 穆天子傳七萃之士曰自古有死生

挽歌詩三首 五言　陸士衡

卜擇考休貞嘉命咸在茲儀禮曰筮君不從筮擇如初儀又曰卜君不從卜擇如初儀鄭玄曰擇地而筮之也鄭玄毛詩箋云考稽也鄭衆周禮注曰大貞大卦也廣雅曰命名也夙駕驚徒御結轡頓重基毛詩曰星言夙駕又曰徒御不驚春秋運斗樞曰山者地基也龍幠被廣柳前驅矯輕旗禮記曰飾棺君龍帷三池振容黼荒鄭玄曰荒蒙也在傍曰帷在上曰荒皆所以衣柳然龍荒畫龍於荒也被猶衣也史記曰周氏置季布於廣柳車中劉熙釋名曰輿棺之車其蓋曰柳晉灼漢書曰柳聚也衆飾之所聚也禮記曰以死者爲不可別也故以其旗識之賀循葬禮曰杠今之旐也古以緇布爲之綼縉題姓名而已不爲畫飾幠與荒同古字通殯宮何嘈嘈哀響沸中闈釋名曰於西壁下塗之曰殯儀禮曰遂適殯宮中闈且勿讙聽我薤露詩崔豹古今注曰薤露蒿里並喪歌出田橫門人橫自殺門人傷之爲之悲歌言人命如薤上之露易晞滅亦謂人死魂精歸乎蒿里故有二章其一曰薤上朝露何易晞露晞明朝更復落人死一去何時歸

其二章曰蒿里誰家地聚斂魂魄無賢愚鬼伯一何相催促人命不得少踟蹰至李延年乃分二章爲二曲薤露送王公貴人蒿里送士大夫庶人使挽柩者歌之世亦呼爲挽歌也**死生各異倫祖載**

當有時范曄後漢書曰唐姬詩曰死生各異兮從此乖周禮曰喪祝掌大喪祖飾棺乃載鄭玄曰祖爲行始也其序載而後飾白虎通曰祖者始也始載於庭輴車辭祖禰故名曰祖載也白虎通與鄭說不同故俱引之**舍爵兩楹位啓殯進靈輀**儀禮曰遷于祖用輴正柩於兩楹間奠設如初又曰請啓期鄭玄曰請啓殯之期也說文曰輀喪車也禮記孔子曰予疇昔之夜夢坐奠於兩楹之間鄭玄曰是夢坐奠於兩楹之間而見饋食言奠者以爲凶也**飲餞觴莫舉出宿歸無期**毛詩曰出宿于泲飲餞于禰**帷衽曠遺影棟宇與子辭**鄭玄禮記注曰衽卧席也孔安國尚書傳曰曠空也**周親咸奔湊友朋自遠來**尚書曰雖有周親不如仁人孔安國曰周至也王逸楚辭注曰湊衆也論語子曰友朋自遠方來**翼翼飛輕軒駸駸策**

素騏毛詩曰乘其四駱載驟駸駸又曰有騂有騏毛萇曰蒼白曰騏也按轡遵長薄送子長夜臺漢書曰天子按轡徐行阮瑀七哀詩曰冥冥九泉室漫漫長夜臺呼子子不聞泣子子不知歎息重櫬側念我疇昔時杜預左氏傳曰櫬棺也楚鎮切左氏傳羊斟曰疇昔之羊子爲政三秋猶足收萬世安可思毛詩曰一日不見如三秋兮殉沒身易亡救子非所能臣瓚漢書注曰亡身從物曰殉殉或爲殉含言言哽咽揮涕涕流離劉表與袁譚書曰聞之哽咽若存若亡長門賦曰涕流離而從橫

重阜何崔嵬玄廬竄其間曹植曹喈誄曰痛玄廬之虛廓旁薄立四極穹隆放蒼天爾雅曰東至於泰遠西至於邠國南至於濮鉛北至於祝栗謂之四極太玄經曰天穹隆而周乎下地旁薄而向乎上故天裹地側聽陰溝涌臥觀天井懸古之

葬者於壙中爲天象及江河陰溝江河也天井天象也魯靈光殿賦曰玄醴騰涌於陰溝史記曰始皇治酈山以水銀爲江河上具天文天官星占曰東井一名天井

廣霄何寥廓大暮安可晨

張奐遺令曰地底冥冥長無曉期

人往有反歲我行無歸年

呂氏春秋曰管仲有病桓公往問之對曰今臣將有遠行胡可以問之高誘曰行謂即世也

昔居四民宅今託萬鬼鄰

管子曰士農工商四民者國之正民也海水經曰東海中有山焉名度索上有大桃樹東北瘣枝名曰鬼門萬鬼所聚

昔爲七尺軀今成灰與塵

淮南子曰吾生也有七尺之形吾死也有一棺之土韓子曰死者始而灰已而土李尤九曲歌曰肥骨消滅隨塵去

金玉素所佩鴻毛今不振

漢書郊祀歌曰曳珂錫佩珠玉鄭玄喪服注曰素故也鴻毛喻輕也燕丹子曰死有輕於鴻毛

豐肌饗螻蟻妍姿永夷泯

司馬相如美人賦曰弱骨豐肌莊子曰莊子將死弟子欲厚葬之莊子曰吾以天地爲棺弟子曰恐烏鳶之食夫子也莊子曰在上爲烏鳶食在下爲螻蟻食

奪彼與此何其偏也廣雅曰夷滅也爾雅曰泯盡也壽堂延螭魅虛無自相賓楚辭曰蹇將澹兮壽宮與日月兮齊光王逸曰壽宮供神之處也左氏傳曰王孫滿對楚子曰螭魅魍魎莫能逢之杜預曰魑山神獸形魅怪物也周禮曰五州爲鄉使之相賓鄭玄曰賓賓客其賢者也螻蟻爾何怨螭魅我何親拊心痛荼毒永歎莫爲陳拊心已見上文毛詩曰民之貪亂寧爲荼毒又曰假寐永歎

流離親友思惆悵神不泰流離已見上文楚辭曰惆悵兮而私自憐素驂佇轜軒玄駟騖飛蓋哀鳴興殯宮迴遲悲野外殯宮已見上文魂輿寂無響但見冠與帶周遷輿服志曰禮葬有魂車儀禮曰薦車直東榮鄭玄曰進車者象生時將行陳駕今時謂之魂車也備物象平生長旐誰爲斾禮記曰孔子爲明器者備物而不可用周禮曰大喪供銘旌悲風徽行軌傾雲結流藹爾雅曰徽

止也或作鼓軌車也結猶積也文字集略曰靄雲雨狀也藹與靄古字同振策指靈丘駕言從此逝秦嘉詩曰振策陟長衢曹植感節賦曰豈吾鄉之足顧戀祖宗之靈丘毛詩曰駕言出遊

挽歌詩一首 五言

陶淵明

荒草何茫茫白楊亦蕭蕭古詩曰四顧何茫茫東風搖百草又曰白楊何蕭蕭松柏夾廣路楚辭曰風颯颯兮木蕭蕭嚴霜九月中送我出遠郊楚辭曰冬又申之以嚴霜爾雅曰邑外曰郊四面無人居高墳正嶕嶢字林曰嶕嶢高貌也馬爲仰天鳴風爲自蕭條蔡琰詩曰馬爲立踟躕漢書息夫躬絶命辭曰秋風爲我吟幽室一巳閉千年不復朝千年不復朝賢達無柰何向來相送人各巳歸其家親戚或餘悲佗人亦巳歌死去何所道託體同山阿

雜歌

歌一首并序七言　荊軻史記曰荊軻衛人其先齊人徙於衛衛人謂之慶卿之燕燕人謂之荊卿荊卿好讀書擊劒

燕太子丹使荊軻刺秦王丹祖送於易水上崔寔四民月令曰祖道神祀以求道路之福高漸離擊筑鄧展漢書注曰筑音竹應劭曰狀似琴而大頭安絃以竹擊之故名曰筑也荊軻歌宋如意和之曰

風蕭蕭兮易水寒壯士一去兮不復還

歌一首并序七言　漢高祖

高祖還過沛留置酒沛宮悉召故人父老子弟佐酒應劭漢書注曰助行酒也發沛中兒得百二十人教之歌酒酣應劭漢書注曰酣洽也上擊筑自歌曰

大風起兮雲飛揚威加海

内兮歸故鄉安得猛士兮守四方風起雲飛以喻羣兇競逐而天下亂也威加四海言已靜也夫安不忘危故思猛士以鎮之

扶風歌一首 五言　劉越石

集云扶風歌九首然以兩韻爲一首今此合之蓋誤

朝發廣莫門莫宿丹水山晉宫閣名曰洛陽城廣莫門北向漢書曰高都縣莞谷丹水所出也莞音管左手彎繁弱右手揮龍淵左氏傳衛子魚曰分魯公以封父之繁弱杜預曰封父古諸侯也繁弱大弓名也戰國策蘇秦説韓曰韓之劒戟龍淵太阿皆陸斷馬牛水擊鴻鴈顧瞻望宫闕俯仰御飛軒鄭玄毛詩箋曰迴首曰顧據鞍長歎息淚下如流泉繫馬長松下發鞍高岳頭烈烈悲風起泠泠澗水流揮手長相謝哽咽不能言晉灼漢書注曰以辭相告

曰謝哽咽已見上文浮雲爲我結歸鳥爲我旋漢書息夫躬絶命辭曰秋風爲我吟浮雲爲我陰去家日已遠安知存與亡古詩曰相去日已遠韋弘嗣秋風篇曰辭親向長路安知存與亡慷慨窮林中抱膝獨摧藏琴操王昭君歌曰離宫絶曠身摧藏麋鹿遊我前猨猴戲我側資糧既乏盡薇蕨安可食史記曰伯夷叔齊隱於首陽山采薇而食之攬轡命徒侣吟嘯絶巖中楚辭曰攬騑轡而下節李陵書曰吟嘯成羣君子道微矣夫子故有窮周易曰君子道消穀梁傳曰叔姬歸于紀其不言逆何也逆之道微矣論語曰夫子在陳絶糧子路愠見曰君子亦有窮乎子曰君子固窮小人窮斯濫矣惟昔李騫期寄在匈奴庭忠信反獲罪漢武不見明李陵降匈奴已見恨賦周易曰歸妹愆期遲歸有時王肅曰愆過也騫與愆通也我欲競此曲此曲悲且長宋子侯歌曰吾欲競此曲此曲愁人腸弃置勿

重陳重陳令心傷魏文帝雜詩曰弃置勿復陳

中山王孺子妾歌一首五言　陸韓卿

漢書曰詔賜中山靖王噲及孺子妾并未央才人歌詩四篇如淳曰孺子幼少稱也孺子宮人也

如姬寢卧内班婕坐同車史記侯嬴謂魏公子毋忌曰嬴聞晉鄙之兵符常在魏王卧内而如姬出入王卧内力能竊之漢書曰成帝遊於後庭常欲與班婕好同輦載洪波陪飲帳林光宴秦餘韓詩外傳曰趙簡子與諸大夫飲於洪波之臺西都賔曰視往昔之遺館獲林光於秦餘然秦秦餘漢帝所幸洪波非魏王所遊疑陸誤也歲暮寒飇及秋水落芙蕖爾雅曰荷芙蕖也郭璞曰别名芙蓉也子瑕矯後駕安陵泣前魚韓子曰昔者彌子瑕有寵於衛君衛國之法竊駕君車者罪刖彌子母病人聞夜告彌子彌子矯駕君車以出於門君聞賢之曰孝

哉爲母之故犯跀罪跀古刖字也説文曰矯擅也戰國策曰魏王與龍陽君共船而釣龍陽君釣得十餘魚而弃之泣下王曰有所不安乎對曰無王曰然則何爲涕出對曰臣始得魚甚喜後得益多而大欲弃前之所得也今以臣凶惡而得拂枕席今爵至人君走人於庭避人於塗四海之内其美人甚多矣聞臣之得幸於王畢褰裳而趍王臣亦同曩者所得魚也亦將弃矣得無涕出乎王乃布令曰敢言美人者族然泣魚是龍陽非安陵疑陸誤也

賤妾終已矣君子定焉如楚辭曰已矣哉王逸曰已矣絶望之辭也思玄賦曰繆天道其焉如

文選卷第二十八

賜進士出身通奉大夫江南蘇松常鎮太等處承宣布政使司布政使胡克家重校刊

傳古樓景印